U0857060

繁星告白时

上册

无尽相思 著

青岛出版社
QINGDAO PUBLISHING HOUSE

图书在版编目（CIP）数据

繁星告白时 / 无尽相思著. — 青岛 : 青岛出版社，2020.11

ISBN 978-7-5552-8827-5

Ⅰ. ①繁… Ⅱ. ①无… Ⅲ. ①长篇小说－中国－当代 Ⅳ. ①I247.5

中国版本图书馆CIP数据核字(2020)第179951号

书　　名 繁星告白时
著　　者 无尽相思
出版发行 青岛出版社
社　　址 青岛市海尔路182号（266061）
本社网址 http://www.qdpub.com
邮购电话 18613853563　　0532-68068091
责任编辑 李文峰
特约编辑 崔　悦　田　宇
校　　对 张玉霞
装帧设计 千　千
照　　排 梁　霞
印　　刷 三河市良远印务有限公司
出版日期 2020年11月第1版　　2020年11月第1次印刷
开　　本 32开（880mm×1230mm）
印　　张 17.5
字　　数 316千
书　　号 ISBN 978-7-5552-8827-5
定　　价 59.80元（全二册）

编校印装质量、盗版监督服务电话　4006532017　0532-68068638
建议陈列类别：畅销・青春文学

目录
[上册]

目录

[下册]

第 一 章

我和傅先生结婚了

江州市夏天很热，素有火炉之称。

叶繁星满头大汗，刚到家门口，就听见弟弟叶子辰抗议的声音：“我不要上学！”

叶母的声音无比严肃：“你必须上学！你是我们唯一的儿子，如果你不上学，以后我和你爸老了，靠谁？”

“我姐的成绩不是挺好的吗？你们让她上就行了。”叶子辰的目标是成为一名优秀的电竞选手，早在一年前他的心思就已经不在学习上了。

他本来想着只要高三一毕业，自己就可以放弃学业，做自己喜欢的事情，没想到刚提出这想法，就遭到了父母的强烈反对。

“你姐一个女孩子，书读得再多，以后都是要嫁到别人家去的。”

“所以呢？就非要逼着我做我不想做的事情？”叶子辰白了他老妈一眼，“就你和我爸那点儿工资，供得起我们两个上大学吗？”

父母都没有稳定的工作，母亲现在在一家火锅店里上班，父亲则是在工地上干活儿，一年有一半的时间因为没有事做而闲着。

家里好不容易存下的积蓄，也就只够一个人上大学。

叶子辰就是瞅准了这一点，才认定父母一定会答应让他离开学校。

叶母说："我和你爸都是为了你好，你说你成天打游戏能有什么前途？这所专科学校虽然不是什么重点大学，但只要你进去好好学，学点儿技术，以后找份稳定工作不难的。"

"那我姐呢？"叶子辰望着母亲，"我去上学，我姐不上了？"

"你姐吗？她马上就二十岁了，我和你爸给她订了一桩婚事，那家人挺有钱的，还有两套房呢！"

叶子辰问道："你想把她嫁掉？这件事情我姐知道吗？"

"暂时还没有跟她说，但是她会答应的！"

叶繁星站在门外，不敢相信自己听到的一切。

母亲竟然想把她嫁掉？

拜托，她哪里是二十岁？

她明明也就比叶子辰大一岁，二十岁是她身份证上的年龄。

两套房？

原来，她的未来在父母眼中，不如两套房重要吗？

在他们眼里，让叶子辰上学是正事，让她嫁人才是为了她好？

呵呵……

叶子辰这次的考试成绩，勉强过了专科学校的分数。

而她……成绩在整个学校都是排得上号的。

叶繁星从来没想过，父母会偏心成这样。

她推开门走了进去。

叶母看到她愣了一下，随即脸上摆出笑容："星星，回来了啊。工作怎么样？"

"下午还要去。"面对母亲的笑容，叶繁星一点儿都笑不出来，对着母亲问道，"妈，你刚刚说的是真的吗？"

叶母说："你都听到了？"说完，脸上并没有任何愧疚的神色，毕竟她觉得自己做了一个为叶繁星好的决定。

叶繁星说："你想让子辰去上学，想让我嫁人？"

叶母走过来，说："是。既然你都听到了，妈也不瞒你了。家里的情况就是这样，你和子辰只能有一个人上学。子辰是男孩子，以后长大了要娶媳妇儿，现在娶媳妇儿有多难你又不是不知道，他要是高中毕业，别人会怎么看他？可是你不一样嘛，你是女孩子，女孩子只要嫁得好就可以了。那家人看过你的照片，对你挺满意的。你说你大学读几年，钱花进去了，再出来不一定能找到什么像样的工作。人家在江州市有两套房呢！你知道现在房价有多高吗？我们一家人奋斗一辈子都买不起房。”

“可是我才十八岁！”叶繁星听着母亲的话，简直不知道该哭还是该笑。

两套房……难道她在母亲眼里，就只是一个物品吗？

叶母瞪了她一眼：“什么十八岁？等十月份，你就二十了。星星啊，早点儿结婚也没什么不好。等你四十岁的时候呢，别人都还在受苦，你就已经开始享福了……妈也是为了你好，你说是不是？”

“我想上学！”

叶母见她不听话，脾气也上来了：“我跟你说这么多，你就是听不懂话是不是？我告诉你，想上学，门儿都没有！你看隔壁家的小青，人家刚上完初中就去打工了，现在每个月都能够给家里寄几千块钱回来！你呢？你看看你，除了会死读书，还会什么？”

“那子辰呢？”叶繁星看向一旁不争气的弟弟，“他不想上学，你却逼着他去。”

“你是不是有病？你弟弟年纪还这么小！他出去能做什么？他就算去打工，有人要他吗？”

“可他只比我小一岁。”叶繁星看着母亲，“你是我亲妈，可是你不觉得你太偏心了吗？”

“我就偏心又怎么了？你早晚是要嫁到别人家去的，我把钱花在你身上也是浪费。等你嫁了人，估计你都不会再记得有我这么一个妈了。”

叶繁星站在赵嘉淇家的别墅门前，想起两天前跟母亲的争吵，眼泪还是忍不住往下掉。

她伸手把眼泪擦去，调整好自己的情绪，然后敲了敲门。没一会儿赵嘉淇就出来了，看到她，亲昵地道："星星，你来了！进来坐吧！"

她跟赵嘉淇是同学，也是好朋友。

之前上学的时候，她有时候会过来，所以跟赵家人也很熟了。

赵嘉淇领着叶繁星进了门，问道："你怎么突然过来了？发生什么事了？"

赵嘉淇知道，叶繁星的家在南川，是江州市边缘的小地方，从那边过来这里得三个小时的车程。

叶繁星说："我有些事，想找你帮忙。"

"进来再说吧！"赵嘉淇领着叶繁星进了门。赵妈妈今天也在。

看到叶繁星进来，赵妈妈招呼道："星星过来了。"

"阿姨好。"叶繁星在沙发上坐了下来。

跟她不一样，赵嘉淇家里很有钱，赵嘉淇就是个小公主。

赵嘉淇望着叶繁星："你说找我帮忙，有什么事吗？"

叶繁星有些紧张地握住双手，对赵妈妈道："我想请赵阿姨借点儿钱给我。"

叶繁星真的觉得很尴尬。她跟赵嘉淇做了三年的同学，从来没向赵嘉淇开口借过钱。

她的话一说完，赵嘉淇和她妈妈都沉默了下来。

叶繁星说："我妈不让我上学，我想上学。钱我一定会还的，所以希望阿姨能够帮帮我。"

赵妈妈看着叶繁星，说："那个……星星啊，真的不好意思，要是可以帮的话我也想帮你，只是我们家现在真的没有钱。真的不好意思啊！"

赵嘉淇看着叶繁星说："星星，真的不好意思。你回去跟你妈妈好好沟通一下，你成绩好，她会让你上学的。"

"好……"客厅的冷气开得很足，叶繁星感觉有些凉，说道，"那我就先回去了。"

这里借不到，她只能去想想别的办法。

“我送送你。”赵嘉淇陪着她出去，结果两人刚到门口，就看到一个长得很帅的男生从车上下来。

现在是大热天，他穿着白色的衬衫，刚刚从车上下来，脸色淡漠无比。

叶繁星没想到会在这里看到他：“顾雨泽。”

顾雨泽是叶繁星的男朋友。

上学的时候，顾雨泽是班长，叶繁星是学习委员，而且他们还是同桌。

他家里条件很好，出于自己小小的骄傲，叶繁星并没有跟他说她家里的事情。

顾雨泽望着叶繁星，眼神很是淡漠，语气带着讽刺的意味：“还记得我？”

叶繁星愣了一下，想起高考之后，顾雨泽约过她几次，她都拒绝了。

她不是不想见他，而是太忙了。毕业后她就一直在打工，南川离这里又有点儿远。

她看着顾雨泽道：“你生气了啊？抱歉，我是真的很忙。”

“我知道。”顾雨泽接下了她的话，“忙着躲我，对吧？叶繁星，你要是想分手，直接说就可以了，有必要找借口吗？”

“分手？”叶繁星不明白他为什么会有这样的误会，“我没有，我是真的在忙。”

“我们分手吧！”顾雨泽说，“分了你就不用再躲着我了。”

分手？

“顾雨泽，你真的误会我了，我没有要躲你。不信你问嘉淇，我真的每天都在忙。”

叶繁星在打工的事情，她瞒着顾雨泽，但没有瞒着赵嘉淇。

因为她想在恋人面前保留一点儿自尊，也因为朋友是可以信任的。

她看向赵嘉淇，希望赵嘉淇能够帮自己解释。

赵嘉淇见叶繁星看向自己，走了过来，挽着叶繁星的手道：“好了，星星，你不是早就想跟顾雨泽分手了吗？既然他现在都提出来了，你就答应吧！这样你以后也不用再找借口躲他了。”

她说着，还挽着叶繁星的胳膊亲昵地摇了摇。

“……”叶繁星不傻，很快就反应过来顾雨泽为什么会误会自己在躲他了，为什么以为自己要跟他分手。

她推开了赵嘉淇的手：“你怎么可以诬蔑我？”

“行吧，是我诬蔑你。”赵嘉淇说，“是我不让你见顾雨泽的，可以了吧！”

“现在，你还有什么好说的？”顾雨泽冷冷地望着叶繁星，显然完全相信了赵嘉淇的话。

叶繁星不知道应该怎么跟他解释。在她不知道的时候，赵嘉淇究竟跟他说了些什么，才会让他对自己有这么深的误会？

就在这时，赵妈妈见赵嘉淇一直没有回去，担心地走了出来，看到顾雨泽在这里，立马变了脸色，热情地道：“雨泽来了，快点儿进来。”

看样子，顾雨泽已经不是第一次来赵家了。

顾雨泽没再理会叶繁星，跟着赵阿姨进去了。

叶繁星望着留下来的赵嘉淇，感觉一颗心都凉透了：“你故意让他误会我的，对不对？”

赵嘉淇说：“你跟顾雨泽本来就不适合，你们不是一个世界的人。你看看你，叶繁星，每天都在打工，连件像样的衣服都买不起，就这样站在顾雨泽身边，你不觉得尴尬吗？其实我觉得你妈妈也是为了你好，像你这样的人，就算念完大学出来，又能做什么？每个人的命运，从生下来就决定好了的，所以，你还是早点儿找个人嫁了吧！”

赵嘉淇那种高高在上又不可一世的态度，让叶繁星明白，自己从来都是被人看不起的。

但越是这样，她才越想努力！

下午，叶繁星就坐车回了南川。

南川是个旅游区，这边风景不错，有很多市里的人会在这边修别墅用来度假。

邻居李阿姨之前帮她介绍了一份工作，去别墅里打扫卫生。

放假之后，叶繁星就一直在做这份工作。

事实上这个季节，这边也很热，来这里度假的人已经很少了，他们都会找更凉爽的地方。

别墅的主人是个坐在轮椅上的男人，叶繁星就见过两次。

在叶繁星眼里，他就是个怪人，毕竟周边的别墅都空了，只有他还留在这里。

叶繁星刚进门，就听见客厅里传来哐当一声。

她走了进去，看到男人坐在轮椅上，水杯掉在地上，而他的手指不知道怎么被割到了。

看到这一幕，他却没有慌张，只是淡淡地看着自己流血的手，像是在看风景一样。

“你没事吧？”叶繁星走过去，忙把地上的碎片扫开，再看向这个男人。

手都受伤了，他还这么淡定，难道是脑子有问题？

叶繁星没想那么多，把垃圾扫开后，就去找药箱了。

很快，她就把药箱拿了过来。

见她要帮自己处理伤口，傅景遇开口道：“我自己来。”

他不喜欢别人碰他。

叶繁星说：“没事，我来，你笨手笨脚的。”

她帮他把伤口消了毒，又把创可贴贴上。

笨手笨脚？她确定是在说他？

傅景遇忍不住皱了皱眉。

蒋森从门外走进来，正好看到这一幕：一个小丫头蹲在傅先生身边，正在帮傅先生处理伤口。

而傅先生竟然没有将她赶走？

傅景遇在这边已经住了两个多月了，一直没有回去，就是不想跟人接触。

今天这情景，着实让人意外。

“好了。”叶繁星站起来，抱着药箱准备回去放好，就看到蒋森站在这里，“蒋先生。”

平时这里的一切事情都是蒋森跟她交接的，她跟蒋森说话的机会比较多。

蒋森点头。

见叶繁星走开后，蒋森对傅景遇道：“苏小姐还是没有消息，听说……她已经出国留学去了。”

这个苏小姐原本是傅先生的未婚妻，两人预计今年完婚，然而在傅先生出事之后，她却一次都没有出现过，甚至连个电话都没有打过来。

听完蒋森的话之后，傅景遇笑了起来：“蒋森，我有这么可怕吗？”

就因为他断了腿，她就这么害怕自己缠着她不放，连问都不敢问一句？

蒋森说：“傅先生，您不要多想，腿会好起来的，事情也没有那么让人绝望。家里人都很关心您。”

叶繁星把房子打扫了一遍，准备回去时，外面却突然下起了大雨，她只能暂时留下来。

不用这么早回家，她竟然松了一口气。

这些天母亲没有给过她好脸色，就因为她犟着要上学，母亲就把她当仇人一样。

叶繁星知道，想让母亲把钱拿出来供自己上学是不可能了。

难道她真的要听母亲的话，乖乖地放弃学业去嫁人吗？

叶繁星的目光落在了正坐在落地窗前发呆的傅景遇身上。

她鬼使神差地敲了敲门，走了进去。

傅景遇抬起头看了她一眼：“有事？”

“先生，您……能不能预支我点儿钱？”

她很紧张，说话的时候声音都是抖的。

傅景遇奇怪地望向她，冷冷的眼神差点儿吓退她。

但已经开了口，叶繁星索性一股脑说了出来："我知道这样很唐突，但是我会还的。我可以打欠条，不管怎么样都会还给您的。我要上学了，只是学费还不够。"

她想得很清楚，无论怎么样都不能放弃上学。

傅景遇看着叶繁星。之前他就听蒋森说过，她的成绩很好，因为她在学校里品学兼优，蒋森才放心她来这里工作。

如果是平时，傅景遇肯定就答应了。

可是今天，因为苏琳欢的事情，他的心情很差。

傅景遇望着她，不知道为什么就想刁难她："我这个人不喜欢无缘无故地帮别人。如果想让我帮你……那么，你也得帮我一次。"

"我要怎么帮你？"她现在什么都没有，帮得上他什么忙？

傅景遇看着她，试探地说："我缺一个可以跟我结婚的新娘。"

"……"叶繁星不敢相信地看着他。自己是听错了吧？

他竟然要自己嫁给他！

她跟他又不熟，难道他这样的人也缺老婆吗？

见叶繁星愣在那里，傅景遇忍不住笑了一声。他就知道会这样。

世态炎凉，他现在的模样，有哪个女人还愿意嫁给他？

窗外的雨下得很大。

傅景遇的声音变得冷漠起来："你走吧，明天不用再来了。"

"只要嫁给你，就可以了吗？你会让我继续上学吗？"如果她今天没有见过顾雨泽，可能现在就不会这么问。

只是她见过了，心好像也死了。

她连最后的希望都没有了，还能指望什么？

傅景遇愣了一下，没想到，她竟然……答应了。

"这是结婚协议。"蒋森站在一旁，对叶繁星解释道，"我看过你的资料，你十月份的时候正好满二十岁，到时候再去领证。"

十月，正好是傅先生预定的结婚时间，只是现在新娘没了。

望着眼前这个女孩儿，蒋森不禁感叹，她到底是有多幸运，竟然就这么捡了一个大便宜。

在江州市，想嫁给傅景遇的女人不知道有多少，可惜傅景遇已经有了苏琳欢，然而现在苏琳欢让傅景遇寒透了心。

叶繁星没有去看结婚协议，在上面认认真真地写上了自己的名字。

她很难想象，自己竟然……就这么草率地把自己嫁了。

如果是以前，她肯定会觉得自己疯了。

见她签完了字，蒋森有些意外："这件事情你不需要跟你家里人商量一下吗？你还不到二十岁，他们应该不会放心吧？"

"他们会答应的。"想起恨不得赶紧将自己嫁出去的母亲，叶繁星忍不住笑了笑。

她这一笑，倒是让蒋森觉得有些难受。

这小姑娘是受了刺激吧？

蒋森说："既然决定了嫁给傅先生，你看你这两天什么时候方便就搬过来吧。你跟傅先生不是很熟，趁着这个机会先熟悉一下。"

叶繁星不敢相信地看着他："还、还要搬过来啊？"

她惊讶的神情把蒋森逗笑了："你该不会以为结婚只是签个字而已吧？就算为傅先生传宗接代，那也是你应该做的。别告诉我你都没想过这些，就答应结婚了。"

"……"叶繁星的确没有想过这些事。

她还没有做好当一个妻子、当母亲的准备，总以为那都是很久以后的事情。

还要传宗接代……听到这几个字，她立马就𡱁了："我能不能反悔？"

"不能。"蒋森变得异常严肃。

一个苏琳欢就让傅先生寒透了心，如果叶繁星再去说她想悔婚，蒋森不敢想象后果。

以傅景遇的身份，如果不是受了伤，哪里轮得到叶繁星嫁给他？

所以蒋森绝对不可能让叶繁星给傅景遇造成二次伤害。

蒋森盯着叶繁星说："如果你敢做伤害傅先生的事情，我不会原谅你。"

这句话带着警告的意味。

叶繁星望着他，点了点头："哦。"

她从来没见过蒋森这么严肃的样子。

两人从书房里出来，雨已经停了，玻璃上是层层的水珠，外面的世界变得湿漉漉的。

傅景遇坐在窗边，不知道在思忖什么。

蒋森走了过去，说："傅先生，已经处理好了。"

他把结婚协议递过去给傅景遇看，傅景遇的目光落在叶繁星的签名上。"叶繁星"，这是她的名字。

她的字写得很好看，很清秀。

他望了她一眼，把协议还到蒋森手里，目光落在叶繁星身上："过来。"

叶繁星走了过去，看到他伸出手来握住了自己的手。

他的手指修长而干净，是很好看的一双手。

他指腹上的温度传了过来，叶繁星望着他，有一种很奇妙的感觉。

从现在起，她……是他的妻子了！

傅景遇吩咐道："帮她准备好房间。"

蒋森点头："好。"

叶繁星在别墅里陪着傅景遇吃完了晚饭，蒋森亲自送她回的家。

叶子辰刚从网吧回来，就看到叶繁星从一辆宝马车上下来，于是走过来问道："姐，你傍大款了？"

叶繁星僵了一下，叶子辰的话，现在听在她的耳朵里讽刺得很。

她道："是啊，我傍大款了。"

为了她的学费，她把自己嫁了，从现在起，她不用再委屈地看母亲的脸色了。

其实叶繁星很清楚，自己之所以会做出这样的决定，不过是为了跟母亲赌气。

即使是嫁人，她也不要嫁母亲给她安排的对象。

叶子辰见她这样，有些尴尬："我跟你开玩笑呢！姐，你放心，我会向爸妈求情，让你去上学的。你的成绩那么好，你不上学谁去啊！"

反正他也不想上学，不要浪费这个难得的机会。

"不用了。"叶繁星望着他道，"其实也没必要为了我牺牲你自己。"

父母的态度摆在那里，她已经不指望什么了。

在知道父母的打算之后，叶繁星就彻底寒了心，也认清了她以前从来没有认清过的爸妈。

她也从来不知道，原来爸妈是这么看她的。

她不过是个早晚要嫁出去的人，不值得他们在她身上浪费心思。

现在她把自己嫁了，母亲应该开心了吧？

两人回到家里，叶母已经做好了吃的，看到叶子辰，脸上一喜："子辰，来，看妈给你做了好吃的。"

叶子辰现在不想上学，父母就哄着他去上学，什么好话都说。

而为了不让叶繁星上学，父母什么难听的话也都说了。

此刻看到叶繁星回来，叶母冷笑了一声道："不是说我不是你妈吗？你别回这个家啊！看着就烦，一整天都在外面，也没想着回来帮忙做点儿什么。我怎么会有你这样的女儿？"

她这样冷言冷语，就是为了不让叶繁星再对她开口提上学的事。

叶繁星没有说话，进了自己的房间。叶子辰问道："姐，你不吃饭了啊？"

"你管她做什么？她这么大个人了，在外面还能没有吃的？"

叶繁星坐在房间里，听着外面的对话，眼泪落了下来。

父母从小就宠叶子辰，她总觉得子辰年纪小，宠他也是正常的。

可是现在她才知道，不是因为她大，而是因为她是个女孩子。

第二天一早，叶繁星已经把东西收拾好了。

她拎着行李出来的时候，叶母正在洗碗，看到她，愣了一下："你这是做什么去？"

"我打算搬出去住。"

叶母见状，走过来拦住了她："你还想走？叶繁星，你翅膀硬了？我告诉你，没有我和你爸的同意，你哪里都不能去。"

"反正你从来没把我当女儿，我去哪里跟你有关系吗？"

叶母僵了一下，说："我生你养你这么多年，你现在翅膀硬了，连自己亲妈都不认了？"

叶繁星用叶母的话回她："不是你说的我快二十岁了？我现在做什么，没必要经过你的同意。"

"哼，就算你长到三十岁，我也是你妈，我让你做什么，你就得听我的！"

她说完，拽住叶繁星的胳膊，将她拉回了房间，直接把门锁上了。气死她了，她怎么会有这么不孝的女儿？好好说话不听，真是白养了这人这么多年。

…………

叶繁星躺在床上，咳了一声。

男人坐在她身边，拿着冰凉的毛巾盖住她的额头，正在给她退烧。

叶繁星睁开眼，映入眼帘的人竟然是傅景遇。

"先生，你怎么在这里？"她不是跟老妈闹矛盾，被关在家里了吗？

他怎么会出现？

"醒了？"见她睁眼，傅景遇平时冷漠的目光中竟带着几分温和之意。

她过来之后就一直在睡，他一直在照顾她，真害怕她醒不过来。

虽然蒋森一直在劝，说她不会这么脆弱，傅景遇却第一次意识到，原来女人是这么弱小的生物。

叶繁星意外地发现，自己竟然不是在家里，而是在……别墅里。

她看着傅景遇，问道："我怎么会在这里？"

“蒋森去找你，看你生病就把你带了回来。”傅景遇望着叶繁星，语气里有责怪的味道，“为什么不去看医生？”

一个小时前他已经叫医生过来看过她了，发现她已经病了两天了。

叶繁星说：“只是一点儿小感冒而已。”

平时这点儿感冒，她睡一觉就好了。这两天她一直昏昏沉沉地睡着，母亲不放她出门，她也没太在意。

“到底是小孩子。”傅景遇的语气里，带着几分无奈的味道。

他的声音很稳重，在她面前，他像个长辈一样。

他这样的话，让叶繁星很快就忘了她跟傅景遇真正的关系，变得放松起来：“谢谢你照顾我。”

傅景遇重新给她把毛巾搭在额头上：“你再睡一会儿，等输液完了我叫你。”

叶繁星看见瓶子里的药水还有一大半：“我没事的，其实不用这么麻烦，睡一觉就好了，真的。”

傅景遇望着她，眼神很固执：“我喜欢听话的女孩儿。”

他这句话，让叶繁星放弃了与他争执的想法。

房间里很安静，她看着傅景遇，之前只知道他坐在轮椅上，她都没有好好看过他，现在看了，才发现他长得很好看。

上帝像是力求完美的工匠，而傅景遇是被精心雕刻出来的杰作，重点是……他身上有一种让人说不出来的安全感。

叶繁星躺在床上，傅景遇一直在旁边照顾她。

她好像从来没有享受过这样被照顾的感觉。爸妈都很忙，她就算生病了，也是自己去看病，他们没有时间照顾她。

毕竟她是个女儿，跟叶子辰不一样。

蒋森从外面进来的时候，看到傅景遇正在照顾叶繁星。

他还是第一次见到傅先生照顾别人。

就算以前跟苏琳欢在一起的时候，傅景遇也没有这样照顾过人。

因为那时候傅景遇很忙，就算有了未婚妻，他陪伴未婚妻的时间也很少，甚至几乎没有。

他又是那种很认真的人，既然打算要娶叶繁星，就会把她当成自己的妻子一样对待。

也不知道叶繁星走了什么运，竟然成为第一个被傅先生如此照顾的人。

叶繁星一看到蒋森，就想起傅景遇刚刚说的话，他说，蒋森去找自己……

叶繁星忙坐了起来："蒋先生，你去我家里了？"

蒋森说："你这两天一点儿消息都没有，我就去了。"

本来他是想去骂她的，结果看到她生病了，就把她带了回来。

叶繁星问道："那我妈……有没有看到你？"

"见到了。"

"那她没有为难你吧？"以母亲的脾气，叶繁星实在有点儿担心。

蒋森迟疑了一下，才道："她很生气，还说要报警。"

以叶母的个性，好不容易养大的女儿，她怎么可能会放叶繁星跟人跑了？

叶繁星愧疚地道："对不起，给你添麻烦了。"

蒋森看着叶繁星难过的样子，道："你也不要太担心，把身体养好最要紧，其他的，傅先生会处理。"

傅景遇开口："你出去吧。"

蒋森应道："好。"

屋里很快只剩下傅景遇和叶繁星两个人。

叶繁星低着头，拼命压抑着自己想要落下来的眼泪，就听到傅景遇说："如果你想哭，可以哭。"

"……"叶繁星本来还能勉强控制自己的情绪，傅景遇的话一出来，她就再也忍不住了。

人在脆弱的时候，别人的一点儿安慰都会放大自己的悲伤。

她哭了很久，哭完了才发现傅景遇一直在她身边。突然感觉很丢脸的叶繁星躺在床上，一句话也没说。

这是她第一次在不熟悉的人面前哭得这么傻。

她偷偷抬了抬眼，发现傅景遇正在看书，似乎并没有把这件事情放在心上。

她望着傅景遇，开口："傅先生。"

"怎么？"他抬起头望着叶繁星。

叶繁星说："我家里的情况你应该也知道了。我们家里一点儿都不好，你确定要我当你的新娘吗？"

"这个有关系吗？"傅景遇不解的眼神，让叶繁星觉得自己问了个很白痴的问题。

两天后，叶繁星跟着傅景遇去了傅家。路上叶繁星一直在睡觉。

感冒还没好，她昏昏沉沉地睡着，没一会儿脑袋就歪了过去，直接搭在傅景遇的肩膀上。

傅景遇一直不喜欢别人碰他，正准备将她推开，手一伸出来就顿住了。

想了想，他把手收了回来。

傅家那边的电话，一个接一个地打过来。

傅景遇要回去，一家人都很高兴，打了好几个电话，问他们到哪里了。

自从傅景遇出事后，一家人的关注点都在他身上。

傅景遇接了电话，听到电话里傅玲珑的声音问道："景遇，你们什么时候到？"

傅景遇皱眉道："这已经是第三个电话了。"

傅玲珑笑了一声，说道："姐这不是关心你嘛！快点儿回来，我们都等着你呢。"

"吵。"

"行，不吵你。那我先挂了。"知道这个弟弟脾气不好，傅玲珑也是什么都让着他。

从小到大，傅景遇就是一家人的骄傲。

想到傅景遇如今的遭遇，傅玲珑就很惋惜。

傅景遇这边刚挂了电话，叶繁星就醒了。

她睡了一路，听到傅景遇接了好几个电话，抬起头来看了一眼，发现已经快到江州了。

她突然想起要跟着傅景遇回家，问道："傅先生，你家里人多吗？"

"怎么了？"

"我有点儿紧张。"叶繁星深呼了一口气。

傅景遇望着她，笑了一声道："有什么可紧张的。"

叶繁星回他："第一次见面，我要不要买点儿东西？"

傅景遇说："不用这么麻烦。"

叶繁星应了一声，乖乖地坐到一旁，不吵他了。

蒋森说傅景遇喜欢安静，所以跟他在一起的时候，她都习惯少说话。

"傅先生，到了。"

车子停在了傅家门前，蒋森先下的车。

傅玲珑不放心，亲自来门口接他们。

要知道，能够享受到这种待遇的，也就只有她这个弟弟了。

傅景遇一下车，傅玲珑就迎了上去："景遇，路上辛苦了。"

一家人就怕傅景遇想不开，一直走不出来。

他愿意回来，他们也就放心多了。

傅景遇淡漠地看着傅玲珑。她讨了个没趣，便没再往前扑，毕竟她这个弟弟一向不喜欢别人碰他。

她的目光落在了叶繁星身上："这就是星星吧？"

傅景遇跟叶繁星的事情，从蒋森那里，她都听说了。

傅家人现在的态度很明确：女孩子的家世怎么样不重要，重要的是傅景遇喜欢。

叶繁星："姐姐好。"

傅玲珑比傅景遇长了十几岁，母亲生傅景遇生得晚，所以被叶繁星叫姐姐，傅玲珑还是挺高兴的。毕竟叶繁星看上去，年纪也就跟她儿子差不多大。

傅玲珑笑道：“真乖！”

只要她愿意嫁给傅景遇，就比傅景遇那个未婚妻强多了。

要知道，当初苏琳欢还是傅玲珑介绍的。

她万万没想到，苏琳欢竟然是这样的人。

叶繁星帮傅景遇推着轮椅，跟着傅玲珑进了门。

知道傅景遇要回来，傅景遇的爸妈都在忙，夫妻俩争着在厨房里要给儿子做好吃的。

所以，客厅里此刻只有傅玲珑的儿子在玩手机。

一进门，傅玲珑就开口道：“宝宝，快过来，给你舅舅打个招呼。”

傅玲珑就这一个儿子，一直宝贝得紧，人前人后都是宝宝、宝宝地叫着。

好在儿子也很争气，学习成绩好，很有他舅舅的风范。

很快，沙发上的人就收起了手机，站起来，礼貌地跟傅景遇打招呼：“舅舅好。”

叶繁星推着傅景遇的轮椅往屋里走，听到声音吓得顿住。

没有人比她更熟悉这个声音。

只是……不可能吧!

她抬起头，看到顾雨泽站在那里。他还是如往常一样，穿着白衬衫，像松柏一般挺拔。

上学时候他是她的同桌，两人几乎每天都在打交道，现在她见到他，那些回忆就冒了出来。

当然，那天分手的场面也浮了出来。

叶繁星怎么也没想到，傅景遇竟然会是顾雨泽的舅舅。

多可笑的重逢!

然而，比起叶繁星来，更震惊的人是顾雨泽。

知道舅舅要回来，所以他一大早就跟着母亲过来了。

一直以来母亲总拿傅景遇给他做榜样，他也在各方面向傅景遇看齐，傅景遇在他们家里的地位可想而知。

顾雨泽听说傅景遇回来，还带回了结婚对象，只是……叶繁星怎么会出现在这里？

她就是他舅舅的结婚对象？

不可能！

他以前跟叶繁星交往，是因为他们是同学，每天朝夕相处，生出些感情不意外。

舅舅自从出事之后就很少与人来往，怎么可能会跟叶繁星认识？

看到叶繁星的瞬间，顾雨泽感觉自己的“三观”都被刷新了。

傅玲珑拍了拍顾雨泽的肩膀：“傻愣着做什么？这是你小舅妈，快叫人。”

虽然在学校里是高冷校草的人设，但顾雨泽在家里就是个什么地位都没有的乖宝宝，他的使命就是听话、听话。

只是，这个“小舅妈”，他实在是……开不了口！

傅玲珑见他闷着，又道：“怎么不叫人？快叫啊！”

叶繁星是第一次来家里，傅玲珑希望给叶繁星留下一个好的印象，生怕叶繁星会觉得这个家里的人不待见她。

这种时候，傅玲珑当然要让儿子表现得好一点儿。

顾雨泽的内心此刻一阵风卷云涌。

他实在不想叫，找了个理由：“她看起来年纪跟我差不多。”

叶繁星比他还小两个月呢！

“年纪差不多那也是你小舅妈。”

辈分在这里！

傅玲珑觉得有些奇怪：儿子平时也不是这么拧巴的人，今天是怎么了？

她小声对顾雨泽说道：“你想惹你舅舅不高兴？”

他不叫，就是不给傅景遇面子。

傅景遇都把叶繁星带回来了，就证明他是真的想跟叶繁星在一起，想娶叶繁星。

顾雨泽见推托不过，干脆转身走了。

“顾雨泽！”傅玲珑快要被他气死了，直接叫了他的全名。

只有她不高兴的时候，才会这么喊他的名字。

见顾雨泽也不回头，傅玲珑只好放弃，看着叶繁星，脸上带着友善的笑容：“星星啊，你千万别往心里去，他只是害羞。你能来，我们一家人都很高兴的。”

这是叶繁星第一次见到顾雨泽的母亲，没想到他的母亲竟然这么温柔。

叶繁星说：“我不会往心里去的。谢谢姐。”

她当然知道顾雨泽不肯开口的原因是什么。

一开始她还担心傅家人会不喜欢自己，可是见过傅景遇的姐姐之后，叶繁星完全没了这样的顾虑。

根本没有那种她以为的距离感。

很快，傅景遇的爸妈也出来了，不但看到了很久没见的儿子，也看到了傅景遇身边的小姑娘。

小姑娘坐在傅景遇身边，很乖巧的样子，一看就让人喜欢。

要知道，傅景遇出事之后，一向不与人亲近，就连以前跟他走得很近的傅玲珑以及他很宠的顾雨泽，都很难靠近他。

可是现在，他竟然让叶繁星坐在他身边，这太不可思议了。

“景遇。”傅母走了过来，望着傅景遇道，“你好像瘦了，肯定是蒋森没有好好照顾你。”

蒋森站在一旁：“是我不好。”

傅母也没有真的要怪蒋森的意思：“回来就好，回来就好。”

见傅母的目光落在叶繁星身上，傅玲珑忙介绍：“妈，这是星星。”

傅景遇牵着叶繁星的手。来的路上，叶繁星说了她会紧张，他就一直让她在自己身边，想让她放松一些。

此刻他开口对叶繁星说道："叫爸妈。"

虽然他跟叶繁星的婚事还没完全办好，但他显然已经把她当自己的妻子了。

叶繁星愣了一下，这会不会太快了？

而且，她和他的家人是第一次见。

偏偏所有人都盯着她，叶繁星不好推辞，脆生生地叫了一句："爸，妈。"

傅景遇让她这样叫，意思再明显不过，大家都明白。傅景遇的父母应了一声，对这个儿媳妇不认也得认了。

望着叶繁星，傅母有些顾虑："星星年纪不大吧？"

叶繁星看起来跟顾雨泽差不多，还是个学生，青涩感十足。

叶繁星说："十月就满二十了。"她总不能说自己的实际年纪更小一些吧。

"那是有点儿小。"

"还在上学？"傅玲珑问。

"马上就要上大学了。"

"考的哪所学校？"

"报的是江州大学。我上学有点儿晚。"

江州大学虽然是本地的大学，但也是全国排得上名的重点大学。

她其实也想过去别的城市，但那时候跟顾雨泽约好了，现在想起来还真是可笑。

听说是江州大学，傅玲珑眼前一亮："不错啊！那你的成绩很好！我家宝宝也是江州大学。他一个人去外面我们都不放心，就把他留了下来。咦，星星，你高中在哪所学校上的？"

叶繁星僵了僵，回道："一中。"

傅玲珑惊讶地道："跟我家宝宝是同一所学校！他叫顾雨泽，你认识他吗？"

何止认识，他们还是同桌……

想到这里，叶繁星就感觉头皮发麻。

看傅玲珑的样子，她要是说实话，估计连她跟顾雨泽交往过的事情都得交代了才算完。

叶繁星只是带了过去："平时没怎么留意。"

"也是，一看星星就是那种一心扑在学习上的人，不像学校的其他女孩儿。你别看我家宝宝这样，听说喜欢他的女生可是很多的哦！现在的孩子真是太早熟了！我还听说他之前在学校里交了个女朋友！"

"……"叶繁星僵硬地笑了笑，简直不知道该怎么接话。

傅景遇离叶繁星很近，能够感觉到她有些不自在。

难道是因为……顾雨泽刚刚的反应……

"什么时候吃饭？"傅景遇开口。

"景遇你饿了？马上就好。我去看看我的汤。"傅母走向厨房。

傅景遇一打岔，傅玲珑也没再问叶繁星学校里的问题，站了起来："我去叫宝宝下来吃饭。"

两天后，叶繁星的热伤风终于彻底好了。

她起床的时候，傅景遇不在家。回江州市之后，他就开始忙了。

叶繁星也不是个愿意每天把自己关在屋里的人，虽然她的学费已经解决了，但钱早晚也是要还的。

她在QQ群里看到有兼职的信息，就直接过去了。

工作是在酒店二楼的餐厅里当点菜员，饭点的时候她会比较忙，但其他时候还算轻松。

"叶繁星！"赵嘉淇约了两个同学过来这边玩，下来吃饭的时候，正好看到叶繁星在这里当点菜员。

赵嘉淇身边那两个女孩儿，也是她们学校的同学，虽然不在一个班上，但大家都是一个学校的学生，所以也都认识。

"叶繁星，你怎么在这里打工啊？"那个长头发、个子高高的女孩儿叫丁菲菲，是个网红。

叶繁星原本不知道学校里有这么一个网红，但赵嘉淇总在叶繁星面前吐槽，说丁菲菲整容什么的，所以叶繁星才慢慢记住了这个名字。

因为赵嘉淇每次谈起丁菲菲的时候都充满敌意，叶繁星还以为她俩的关系不好，却没想到她们竟然还是朋友？

不然她们怎么可能一起出现在这里呢？

虽然叶繁星一点儿都不想搭理赵嘉淇，可是现在是在工作，她才不会跟钱过不去。

她把手里的iPad递了过去，没回答她们的问题："几位需要什么？"

"你不是在南川吗，怎么在这里工作？"虽然那天才跟叶繁星闹得不愉快，但是现在赵嘉淇却一副没事人的样子，仿佛她们还是好朋友，可以继续打听着叶繁星的事情。

作为受害者，叶繁星的心却没这么大。

她永远都会记得，那天在赵家门前赵嘉淇说的话……

"如果不点的话，我稍后再过来。"

"别！"赵嘉淇拦住她，说，"点，怎么不点啊？我们来吃饭的。有什么好吃的，你推荐一下呗！"

叶繁星翻着菜单给她看："这些都是我们酒店的特色菜。"

"叶繁星，听说你被顾雨泽甩了？"丁菲菲好奇地看着叶繁星，一副八卦的样子。

叶繁星僵了一下，看了一眼赵嘉淇这个罪魁祸首，没有搭话。

"问你话呢！干吗不说？"丁菲菲见叶繁星不回答，高高在上地道，"你为什么在这里打工？你跟嘉淇走得这么近，我还以为你家里很有钱呢！"

叶繁星道："我家里没钱，所以在这里打工。还有，我现在在工作，不谈私事！"

"我们都是同学，要不你坐下来一起吃？"丁菲菲八卦得很。

叶繁星以前成绩很好，再加上她长得还可以，又跟顾雨泽是同桌，所以大家都挺嫉妒她的，现在看见叶繁星在这里打工，顿时有一种幸灾乐祸的感觉。

原来，她也没那么好嘛，家里竟然已经穷到她要出来打工了。

“不用了。”叶繁星拒绝道，“我在工作。”

赵嘉淇一直在翻菜单，故意翻得很慢，就是为了让丁菲菲盘问叶繁星。

丁菲菲继续对着叶繁星八卦：“顾雨泽甩掉你，是不是因为知道了你家里很穷的事情啊？”

叶繁星：“……”

就在这时，赵嘉淇终于开口了，看着叶繁星道：“你的学费的事情都弄好了吗？你妈没有再让你嫁人吧？”

“嫁人？”丁菲菲惊讶地瞪大了眼睛，“叶繁星，你高三毕业就要嫁人了？你不上大学了？”

她一惊一乍的，声音也很大，周围的人都听见了。

叶繁星望了赵嘉淇一眼。赵嘉淇恐怕巴不得自己不去上学，直接嫁人吧？

叶繁星也不提她跟傅景遇的事情，道：“是啊，我准备嫁人了！不上大学了。”

赵嘉淇说：“其实早点儿结婚也没什么不好，等我们大学毕业的时候，你的孩子都能打酱油了呢！真叫人羡慕。”

她这句话明显是奚落的意思。

丁菲菲是个实诚人，以为赵嘉淇真的是在夸叶繁星，吐槽道：“有什么羡慕的？女人一旦生了孩子就会老得快，要不了多久就会变成黄脸婆。要是让我现在就结婚，那我宁愿去死！”

赵嘉淇呵呵地笑了起来：“菲菲你不一样嘛，你是成功人士，又有那么多粉丝，肯定不会那么早就嫁人。不过有很多农村的女孩儿，十八岁就生孩子了呢！对吧，星星？”

她说完，故意看了叶繁星一眼，毕竟这件事情，她还是从叶繁星这里听说的。

在南川，的确有很多早早就辍学嫁人的女孩儿，虽然没有领证，但也生了孩子。等真正到结婚的年纪的时候，大多数人会丢下小孩，选择离婚。

叶繁星对这样的行为，一直感到很无语。

她觉得结婚和生孩子都是该慎重考虑的事情，不应该这么随便。

她跟赵嘉淇闲聊的时候，也聊过这个话题。

“十八岁就结婚？不会吧！”丁菲菲和另一个同学一点儿都不敢相信这种事，有些崇拜地看着赵嘉淇，“嘉淇，你知道得真多。”

赵嘉淇说：“农村人的想法我也不理解，都是叶繁星跟我说的。”

叶繁星望着这个虚伪做作的女人。她的前半句才是重点吧！

农村人怎么了？

农村人吃你家大米了？

“好吧！”丁菲菲摇头，“穷人的想法，我是理解不了的。”

叶繁星无比煎熬地听着她们在这里谈话，好一会儿总算等到赵嘉淇这个磨叽的女人点完菜，拿着菜单走了。

丁菲菲望着赵嘉淇，问道：“嘉淇，你跟叶繁星不是好朋友吗？”

刚刚她看叶繁星的态度，对赵嘉淇不冷不热的。

赵嘉淇笑道：“以前是，现在已经不算了。”

“为什么？”以前赵嘉淇跟叶繁星走得可近了。

赵嘉淇遗憾地叹气：“我本来是拿她当很好的朋友的，可惜她的人品不好，喜欢在背后说人坏话。”

“不会吧？她看起来不像这种人啊。”

“人心隔肚皮，她是什么样的人也不会写在脸上，是吧？对了，她之前还跟我说过你呢！”

“说我？”丁菲菲不解地问道，“说我什么？”

她虽然成绩不怎么好，但在网络上人气很高，现在已经有很高的收入了。

赵嘉淇望着丁菲菲那张巴掌大的小脸：“她说你整容，还说你是换头怪！”

这些话，一直是赵嘉淇在私底下说的。

同样是一个学校的，赵嘉淇看丁菲菲那么火，心里不舒服。而且，以前丁菲菲压根没她长得好看，后面整了容就被人当成了女神。

赵嘉淇也开过直播，但没什么人看，她就放弃了。

丁菲菲听到赵嘉淇的话，一张小脸上写满了愤怒：“她怎么可以这么说？”

“换头怪”是网络上的黑粉给她的称呼，丁菲菲对此一直很介意。

但网上的说法是一回事，现实中认识的人这样说，就是另一回事了。

她明明是凭着自己的努力才有今天的，这些人凭什么这样说她？

赵嘉淇安慰着生气的丁菲菲：“我们都知道，菲菲你一直就长这么好看的，叶繁星肯定是嫉妒你！反正我们学校好多女生她都在背后说过坏话。”

赵嘉淇的安慰，并没有让丁菲菲心里好受一点儿。

赵嘉淇装出可怜的样子道：“其实当初顾雨泽本来是喜欢我的，可惜被叶繁星抢走了。你说，我怎么可能跟这种人继续当朋友？”

赵嘉淇跟叶繁星成为朋友，是在叶繁星变成顾雨泽的同桌之后。

顾雨泽看起来很高冷，赵嘉淇想去找他，又怕跟他不熟他不理自己，所以就跟叶繁星搞好关系，每次都借着找叶繁星跟顾雨泽搭话，以至于后来除了她以外，所有人都以为她跟叶繁星是很好的朋友。

偏偏叶繁星那个蠢女人还真的拿她当朋友，什么秘密都跟她说，没有任何保留。

现在自己已经跟顾雨泽在一起，叶繁星早就没了利用价值，赵嘉淇自然不会再帮叶繁星说好话。

另一个同学很惊讶：“天哪！真看不出来叶繁星居然是这样的人。嘉淇，你以后可要离她远一点儿！”

晚上，叶繁星终于结束工作回到家。

傅景遇已经先回来了，看她现在才回来，问道：“你去哪里了？”

“随便逛了逛。”叶繁星不想让傅景遇知道她在外面打工。

她拍了拍肩膀。晚上这会儿特别忙，吃饭的人很多，累死她了。

傅景遇望着叶繁星问道：“身体都好了？”

“已经好了。”叶繁星在沙发上坐了下来，望着傅景遇，脸上露出温柔的笑容，“大叔什么时候回来的？”

平常傅景遇都是早出晚归的。

傅景遇说：“回来一会儿了。”

他现在和叶繁星并没有住在傅家。傅景遇觉得家里太吵，所以在外面住，这里只有他和叶繁星两个人。

怕叶繁星一个人在家里无聊，所以他今天特地提前回来陪她吃饭，结果发现她根本不在。

叶繁星的鼻子却很灵敏，她嗅了嗅：“我怎么闻到了奶油的味道？”

蒋森在一旁笑道：“你这鼻子也太灵了吧！回来的时候，我们给你带了蛋糕，放在桌上呢。”

叶繁星忙跑过去，看到一个六寸的蛋糕搁在那里。

她很喜欢吃蛋糕，但是对她来说，蛋糕太贵了，平时她根本舍不得买。

今天工作一天，在酒店吃的又是工作餐，她压根没吃饱。

她拿了切蛋糕的刀，很快将蛋糕平分成了三块：“这是大叔的，这是蒋先生的，最后这块是我的。”

蒋森见她这样，说道：“你自己吃吧，专门给你买的。”

“大叔也不要吗？”叶繁星看向傅景遇。

傅景遇说：“不用。”

只是一个蛋糕而已，望着叶繁星嘴馋的样子，傅景遇也忍不住笑了。

想到一个人吃整个蛋糕，叶繁星就觉得无比幸福，好像一整天的疲惫都不见了。

叶繁星坐在餐桌旁吃着蛋糕，手机突然响了起来，有人加她的QQ好友。

她也没想太多，直接点了通过。

很快，对方就说话了：“你是叶繁星？”

“你是谁啊？”像这样直接叫她的真名的，八成是认识的人。

“你就是那个说我们菲菲整容的女人？”

对方来者不善，确认了身份后就直接骂了起来。

菲菲？整容？

这是说丁菲菲吗？

丁菲菲整容的事之前都是网上在说，跟她有什么关系？

这人干吗突然跑来骂她？

叶繁星也顾不上再吃蛋糕了，腾出双手来，很快就打字回复了过去：“我什么时候说了？”

“你以为你不承认，我们就不知道了吗？我们一中怎么会有你这种人！像你这种只敢躲在背后说人坏话的女人，可真够不要脸的！”

来找叶繁星的是丁菲菲的铁粉，跟叶繁星是一个学校的。

丁菲菲一直被人喷，早就气得很，现在知道叶繁星说自己坏话，终于有了发泄的机会。

“我没有说过这样的话。”

“你这是敢做不敢认？听说你还抢了赵嘉淇的男朋友，这个世界上怎么会有你这样的女人！还好顾雨泽把你甩了！”

“我抢了赵嘉淇的男朋友？”看到这句话的时候，叶繁星险些笑出来，“赵嘉淇说的？”

“怎么，你敢做，别人还不能说？”

叶繁星的神情变得严肃起来。

她以为上次在赵家门口，赵嘉淇已经很过分了，却没想到对方还有更过分的时候。

赵嘉淇离间自己跟顾雨泽的关系，抢走了顾雨泽，却还反咬一口。

这个世界上怎么会有这样无耻的人？

傅景遇刚刚打完电话出来，看到叶繁星把蛋糕才吃了一块就放在那里了，她整个人则抱着头趴在桌上，很郁闷的样子。

他还很少见到她这副模样。

“受什么刺激了？”傅景遇坐着轮椅过去，对着她问道。

叶繁星抬起头来望着傅景遇，眼眶红红的，像是刚刚哭过。

以前她一直以为自己跟赵嘉淇是好朋友，所以对赵嘉淇没有防备，有时候两个人私底下聊天的时候，对方说了什么她也保守着秘密。

可是，她怎么也没想到，赵嘉淇竟然会反咬她一口。

傅景遇好奇地问道："哭了？"

"我没哭。"她是想哭，但并没有让自己哭出来。

叶繁星揉了揉眼睛。

"……"傅景遇望着叶繁星，总觉得她今天出去后遇到了什么事，回来才会变成这样。

叶繁星望着傅景遇，问道："大叔，你有没有被人背叛过？"

叶繁星的这个问题，让傅景遇瞬间就想起了苏琳欢，眼神瞬间变得冷漠起来，有点儿吓人。

叶繁星不敢再问，转开话题道："我去喝点儿水。"

她站起来走向厨房，给自己倒了杯水，回来的时候正好看到傅玲珑从外面走进来，身后还跟着顾雨泽。

傅玲珑知道傅景遇独自住在外面很不放心，所以想过来看看他。

来之前，她已经给傅景遇打了电话。

"星星。"傅玲珑看到叶繁星，微笑着打了招呼。

"姐，晚上好。"叶繁星打完招呼后，目光落在了顾雨泽身上，不明白他跟着来做什么。

傅玲珑跟傅景遇有话要说，两人去了书房。

叶繁星在餐桌旁坐下来，继续吃自己的蛋糕。顾雨泽走了过来，在她旁边坐下。

上次在傅家遇见，两人并没有说上话。

叶繁星也不知道这时候应该跟他说什么，他们已经分手了。

她没有搭理他，只是默默地吃着蛋糕。倒是顾雨泽开了口："离我舅舅远一点儿。"

叶繁星抬起头望着顾雨泽，发现他的表情很严肃，他是认真的。

叶繁星问道："为什么？"

傅家人都没说什么，他凭什么这么说？

顾雨泽道："你又不喜欢我舅舅，跟他在一起是在害他！"

"谁跟你说我不喜欢他了？"叶繁星没再去看顾雨泽。

她既然已经决定嫁给大叔，就不会做任何对不起大叔的事情，就连心也不可以背叛！

所以，她已经不喜欢顾雨泽了，就算喜欢，也要装作不再喜欢。

她的这句话，让顾雨泽眼中闪过一丝悲伤之色。

她说喜欢舅舅，那就是不喜欢他。

赵嘉淇说，叶繁星根本不喜欢他，跟他在一起只是因为他有钱，又是校草，想要满足自己的虚荣心，叶繁星早就背着他跟其他人在一起了。

所以……她喜欢的人是舅舅？

顾雨泽现在虽然跟叶繁星分手了，可他是真的喜欢过叶繁星的。

他望着叶繁星道："我舅舅大你那么多，你们不是一个世界的人，你竟然喜欢他？"

"我就喜欢年纪大一点儿、成熟一点儿的人，不可以吗？"

叶繁星望着顾雨泽。真是不懂，两人都分手了，他说这些有什么用？

"你们什么时候在一起的？"这是顾雨泽最想知道的问题。在他们分手以前，还是分手以后？

"还没放假就在一起了。我每天躲着你的时候，就是为了跟他在一起！"

事实上她那时候是在打工，但既然顾雨泽已经相信了赵嘉淇的话，叶繁星就不想解释了。

"叶繁星！"顾雨泽因为生气，身体颤抖了起来，直接吼出了她的名字。

她背叛了他，还这么理所当然的样子。

"干吗？"接话的是从书房走出来的傅玲珑，见儿子气势汹汹地站在叶繁星面前，傅玲珑忙走过来一把将他拉开，"顾雨泽，我告诉你，你敢欺负她，我不会放过你！”

她不过才离开一会儿，顾雨泽竟然都直接喊叶繁星的名字了，要翻天啦！

那天在傅家，顾雨泽的态度不算好，傅玲珑今天叫他过来是想给个机会让他好好表现的，结果……真是气死她了！

傅玲珑担心地看着叶繁星：“星星，你没事吧？”

叶繁星望了一眼愤怒中的顾雨泽，说：“我没事。”

傅玲珑瞪了顾雨泽一眼：“这臭小子就是不听话。这是你小舅妈，我跟你说过多少次了，再让我听见你叫她的名字，我就让你爸打你。”

“妈！”顾雨泽无语了。

母亲偏心也偏得太严重了。

叶繁星出现以前，傅玲珑都是宝宝、宝宝地叫他，可是现在一扯上叶繁星的事情，就只会凶他。

明明是叶繁星背叛了他，可是现在，家里所有人竟然都宠着叶繁星。

想到这里，顾雨泽觉得憋屈，直接走了出去。

傅玲珑无奈地摇头，对傅景遇和叶繁星道：“我就先回去了。”

他们走后，只留下叶繁星和傅景遇在客厅里，傅景遇望着叶繁星，问道：“你们刚刚在说什么？他为什么那么生气？”

“他想抢我的蛋糕，我不给。”叶繁星随便找了个借口。

傅景遇：“……”

叶繁星走过来，推着他的轮椅：“大叔，我送你回房间休息吧。你工作一天，肯定很累了。”

叶繁星也想睡了。

这一整天的事情，让她觉得糟心极了。

到了房间里，她给傅景遇把睡衣拿了过来。

之前蒋森照顾傅景遇的时候，她学到了一些。

傅景遇见她还想给自己换衣服，道：“不用了，我自己就可以。”

“可以吗？”

傅景遇说："你去休息。"

"好、好吧。"他终究是个大男人，好像自己帮他换衣服确实不太好。

叶繁星就走了出去。

她洗了个澡，洗澡的时候一直在想今天发生的事情。

蒋森进门的时候，傅景遇已经洗完澡，穿着睡衣坐在轮椅上。

蒋森走过去，望着傅景遇问道："先生您找我？"

"知道星星今天去什么地方了吗？"傅景遇刚刚让蒋森去查了。

蒋森说："在丽豪酒店做兼职，就两天，明天可能还会去。"

傅景遇听完，没有作声。

他跟蒋森聊了一会儿，门就被敲响了，叶繁星的声音在门口响了起来："大叔，你睡了没有？"

蒋森走了出去，看着站在门口的叶繁星。

她已经洗了澡，换了睡衣。

"蒋先生。"

蒋森道："傅先生还没睡，进去吧。"

叶繁星不过是出去一趟、做些什么，傅先生都要关心，蒋森只觉得无奈。

他也学聪明了，叶繁星这是妥妥地要成为傅太太的节奏，所以他现在直接把叶繁星当成女主人，像尊重傅先生一样尊重她。

次日，还没到午饭时间，餐厅里人不多，叶繁星也不算太忙。

顾雨泽在经理的陪同下走了进来。这家酒店是顾家旗下的，现在是假期，顾雨泽没事做，就被打发过来学习点儿东西。

他走进来后，就看到叶繁星站在那里。

见他停下来，并盯着叶繁星的方向看，经理好奇地问道："雨泽？"

"她怎么会在这里？"顾雨泽指着叶繁星问道。

经理不明白他怎么就盯上了叶繁星，说：“最近餐厅人不太够，有人请假了，我们就找一些兼职的人过来代替。有问题吗？”

顾雨泽望着叶繁星，想起昨晚跟叶繁星聊天的时候，叶繁星说的那些话。

叶繁星正在全心全意地招呼客人。在工作时，心情再不好，也不能带进来。

见她还笑得出来，顾雨泽说：“我不想再看到她。”

经理忍不住看了一眼顾雨泽，见他的表情很是认真，不像在开玩笑，点头道：“是。”

经理说完就走开了。

“顾雨泽！”

顾雨泽正盯着叶繁星的方向看，昨晚在酒店住的赵嘉淇突然出现在他身后，叫了他。

顾雨泽望向赵嘉淇，没有出声。

赵嘉淇打量着穿着正装的他：“你这是……在工作？”

“我妈叫我过来学习几天。”

“你真厉害，都能帮家里打理生意了。”赵嘉淇钦佩地说，心中想的却是：叶繁星在这里打工，他不会看到叶繁星才来的吧？

顾雨泽还是喜欢叶繁星的，否则之前他也不会那么生叶繁星的气。

所以赵嘉淇好怕他们会碰见。万一两个人和好了，那她之前的努力不就白费了吗？

而且叶繁星现在没钱交学费，万一让顾雨泽知道了，借钱给叶繁星怎么办？

赵嘉淇跟顾雨泽一起报了江州大学，总之，她是不想再看见叶繁星出现在顾雨泽身边的。

想到这里，赵嘉淇忙抓住他的手：“我来你家酒店，你不招待一下我？我们去别处看看吧。”

顾雨泽说：“我有事。”

他想看看叶繁星被解雇后的反应。他就不相信她还笑得出来。

“什么事啊？”在顾雨泽面前，赵嘉淇一向是很温柔的形象。

顾雨泽没有跟她解释。

很快，经理就走了过来，对顾雨泽道：“已经处理好了，让她现在就走。”

叶繁星也走了过来。她本来还在想，自己做得好好的，他们怎么突然就要开除她，看到顾雨泽和赵嘉淇，她立马就明白了原因。

是顾雨泽他们想让她走吧？

除此之外，她想不到别的理由了。

尤其是……看着赵嘉淇和顾雨泽挽在一起的手，叶繁星更觉得可笑。

昨晚顾雨泽走之后，叶繁星还难过了一阵，现在看来，她就没什么好难过的了。

赵嘉淇见到叶繁星走过来，当着顾雨泽的面，也不好装作不认识，便开口对叶繁星道：“星星，我跟雨泽正准备吃饭，你要一起吗？”

“你就这么怕我吗？连我打个工都要开除我？”叶繁星冷冷地看着赵嘉淇，真是想不明白，她这样针对自己的理由是什么。

如果说赵嘉淇只是为了抢走顾雨泽，那么她不是已经达到目的了吗？

赵嘉淇无辜地问道：“你说什么啊？我听不懂。”

她是真不明白叶繁星被开除跟她有什么关系。

“演得可真像！”叶繁星嘲弄地扬了扬嘴角，“你不去混演艺圈，真是可惜了。”

顾雨泽走了过来，严肃地道：“开除你是我的意思，跟赵嘉淇没有关系。”

叶繁星和赵嘉淇都惊讶地看向他。

赵嘉淇没想到这件事情是顾雨泽的意思，刚刚还担心顾雨泽会跟叶繁星和好，现在看来是她白担心了。

而叶繁星之所以惊讶，是因为他这样维护赵嘉淇。

“你为什么要这样做？”叶繁星绷着下巴问道。

顾雨泽冷冷地望着叶繁星："你自己心里清楚。"

说完他就转身走了，经理忙跟过去，只留下叶繁星和赵嘉淇在原地。

叶繁星望着他的背影。她应该清楚什么？

赵嘉淇望着叶繁星，不知道为什么突然就很想笑，然后就真的笑了起来："被开除的滋味怎么样？"

叶繁星回过神道："或许，我应该感谢你。"

现在是夏天，叶繁星的眼眸却冷得像冰一样，她对赵嘉淇已经没了昨天的客气。

昨天她是为了工作，可现在她都被开除了。

赵嘉淇说："感谢就不用了，其实你也应该明白，就算没有我，你们也会分手的。因为他根本没有喜欢过你！"

"……"叶繁星笑了笑，"他喜不喜欢我不重要，我已经不在意了。倒是有件事情我很好奇。"

"什么事？"赵嘉淇问道。

叶繁星说："是你跟丁菲菲说，我在背后说她整容？"

赵嘉淇也没否认："是又怎么样？"

"真正在背后说她的人是你还是我，你心里应该比谁都清楚吧？"明明赵嘉淇才是那个讨厌丁菲菲的人。

"就算是我又怎么了？"赵嘉淇对叶繁星说，"你觉得她会相信你吗？"

赵嘉淇跟丁菲菲走得近，可叶繁星跟丁菲菲一点儿交集都没有。

叶繁星就算去跟丁菲菲解释，丁菲菲也不会信的。

叶繁星望着赵嘉淇，沉默了一下，又问道："是你说的顾雨泽喜欢你，我抢了他？"

赵嘉淇道："这个重要吗？"

"你觉得不重要？被抢了男友和抢别人的男友，这完全是两个概念。"

叶繁星的指责让赵嘉淇的小脸白了白："你跟我理论这些做什么？

你去跟别人理论啊！懒得理你。”

她白了叶繁星一眼，直接走了。

就算是她抢了顾雨泽又怎么样？明明是她先喜欢顾雨泽的！

叶繁星望着赵嘉淇离去的背影，紧紧地握着拳头。

叶繁星提前结束了工作，回了傅景遇那里，结果发现傅景遇竟然在家。

他穿着正装，也不知道是没出去还是刚刚回来。

“大叔，你今天没去工作？”

“刚回来。”他望着叶繁星，“你呢，不是说跟朋友约了，要晚上才回来？”

“朋友临时有事。”叶繁星扯着谎，不想让大叔知道今天的事情。

傅景遇说：“中午一起吃饭吧。带你去吃好吃的。”

“好啊！”叶繁星一听到吃饭就很高兴。谁让她是个吃货呢，只要有好吃的，所有不高兴的事情都能暂时忘记。

傅景遇看她笑，跟着笑起来。他就知道，没有什么比吃的更能哄她开心。

餐厅里，叶繁星抱着菜单，郁闷得皱眉：“这个好贵，这个也好贵……”

只要是她想吃的，都好贵好贵！

傅景遇看着她犹豫不决的样子，把她刚刚指的东西全部点了。

叶繁星一开始还担心太贵了，结果看到满桌子菜的时候，就什么都顾不上了。

顾雨泽从餐厅门口走进来，服务员看到他，礼貌地招呼道：“先生，请问几位？”

“我找人。”

顾雨泽径直往包厢走去，推开门，看到叶繁星坐在傅景遇身边，正戴着手套津津有味地剥着小龙虾。

“舅舅。”他敲了敲门。

傅景遇抬起头，看到他道：“进来吧。”

沉迷于美食的叶繁星听到顾雨泽的声音，抬起头，就见顾雨泽已经在她对面的位置坐了下来。

她愣了一下，不明白顾雨泽怎么会在这里，再看向傅景遇的时候，却发现傅景遇一点儿都不意外。

看这情况，他们是约好的？

果然，叶繁星这个念头刚刚冒出来，就听顾雨泽问道：“您找我有事？”

如果不是傅景遇约他，他根本不会来这里和叶繁星一起吃饭。

傅景遇没有说话，只是戴着手套在帮叶繁星剥虾。

顾雨泽长这么大，还从来没见过舅舅这样伺候别人，见傅景遇没说话，只觉得气氛有些尴尬。

顾雨泽拿起筷子夹了菜放在碗里，遗憾的是眼前的画面让他根本没什么胃口。

自从他出现，叶繁星也变得安静起来，整个包厢里很是寂静。

直到面前堆了一堆红色的小龙虾壳，傅景遇才停下来，望着顾雨泽道：“我今天叫你来，是有件事情想问问。”

“您请说。”傅景遇很严肃，让顾雨泽跟着紧张起来。

记得他小的时候，舅舅还是很温柔的。

傅景遇端了水递到叶繁星面前。从顾雨泽进来之后，傅景遇就什么都没吃，一直在伺候叶繁星。

叶繁星喝着傅景遇递过来的水，望着顾雨泽在傅景遇面前小心翼翼的模样，只觉得可笑。

欺软怕硬！

她正在心里鄙视顾雨泽，就听傅景遇说：“听说你今天在酒店让人开除了星星？”

“……”叶繁星吓了一跳，差点儿被水呛着。

她万万没想到，大叔叫顾雨泽来，竟然……是问这件事情？

大叔怎么知道自己在打工的事情？又怎么知道是顾雨泽开除她的？

而且，从她回家到现在，两个人在一起得有两个小时了吧，他竟然还装作什么都不知道的样子。

顾雨泽抬起头看了叶繁星一眼，是她跟舅舅说的！

她可真会告状。

他也不否认："是我。"

傅景遇望着顾雨泽："跟星星道歉。"

"舅舅！"顾雨泽抬起头，望着傅景遇，"叶繁星她……"

"道歉。"傅景遇看似只平静地重复了一遍，其实根本不给他解释的机会。

顾雨泽的脸色变得很僵硬，他看着叶繁星，怒气在胸口起伏着。他竟然要跟这种女人道歉？

为什么？她凭什么得到自己的道歉？

"我最后说一次，道歉。"傅景遇望着顾雨泽。叶繁星是他带回来的，他就不会让她在家里受任何委屈。

之前顾雨泽对叶繁星的两次冒犯他都忍了，但今天这件事情，他忍不了。

车内很安静，傅景遇一直没有说话，叶繁星望着他。在傅景遇的压迫之下，顾雨泽真的向她道歉了。

光是想到顾雨泽敢怒不敢言地向自己道歉的样子，叶繁星就觉得很爽。

只是看着坐在自己身边一直不说话的傅景遇，叶繁星还是有点儿紧张。

难怪平时蒋森那么怕他，原来他生气时真的很吓人啊！

"大叔。"叶繁星小心翼翼地伸出手，摇了摇他的胳膊。

傅景遇道："怎么了？"

"你不会在生气吧？"她充满担忧的语气，让傅景遇转过头来看了她一眼。

他伸出手，温柔地放在她的脑袋上："抱歉，让你受委屈了。"

他没有迁怒自己就好。

叶繁星说："我没事……不过，你是怎么知道酒店的事情的？"

她到现在都想不通。

"我有千里眼，什么都知道。"傅景遇望着她，忍不住笑了起来。

"我才不信呢！"叶繁星说，"你要有千里眼，那我就有顺风耳。"

"那你说，我是怎么知道的？"

"肯定有人告诉你的！"虽然她不知道是谁。

傅景遇望着她肯定的模样，扬了扬嘴角："你也不傻嘛！"

这件事情当然是酒店的人告诉他的。

蒋森专门交代过，让他们关照叶繁星，遇到叶繁星被开除这种事情，他们当然第一时间汇报了。

叶繁星说："你会不会觉得，我不应该去打工啊？"

她哪里想得到，那家酒店竟然是顾雨泽家的！以前他们在学校的时候，顾雨泽也没跟她说过这些啊！

要是早知道，她才不去。

傅景遇说："自力更生，不丢人！"

傅景遇的这句话，对叶繁星来说仿佛是一种鼓励。

她顿时觉得心里好受多了。

回到家里，叶繁星对厨房里的阿姨说："阿姨，晚上我来做饭，您休息吧。"

"你做啊？"阿姨望着叶繁星，充满了怀疑。

叶繁星："我做饭可好吃了呢！是不是，蒋先生？"

"嗯。"叶繁星进来别墅之前，蒋森就考过她的厨艺，过关了才用她的。

得到蒋森的肯定，阿姨放心了些。

"吃饭了。"傅景遇坐在客厅里正看电脑，听到叶繁星叫他的声音。

他暂时放下工作，过来的时候看到叶繁星已经做了一整桌子菜。阿姨在旁边很是佩服，不住地夸叶繁星：“星星太厉害了，这些全是她做的。”

她在傅家很多年了，可从来没想过傅景遇会娶一个这样的女孩子。

毕竟现在独生女那么多，像这样年纪的姑娘，能做饭的已经很少了。

叶繁星拿了四副碗筷过来：“阿姨您也一起吃吧。”

阿姨虽然是用人，但年纪跟叶繁星的母亲差不多，叶繁星跟她说话的时候很礼貌。

阿姨说：“不、不用了，你们吃吧。”

“坐下嘛。”叶繁星说，“人多热闹一点儿，可以吧，大叔？”

叶繁星望向傅景遇，希望能够得到他的同意。

傅景遇应道：“嗯。”

她喜欢怎么样就怎么样。

阿姨不敢相信地望着傅景遇，他竟然答应了，她可是用人啊！

傅家可没有用人上桌吃饭的传统。

蒋森说：“太太都说了，你就坐下吃吧。这里又不是傅家，就我们几个人。”

阿姨听了蒋森的话，这才坐了下来。

这可是她第一次跟傅景遇一起吃饭，他又不笑，靠他这么近她感觉好有压力。

叶繁星倒是自在，好像一点儿都不惧怕傅景遇，还帮傅景遇夹菜：“大叔，你尝尝这个，可好吃了。”

傅景遇尝了一口，味道确实很好：“嗯。”

得到肯定的叶繁星笑得眼睛都眯了起来：“是吧！我简直是做饭的天才，从小做饭就很好吃，每次家里有人去的时候，都夸我做饭做得好吃。”

她最自豪的就是厨艺了。

傅景遇抬起头，望着她喜滋滋的样子。她在厨房里忙了两个小时，这可不是件容易的事情。

他伸出手把她的手拉了过来，用大手圈在掌心里。

这突然而来的举动，让叶繁星愣了一下，这……蒋先生和阿姨都在呢！

傅景遇望着她，说："做饭这种事情，当个兴趣就好，天天做就不用了。这么好看的手，用来做饭可惜了。"

叶繁星的手指修长，不像是应该做粗活的手，可他知道，她没少做这些事情。

像她这个年纪的女孩子，大多是被宠着的吧，可她不一样。

越是这样，他就越想多疼她一点儿。

叶繁星被傅景遇的话说得笑了笑，说："没事的，做饭又不累。"

阿姨说："我家薇薇比你还大，都不会做饭呢。"

"每个人擅长的事情不一样，我也就只会做饭而已。"今天她做这顿饭就是想感谢一下傅景遇今天帮她出了气。

叶繁星是个很简单的人，别人对她有一分好，她就会记在心里，百倍千倍地回报。

以前她对赵嘉淇也是这样的。那时候她还以为赵嘉淇对她很好，现在嘛……证明自己瞎了眼。

周六，傅景遇带叶繁星一起回了傅家，之前跟母亲约好的，带叶繁星回去住两天。

车上，叶繁星望着傅景遇道："大叔，你之前……教训顾雨泽的事情，家里不会知道吧？"

"怎么了？"傅景遇不觉得自己教训顾雨泽做得有什么错。

叶繁星说："你是因为我才说他的，我怕爸妈和大姐会生气。"

虽然说她跟傅景遇结了婚，傅景遇的爸妈看起来也挺宠她的，可是叶繁星觉得，自己的地位怎么也不可能跟顾雨泽比吧！

傅景遇看着她担心的样子，说："这是我做的事情，跟你没关系，不用怕。”

“万一他们觉得是我把你带坏了怎么办？”

“你把我带坏？”傅景遇不解地望着她。

叶繁星说：“电视里不都是这样演的吗？通常男人犯了错，他们会觉得是女人的问题，女人是狐狸精，带坏了自己的儿子，然后就开始讨厌女人啦！”

叶繁星已经自动脑补了一出豪门家庭大战。

噗！笑出声来的是正在开车的蒋森，蒋森从观后镜里望了叶繁星一眼：“你的想象力也太丰富了吧。”

“我怎么觉得你笑得不怀好意？”叶繁星望着蒋森，感觉自己被嘲讽了。她说的是实话好不好？

顾雨泽可是傅景遇他爸妈的亲外孙，他们怎么可能不疼他？

“好笑吗？”傅景遇扫了蒋森一眼，冷漠的眼睛里写满了不悦之色。

连他的人也敢笑？

蒋森感觉到傅景遇眼中的敌意，立马打住了，正经地道：“没、没有！这些事情，其实也是可能发生的。”

惹不起！打扰了！

他感觉自己跟在傅景遇身边这么多年，压根就没有好好了解过傅景遇。谁能想象以前那个见到女人连看都懒得多看一眼的傅景遇，宠老婆竟然宠到这种程度？

他也就是开个玩笑，都要被针对。

叶繁星望着秒尿的蒋森，忍不住笑了。

傅家客厅里今天来了客人。赵嘉淇穿了一条粉色的连衣裙，很可爱，很淑女：“外公，这是给您的礼物。外婆，这是给您的。这个是给阿姨的。”

最后一件礼物，被她送给了傅玲珑。

面对未来的婆婆，她当然要好好讨好了。

“谢谢。”傅玲珑笑了笑。

她一直听说儿子在学校交了个女朋友，今天终于见到了，长得很乖巧，看起来也挺有礼貌，还很热情，傅玲珑也没什么可挑剔的。

送完了礼物，赵嘉淇在顾雨泽身边坐下来，望了一眼顾雨泽。他这两天看起来不怎么高兴，也不知道他是怎么了，赵嘉淇问过，他没有告诉她。

不过能够见到他的家人，就证明她一只脚已经踏进傅家了，赵嘉淇很开心。

赵嘉淇刚刚坐下来，蒋森就推着傅景遇进来了。

见到他们，傅妈妈忙站了起来：“回来了？”

“妈。”傅景遇打了声招呼。

“怎么没看到星星？”见傅景遇独自回来，傅妈妈有些担心：不会是因为顾雨泽的事情，叶繁星都不敢回来了吧？

蒋森解释道：“在外面接电话呢，马上就进来。”

傅景遇瞥到一旁的赵嘉淇，微微皱眉道：“家里有客人？”

“哦，这是雨泽的女朋友，今天第一次上门。”傅妈妈笑着介绍道。

赵嘉淇忙站起来，乖巧地道：“叔叔好。”

傅景遇压根没看她：“我有点儿不舒服，先去休息了。”

他不怎么喜欢见外人，受伤之后更是如此。

赵嘉淇碰了壁，有些尴尬，大家也没在意她，注意力都在傅景遇身上。

傅妈妈说：“那就去休息，正好我今天约了医生过来，给你看一眼。”

蒋森推着傅景遇走了，傅玲珑也跟了过去。她感觉得出来，傅景遇还在不高兴，这两天她给他打电话他都不是很想接。

儿子犯的错，她当然要去弥补。

叶繁星还在外面接电话，是叶子辰打来的：“姐，你在哪里啊？什么时候回来？”

“暂时不回去了。”

“你还是回来看看吧，妈正到处找你呢。”

“她上次不是见了陈家的人，陈家人怎么说？”那天叶母给她打了好多电话，叶繁星都没接。

“没见到你，她就放弃了。她现在就是有点儿担心你，怕你在外面遇到什么事了。姐，要不，你见她一面吧？”

“……”叶繁星没说话。

叶母偏心是事实，养了她很多年也是事实。

听到母亲担心自己，叶繁星有一点儿心软了。

“你要是不放心妈，就让我去看看吧。看过了我们也放心不是？你毕竟是我姐。”

叶子辰对叶繁星还是挺好的，这一点叶繁星心里清楚。

“有空再说吧，我现在有事。”

“那好吧。等你有空的时候，我再去找你。”

叶繁星打完电话，从外面进屋，傅景遇不在，却看到顾雨泽和赵嘉淇在里面。

赵嘉淇正在削水果，削完了递给顾雨泽：“来，你吃。”

从两人相处的样子，叶繁星就可以确定，他们在一起很久了，比自己跟顾雨泽分手的时间还要久。

她不想承认，也不得不承认，她被背叛了。

在她还以为顾雨泽是自己的男朋友的时候，顾雨泽已经跟赵嘉淇回了家，被赵妈妈当成了女婿。

而现在赵嘉淇都跟着顾雨泽回家了，这意味着什么一清二楚。

客厅里只有顾雨泽跟赵嘉淇，傅爸、傅妈都忙自己的事情去了。

看到叶繁星走进来，赵嘉淇立马激动地站了起来：“叶繁星？”

叶繁星看着赵嘉淇，没有动作。

赵嘉淇已经激动地走了过来：“你来这里做什么？这是你应该来的地方吗？你知不知道这里是哪里？”

看到叶繁星的第一时间，赵嘉淇本能地以为叶繁星是来找顾雨泽的。

只不过他们都已经分手了，叶繁星还跑来这里，也太不要脸了吧？

叶繁星本来没想搭理赵嘉淇，见赵嘉淇紧张成这样，觉得有点儿好笑。

赵嘉淇不会以为她过来这里是找顾雨泽的吧？

叶繁星问道："这里是什么地方？"

"这是傅家！不是你这种人能来的地方。你跟顾雨泽都分手了，跑他家里来想做什么？叶繁星，就你家那样的背景，你以为他们家的人会搭理你吗？"

虽然赵嘉淇并不觉得叶繁星会是威胁，但还是害怕叶繁星的出现引起什么麻烦。

赵嘉淇的话让叶繁星笑了笑："你能来的地方，我就不能来吗？"

"我是顾雨泽的女朋友，你呢？"赵嘉淇说，"你能不能干脆一点儿？这样纠缠顾雨泽有意思吗？上次他都开除你了，你不会不明白是什么意思吧？"

看着赵嘉淇迫不及待地想赶自己走的样子，叶繁星就觉得好笑："什么意思？"

"他跟你已经彻底没有关系了。他就是为了让你死心！"

叶繁星看了一眼坐在那里没出声的顾雨泽，扬了扬嘴角。

赵嘉淇的眼珠子转了转："你不会是来借钱的吧？"

"是啊，我就是来借钱的。"叶繁星说，"我上不了学，当然要想办法借钱。万一顾雨泽借给我了呢！"

"你想得美，他是不可能借钱给你的，你要是聪明就赶紧走，免得等会儿他们家的人来了，只会丢你的脸。"在赵嘉淇眼里，叶繁星没见过世面，什么都不懂，只会惹傅家人嫌弃。

叶繁星没有说话。

就在这时，傅妈妈走了过来，看到叶繁星跟赵嘉淇站在一起，道："星星来了，快坐，站着做什么？"

看她跟赵嘉淇站在一起，两人离得这么近，傅妈妈笑道："你们认识啊？"

刚刚还迫不及待地想赶叶繁星走的赵嘉淇僵了僵，没想到顾雨泽的外婆竟然跟叶繁星很熟的样子？

难道在自己不知道的时候，顾雨泽已经带叶繁星来过了？

望着赵嘉淇僵在一旁什么都不知道的模样，叶繁星笑了笑，在沙发上坐了下来，说："我们是一个学校的。"

傅妈妈点头道："原来是这样，来，吃点儿水果。"

因为傅景遇，傅妈妈很疼叶繁星，刚切好的水果都顾不上给顾雨泽，就给了叶繁星。

叶繁星接过水果："谢谢。"

眼前的画面，让赵嘉淇一脸困惑。

她走了回来，在顾雨泽身边坐下，感觉叶繁星像公主一样被人宠着。

就算她今天第一次过来，也没见傅家人对她这么热情。

她知道傅家在江州市很有地位，能够跟他们家的人说上话，赵嘉淇都觉得荣幸，根本不敢想象被他们宠着的待遇。

只是……凭什么叶繁星可以？

叶繁星也就啃块哈密瓜的工夫，赵嘉淇的脸色就变了好几次。

叶繁星是个吃货，所以看她吃东西是件很幸福的事情。见她吃得这么开心，傅妈妈温柔地问道："好吃吗？"

"很好吃。"

"那让阿姨再切一点儿。"傅妈妈说完，就开口叫吴阿姨了。

叶繁星望着眼前的果盘："你们都不吃吗？"

就她一个人在吃。

"你吃。"傅妈妈说，"你喜欢吃就多吃一点儿。"

顾雨泽不大爱吃水果，至于赵嘉淇，傅妈妈没兴趣去招呼。在她看来，赵嘉淇和顾雨泽年纪都不大，两个人能不能够在一起还早着呢！

而且之前顾雨泽欺负叶繁星的事情，傅妈妈还在生气。

本来她都快忘了，现在叶繁星一出现，她又想起来了，所以不大想搭理顾雨泽和他女朋友。

赵嘉淇坐在一旁，简直不敢相信，明明自己今天是第一次过来，没想到顾雨泽的外婆理都不怎么理她，注意力全在叶繁星身上。

吃够了水果，叶繁星说："我给大叔送一点儿去。"

"好，去吧。"叶繁星能够时时刻刻想到傅景遇，让傅妈妈很满意。

她对傅景遇的要求不高，找个老婆来，能够随时随地关心他就好了。

等到叶繁星走了，傅妈妈才看向赵嘉淇："快吃吧。"

谁还有兴趣吃叶繁星剩下的？

赵嘉淇笑了笑："不用了。"

傅妈妈也没管他们，接着忙去了。

赵嘉淇再也按捺不住，问道："叶繁星以前来过这里？"

"来过。"

"我怎么不知道这事？"叶繁星跟顾雨泽在一起的时候，任何事情她都一清二楚。

如果叶繁星来过顾雨泽家里，叶繁星不可能不告诉她。

除非这是在他们分手之后才发生的事情……

顾雨泽看了赵嘉淇一眼，说道："你们不是朋友吗？你问我？"

他也很想知道，叶繁星是怎么跟舅舅在一起的！

赵嘉淇被噎了一下。她跟叶繁星撕破脸的事情，没敢告诉顾雨泽，顾雨泽以为她们还是朋友。

然而事实上，知道赵嘉淇的真面目之后，叶繁星连赵嘉淇的QQ都删了。

傅玲珑正在傅景遇的房间里劝道："你真的不看医生吗？妈给你找的这个医生可是治那里的专家。你说，不为星星也要为你自己着想吧，这可是一辈子的大事。"

傅景遇盯着傅玲珑，眼神很是复杂。

傅玲珑说："你盯着我做什么？我这也是为了你好啊。你不知道，为你的事情爸妈有多操心。你也不能自己放弃是不是？"

"出去。"傅景遇终于冷冷地吐出两个字。

"景遇！"傅玲珑还想劝说，"你必须得学会面对这件事情，如果你不学着去面对，是永远都好不起来的，知不知道？苏琳欢为什么走？还不是因为她知道你不行了！星星现在还不知道，要是她知道了……"

"走不走？"傅景遇严肃地瞪向她，傅玲珑愣了一下，毕竟还是有点儿怕他的，道："算了算了，我走吧。"

唉，她说了半天，也没见傅景遇听进去。

也是，男人嘛，有几个人愿意承认自己有隐疾的？

傅玲珑从房间里走出来，正好与叶繁星碰上。

叶繁星端着水果，跟傅玲珑打招呼道："姐。"

"星星。"傅玲珑笑了笑，下了楼。

"大叔，我给你送水果来了。"叶繁星走进门喊道。

傅景遇说："你吃。"

"我刚刚在楼下已经吃饱了。"

傅景遇抬起头望着叶繁星。

叶繁星穿得很简单，T恤和短裙。她的衣服都不贵，从淘宝淘来的，但她身材高挑，又很瘦，所以穿什么都很耐看。

傅景遇一直把她当成小女孩儿看，也没有多想。

刚刚傅玲珑在他面前唠叨了半天，他才重新把叶繁星当成一个女人看。

叶繁星站在他面前，一手端着果盘，一手拿着叉子，把水果喂给他："大叔，我喂你。"

她的手伸了过来，两个人的距离很近。

"我自己来。"他一脸严肃地从她的手里把水果拿了过去。

叶繁星见他跟自己这么见外，笑了笑道："之前是谁说，我是你的妻子，让我不用见外的？大叔是把我当外人了？”

这丫头……明明之前在自己面前挺紧张的样子，现在胆子是越来越大了，竟然敢撩他了。

傅景遇自己吃水果，叶繁星跑到一旁的沙发上坐了下来，刚打开手机，就看到上面有新的好友请求：泽泽的宝宝请求加你为好友。

叶繁星只是怔了一下就反应过来，这是……赵嘉淇的新名字。

她有病？突然跑来加自己做什么？

叶繁星困惑地皱了皱眉，想起刚刚赵嘉淇在楼下的反应，伸手点了通过。

她倒是想看看赵嘉淇想做什么。

赵嘉淇本来只是抱着试一试的态度，想看看叶繁星还会不会搭理自己，没想到叶繁星竟然通过了好友请求。

叶繁星脑子简单，自己要从她这里打听点儿什么，不难。

想到这里，赵嘉淇在手机上打了一句话：“星星，之前的事情，对不起。”

叶繁星望着上面的“对不起”三个字，忍不住笑了。

赵嘉淇这是有病吧？

她以为她们之间的问题，是道个歉就能解决的？

以叶繁星对赵嘉淇的了解，猜测赵嘉淇可能是来试探的。

叶繁星打了两个字过去：“有事？”

“没事，我就是想问问，你怎么会来这里？”

顾雨泽不告诉她，她只能问叶繁星。

叶繁星望着这个问题，赵嘉淇不知道原因，看来顾雨泽没告诉她？

否则赵嘉淇应该不会来问自己这个问题。

叶繁星说：“你问顾雨泽啊！你不是说，你跟他是一个世界的人？我以为你什么都知道。”

以前她什么都告诉赵嘉淇，是因为拿赵嘉淇当朋友。

现在叶繁星才没那么傻。

赵嘉淇道：“顾雨泽带你来的？这件事情你之前为什么没有跟我

说过？”

一不小心，赵嘉淇就用了质问的语气。

叶繁星笑了：“我为什么要告诉你？”

赵嘉淇沉默了一会儿，才重新回复：“星星，我们不是朋友吗？我们当了这么久的朋友，总不会因为这点儿小事你就真的不理我了吧？”

即使隔着屏幕，叶繁星也能够想象出赵嘉淇那副小白花般做作的表情。

以前两个人还是朋友的时候，偶尔也会有意见分歧或闹得不开心的时候，但是每一次赵嘉淇只要温柔地低下头，装一下可怜，叶繁星就会原谅她了。

她该不会以为，自己还跟以前一样好哄吧？

这段时间以来，赵嘉淇的所作所为已经到了令人发指的地步。

无论是抢走顾雨泽的事情，还是她在丁菲菲面前诋毁自己的事情，一桩桩、一件件，都印证了赵嘉淇根本不曾拿她当朋友。

既然她们不是朋友，她又有什么资格让自己拿对待朋友的心胸去原谅她？

叶繁星修长的手指打上了几个字：“抢人男朋友的朋友？”

“星星，”傅景遇叫住聊天聊得正欢的叶繁星，“喝水。”

叶繁星忙放下手机，去给傅景遇倒水。傅景遇见她聊天聊得这么认真，忍不住扫了一眼她的手机，正好看到叶繁星打出去的最后一句话。

男朋友？

他忍不住望向叶繁星。

她有男朋友？

叶繁星已经把水递了过来：“大叔，喝水。”

傅景遇伸出手接过杯子。他的手既修长又好看，是她见过的最好看的手。

叶繁星站在一旁，欣赏着他喝水的时候好看得要命的样子。

他喝完了，把杯子递给了她。

叶繁星把杯子拿回去放好，回来坐了下来，准备继续跟赵嘉淇战斗。她不擅长吵架，当面吵不过，在QQ上还吵不过吗？

结果屁股刚刚贴到沙发，她就听见傅景遇问："你以前有男朋友吗？"

"……"叶繁星正在跟赵嘉淇争论这个问题，没想到大叔会突然问起，莫名地一阵心虚。她看向傅景遇，发现他也正看着自己，眼神很温柔，似乎只是询问。

叶繁星说："大叔怎么突然问这个？"

"好奇。"

"没有。"在她眼里，顾雨泽根本不算她的男朋友，不过是以前不懂事玩的小孩子过家家的游戏。

傅景遇看着她的眼睛："真的没有？"

"真的没有。"叶繁星的目光落在一旁傅景遇没怎么动过的果盘上，转移话题道，"这些你都不吃吗？那给我吃吧。"

她聊了一会儿，感觉又饿了。

傅景遇望着这个吃货，道："你吃。"

"好吃。"叶繁星吃了一块，喂了傅景遇一块，"刚刚在楼下的时候，妈让我吃了好多。大叔，你的家人对我好好！"

除了顾雨泽之外，每个人对她都非常友善。

叶繁星压根想不明白，她明明才来第二次，他们难道就一点儿都不挑剔她？

傅景遇说："他们很喜欢你。"

"为什么？"

"大概是因为你可爱吧。"傅景遇伸手揉了揉她的脑袋，"别人对你好，你还研究为什么？"

他的大掌很暖，叶繁星捉住他的手："我真的不需要做什么？"

"听话就好。"

"……"

叶繁星和傅景遇直到吃饭的时候才从房间里出来。

她推着傅景遇进了餐厅，坐了下来，赵嘉淇也跟着顾雨泽过来了。

在傅家人面前，赵嘉淇努力想表现出温柔的一面，跟傅景遇打招呼道："叔叔好。"

傅景遇无比淡漠地应了一声，然后拿起桌上的热毛巾帮叶繁星擦手。眼前的画面看得赵嘉淇有些蒙，她知道傅景遇是顾雨泽的舅舅，觉着叶繁星跟傅景遇也太亲近了吧？

两人简直就像恋人一般。

被漠视的赵嘉淇微笑着对傅景遇道："我叫赵嘉淇，是叶繁星的同学，在学校的时候我们还是好朋友。"

听到说是叶繁星的同学，傅景遇终于抬起头看了赵嘉淇一眼："好朋友？"

赵嘉淇说："对啊，以前星星还经常去我家里呢，对吧，星星？"

她说着，将话题转向了叶繁星。

叶繁星望着赵嘉淇那张笑得像花儿一样的脸。不得不承认，赵嘉淇长了一张非常友善的脸，再加上她天生的演技，会让人觉得她是个好人。

以前叶繁星就是被她这张脸骗了。

那时候赵嘉淇对她可好了，叶繁星还以为自己遇到了知己，现在看来，她在赵嘉淇眼里不过是块靠近顾雨泽的垫脚石。

现在赵嘉淇故意跟自己攀关系，八成也是这个目的吧！

叶繁星说："是，我们以前是朋友。"

傅景遇看了叶繁星一眼，发现叶繁星说这句话的时候很不自在，完全不像是面对自己的好朋友时该有的反应。

他也没多说什么。

倒是傅妈妈看到一旁闷着不发声的顾雨泽，道："听说你之前在酒店开除了星星？"

顾雨泽："……"

他这几天每天都被唠叨，没想到这时候还要被训话。

他没有说话。

傅妈妈说："都说一家人要互相关照，可你看看你……欺负家里人，像什么话？"

"是，我知道错了。"顾雨泽被唠叨得烦了，只能妥协，"那天舅舅已经让我道过歉了，你们还想要我怎么样？"

赵嘉淇拿着筷子坐在顾雨泽身边，不敢相信自己听到的一切。他们竟然让顾雨泽向叶繁星道歉？就因为上次叶繁星被开除的事情？

凭什么？

这些都是顾雨泽的家人，可看起来他们好像更偏袒叶繁星。

赵嘉淇感觉自己的"三观"被刷新了。

傅妈妈说："星星现在是你小舅妈，你再怎么不认同她，她也是你的长辈！下次不准再欺负她了，听见没有？"

"小舅妈"三个字，听起来无比刺耳，顾雨泽看了叶繁星一眼。每次听到这三个字，他都感觉自己的心像被针扎了一样疼。

叶繁星坐在傅景遇身边安静地吃着东西，没说话。

赵嘉淇倒是听明白了，顾雨泽竟然要叫叶繁星小舅妈！

她再看了看傅景遇跟叶繁星亲近的样子，很快就明白了这其中的关系。

天哪！叶繁星竟然嫁给了顾雨泽的舅舅，这简直是她想都没想过的事情。

她本来想，叶繁星不能上学了就会回南川，永远不会再出现在她和顾雨泽面前，可现在……

叶繁星坐在傅景遇身边，被全家人当成宝贝一样，如果以后自己真的跟顾雨泽结婚，岂不是要一直叫叶繁星小舅妈？

想到这里，赵嘉淇整个人都不好了。

叶繁星去了趟洗手间，回来的时候，被赵嘉淇堵在了门口。

赵嘉淇严肃地看着她。叶繁星知道，赵嘉淇心里不痛快，毕竟她第一次过来，却没有得到关注，肯定很不爽。

叶繁星没有跟赵嘉淇说话，只想回去，却被赵嘉淇拦住。

叶繁星淡漠地看着赵嘉淇："你也知道这里是什么地方，总不会想在这里跟我打架吧？”

赵嘉淇是个很要面子的人，比叶繁星更怕丢脸，所以就冲着这一点，叶繁星也不怕她。

赵嘉淇将拦着叶繁星的手收了回来，望着叶繁星，语气和善了一些：“你什么时候跟顾雨泽的舅舅在一起的？我怎么不知道？”

叶繁星说：“你不是让我听我妈的话，找个人嫁了吗？刚好他就是我妈让我嫁的那个人。说起来我还应该谢谢你呢！”

她嫁给大叔本来只是为了学费，能够看到赵嘉淇难看的脸色，简直是意外之喜。

赵嘉淇瞪大了眼睛：“不可能！你妈怎么可能会认识傅家的人？”

叶繁星家里什么实力赵嘉淇一清二楚，他们家绝对不可能跟傅家扯上关系。

就算傅景遇现在坐在轮椅上，赵嘉淇也不觉得叶繁星能够嫁给傅景遇。

叶繁星笑了笑道：“我都说了，你爱信不信！”

说完，她不再跟赵嘉淇废话，直接走了。

回到餐厅时，他们还在吃饭，叶繁星在傅景遇身边坐了下来。

傅景遇给她夹了菜：“这个，你喜欢的，给你留着呢。”

大家都在聊天，没有人注意傅景遇的这个小动作。最初大家看傅景遇宠着叶繁星，还觉得惊讶，现在嘛，都习惯了。

顾雨泽正在吃饭，望着眼前的一幕，却觉得无比扎心。

很快，赵嘉淇也回来了，捋了捋头发，优雅地在顾雨泽身边坐了下来。

望着坐在傅景遇身边像个小宠物一样听话的叶繁星，赵嘉淇笑了笑道：“真羡慕傅叔叔，跟星星的感情这么好。”

叶繁星僵了僵。不知道为什么，每次赵嘉淇一说话，她心中就有一种不好的预感。

她抬起头看了赵嘉淇一眼，不知道赵嘉淇想做什么。

傅景遇望着叶繁星，发现每次赵嘉淇一说话，叶繁星就会变得防备起来。

看样子赵嘉淇跟叶繁星并不是朋友，很有可能是敌人。

他莫名地就想起前几天，叶繁星哭着问他有没有被人背叛过的事情。

傅玲珑在旁边道："是啊！以前哪里想到我们家景遇这么疼老婆。"

赵嘉淇笑着说："可能是因为星星优秀吧。我们星星在学校上学的时候成绩就很好，我还经常让她帮我讲作业呢！"

"经常让她讲作业？"傅景遇抬起头看了赵嘉淇一眼，刻板地问道，"你的成绩很差吗？"

"……"赵嘉淇原本只是为了夸一下叶繁星，以表示她跟叶繁星的关系很好。

傅景遇这句话说出来后，众人立马安静了几分。

叶繁星望了傅景遇一眼，大叔这也太不给赵嘉淇面子了吧？

赵嘉淇僵硬地笑了笑道："还可以，只是没有星星好。星星聪明，长得又好看，学校里有很多男生喜欢她呢！"

叶繁星吃着东西，差点儿咬到舌头。赵嘉淇夸她是假，想说有很多男生喜欢她才是真吧？

事实上，哪里有多少人喜欢她？

叶繁星闻到了挑拨离间的味道。

她看着赵嘉淇，说："哪里有很多？也就只有一个而已，后来你说喜欢，我不是让给你了吗？"

说完，叶繁星瞅了顾雨泽一眼。

夹枪带棒谁不会呢！

叶繁星笑了一声，吃着自己的东西。

赵嘉淇的脸色白了白："你别说得好像是被我抢走了一样，我哪里有这个能耐。"

虽然事实就是她抢走了顾雨泽，但在顾雨泽面前，她扮演的一直是叶繁星的好朋友的角色。

叶繁星说："这你就谦虚了，抢东西这种事情，你不是最擅长吗？"

叶繁星压根没打算给赵嘉淇留面子，也不顾是在傅家人面前，说话不留情面。

赵嘉淇却不一样，还想保持淑女的形象。

她见说不过叶繁星，委屈得红了眼睛，抹着眼泪："星星，我一直拿你当朋友，你怎么这样说我呢？我刚刚还夸你来着。"

她故意摆出委屈的姿态，好让大家觉得她是弱者而同情她。

叶繁星最烦她这一套，在心里给了她一个白眼，脸上却挂着笑："夸我？抱歉，我刚刚没听出来，还以为你是想让大叔误会我在学校里跟别人不清不楚呢。如果话说得过分了，我向你道歉。"

叶繁星道歉道得很是诚恳，至少在大家眼里她道得很是诚恳。

再加上大家本来就是偏向叶繁星的，也就没有再因为赵嘉淇哭的事情责怪叶繁星，反而觉得赵嘉淇这个人用心不纯。

傅景遇放下碗道："我不吃了。"

傅妈妈关心地看着他："怎么不吃了，吃这么少？"

她专门做了饭，就是希望傅景遇能够多吃一点儿。

"没胃口。"傅景遇看了一眼赵嘉淇，说，"以后家里有人要过来的时候，就别打电话让我来了。"

这句话，他明显是针对赵嘉淇说的。刚刚的事情让他不高兴了。

傅景遇说完，对叶繁星说："星星，送我回去休息。"

"好。"叶繁星赶紧站起来，推着傅景遇离开了餐厅。

傅景遇一走，整个餐厅里的气氛就变得怪怪的。

傅玲珑看了一眼罪魁祸首赵嘉淇，简直不想评价，对顾雨泽说："宝宝，吃完饭先送你女朋友回去吧。你舅舅已经回来了，以后别什么人都往家里带，回头遇到不懂事的，净惹他生气。"

她这明显就是在责怪赵嘉淇不懂事。明明是她自己挑起的头，两句话就哭了，像什么？

赵嘉淇看着走掉的傅玲珑，手指紧紧地握在一起。她本来是想弄一下叶繁星，却没想到最后竟然害了自己。

到了家门口，赵嘉淇望着顾雨泽：“你要不要进去坐一会儿？”

“不用。”顾雨泽说得很冷淡，他最近这几天心情不太好。

之前他被傅景遇逼着向叶繁星道歉，烦得很，才跟赵嘉淇走得近，赵嘉淇提出去他家里，他也没有拒绝。

然而，今天的事情让他的心情更糟了。

赵嘉淇望着他冷漠的样子，道：“顾雨泽，你是不是生气了？我不是故意要惹你舅舅不高兴的。”

“跟你没关系。”

“叶繁星到底是怎么变成你小舅妈的？她家在农村，父母都是普通工人，怎么会嫁到你家去？真是想不通。”在傅家憋了一肚子的话，赵嘉淇现在才说出来。

顾雨泽看向赵嘉淇：“我不知道。”

“其实，有件事情我一直没有机会跟你说，不过今天看到叶繁星在你家，觉得还是提醒你一下比较好。”赵嘉淇想了想，一脸慎重地说。

“什么事？”

“那个……叶繁星家里很穷的，她上次去我家就是为了找我妈借钱。她跟你舅舅在一起，八成是为了骗钱。你可要让你舅舅小心一点儿，别被她骗了！”

“……”顾雨泽看着赵嘉淇，“是吗？”

叶繁星不像是会骗钱的人。

“当然。”赵嘉淇肯定地说，“我怎么可能骗你？你想啊，你对她那么好她都不喜欢你，又怎么可能喜欢你舅舅？你舅舅比她大，又是个残疾人，如果不是为了钱，那她是为了什么？”

顾雨泽望了赵嘉淇一眼：“我要回去了。”

赵嘉淇看着他冷漠的模样，猜他应该是相信了自己的话。

“那我先回家了，有事电话联系。”

赵嘉淇伸手解了安全带，看着顾雨泽英俊的侧脸，他真的好帅。

她凑了过去，想在他的脸上亲一下，结果才一靠近，就被顾雨泽伸手挡住了。

他看了她一眼，眼神很是冷漠。

赵嘉淇被他这么拒绝，有些难堪，笑了笑道："那我先走了。"

她打开车门下了车，站在门口望着顾雨泽开车离开。

太阳很大，可她的心很冷。

自己哪里不比叶繁星好？

凭什么他都能够跟叶繁星交往，却不肯喜欢自己？

就算两人名义上在交往，可顾雨泽还是没有真正把她当成女朋友。

想到这里，她就更恨叶繁星了。

第 二 章
相信且袒护她

下午，傅景遇有些事，跟蒋森出去了，叶繁星一个人在客厅里看书。

顾雨泽从外面走进来，将一张卡摔在了她面前。

她抬起头望着他一脸高冷的样子，又望了一眼那张银行卡，没明白他是什么意思，提醒道："挡着我的光线了。"

"你不是要钱吗？我给你，离开我舅舅！"

叶繁星翻了一页手中的书，脸上的神情很是淡漠："我听不懂你在说什么。"

"你跟我舅舅在一起不就是为了钱吗？"顾雨泽生气地看着她道，"你要钱，我可以给你！只要你离开他，这些都是你的。"

这一刻，叶繁星觉得自己像个乞丐，而他是那个高高在上的施舍者。

她抬起头看了一眼顾雨泽，总觉得刺眼得很："谁跟你说的？"

他怎么突然跑来拿钱给她？

"赵嘉淇说的。"顾雨泽望着她道，"她说你那天去赵家是为了借钱……"

叶繁星的脑海里，自动浮出那天自己在赵家门前的画面。

顾雨泽的话又让她想起了那一刻尊严全无的自己。

她抬起头来，看着顾雨泽："她还说了什么？"

"她说你跟我舅舅在一起是为了钱，你根本不是真心爱我舅舅！"比起叶繁星说的她跟傅景遇在一起是因为喜欢傅景遇，顾雨泽宁愿相信赵嘉淇说的话。

他宁愿相信，叶繁星是为了钱才跟傅景遇在一起的。

叶繁星笑了："所以，你相信了她的话，拿着钱来让我走？"

她看了一眼静静地躺在桌上的银行卡，觉得讽刺得很。

好像赵嘉淇说什么他都相信，他却从来没有相信过她。

顾雨泽嘲弄地盯着叶繁星："难道不是吗？别说你跟我舅舅是真爱，我不信！"

叶繁星喜欢的人应该是他！是他！

他不相信两人在一起那么久，叶繁星心里没有一点儿他的位置。

顾雨泽的话，对叶繁星来说仿佛是一种羞辱。

她想，可能是因为一直以来，自己在顾雨泽面前都很好面子吧。

明明家里很穷，她却不让他知道。

明明家里没钱，可过节日的时候，她还是会把努力打工赚的钱给他买礼物。

跟他在一起，她无论再苦，再困难，也没想过找他借钱。

她这么固执，不过是想在自己喜欢的人面前保留一点儿尊严。

可是现在在他眼里，她变成了一个为了钱可以放弃一切的女人。

虽然说她爱钱好像也没错，可她就是不想这样被他看不起。

她对着顾雨泽道："赵嘉淇说什么你就信什么！你自己想想，我们在一起那么久，我有没有拿过你的一分钱？顾雨泽，我真不明白自己以前怎么会喜欢你！你简直就是个猪！"

她已经够蠢了，没想到顾雨泽比她还蠢，被赵嘉淇骗到现在还对其深信不疑。

被叶繁星骂作猪的顾雨泽脸色很难看："这么说，你去赵家不是借钱的？她冤枉你了？"

“……”叶繁星道，“我是去借钱的又怎么样？我是缺钱又怎么样？你放心，就算我饿死也不会从你这里拿一分钱。”

叶繁星看了一眼放在桌上的卡，感觉自己跟这个男人早已经无话可说。

他已经完全被赵嘉淇洗脑了，自己的解释在他那里没有任何意义。

他哪里还是她认识的顾雨泽，分明就是赵嘉淇养的一条狗！

她懒得再跟他待在一个空间里，推开他直接从他面前走掉。顾雨泽想要伸出手拦住她，正好傅妈妈从外面走了进来。

见叶繁星走了，傅妈妈走了过来，警惕地看着顾雨泽：“你又欺负星星了？她刚刚好好地在这里看书，怎么你一来她就走了？”

顾雨泽看着偏心的外婆：“为什么是我欺负她？明明就是她欺负我！”

“她怎么可能欺负你？就算她欺负你，你也得忍着。你又不是不知道你舅舅现在是什么情况，要是把他气走了，我唯你是问。”傅妈妈说到最后，感觉有些心酸。

自从傅景遇出事之后，家里的人心情都不大好。与舅舅的处境相比，顾雨泽觉得自己只是失去了叶繁星，似乎并没有多惨。

顾雨泽看着外婆的反应，没有说什么。

晚上，傅景遇和蒋森回来得有些晚，他们回来的时候，傅妈妈他们都已经在吃饭了，叶繁星不在。

他问道：“星星呢？”

傅妈妈说：“她下午好像跟小泽闹别扭了，我让人去叫她吃饭她也没下来。”

傅景遇看向一旁的顾雨泽：“怎么，你又欺负她了？”

“我没有。”顾雨泽解释说，“我真的没有欺负她，不要有什么事都怪我好不好？”

叶繁星自己不来吃饭，跟他有什么关系？

想到这里，顾雨泽觉得烦躁起来。

他总觉得，自从叶繁星来了这里之后，一直在坑他。就拿今天的事情来说吧，他也没把她怎么样，她就生气了，简直就是个十足的心机女！

仗着家里人宠她，她就为所欲为。

她越是这样，他越不能容她留在家里，否则以后他在这个家里还有安生日子吗？

傅景遇也没有急着责备顾雨泽："我先去看看她。"

蒋森推着傅景遇离开，傅妈妈看他连饭都不吃就走，忙问道："你不吃饭了？"

他的腿不方便，跑来跑去的多难受。

"让人送来吧。"

傅景遇被蒋森直接送去了房间。

叶繁星躺在床上，冷汗直冒，抱着枕头忍着痛苦。

她好不容易快要睡着了，蒋森就推着傅景遇进来了。

傅景遇的轮椅停在床边，他望着床上的叶繁星："星星。"

叶繁星听到声音，拿开枕头坐了起来，望着刚刚回来的傅景遇："大叔，你回来了？"

"这是怎么了？"傅景遇望着她一身的汗，头发都湿了，"发烧了？"

"没、没有。"叶繁星说，"只是一点儿小毛病。"

"要不要叫医生来？"傅景遇本来还以为她是跟顾雨泽闹别扭才没下去吃饭，没想到是因为生病了。

叶繁星望着大叔严肃的样子，有些不知道怎么说才好，道："我真的没事……就是……"

她"大姨妈"来了，每次来的第一天总是痛得要死要活的。

记得有一次，她在"大姨妈"来的时候去街上买东西，走了十分钟，差点儿瘫在路边没能回来。

下午她回房间之后肚子一直不舒服，躺在床上还睡不着，冷汗一直冒。因为这个，她才没下去吃饭。否则以她吃货的个性，她怎么可能会为了跟顾雨泽赌气不去吃饭？

“就是什么？”傅景遇看着她，“哪里不舒服你要说出来我才知道。不是跟你说过，生病了要看医生？怎么这么大一个人，还不会照顾自己？”

如果他不回来，她岂不是要一直在这里忍着？

叶繁星望着完全听不懂暗示的傅景遇：“那个……我、我就是生理期来了。”

说完这句话，她恨不得把脸都埋到被子里去。

她第一次跟男人讨论这种话题，而且，蒋森也在这里。

好在蒋森很识趣，咳了一声道：“我忘了有些东西还在楼下，先去拿上来。”

叶繁星听到他关门出去的声音，才抬起头看了傅景遇一眼，发现他还是严肃的模样，一直盯着她。

她皱起了眉：“你这样看着我干什么啊？都是你，害我在蒋先生面前把脸都丢光了。”

她捂着脸，躺回了床上。

一只手突然伸了过来，温柔地握住了她的手。因为来“大姨妈”，她的手很凉，被他温柔的手掌握住：“还以为你又跟顾雨泽闹矛盾了才不吃饭。”

“怎么会？”叶繁星否认完，看向傅景遇，“不会是他们说的吧？他们都这样以为？我有那么无聊吗？”

傅景遇望着叶繁星：“那你跟顾雨泽有没有吵架？”

如果他们没吵架，母亲也不会那么说。

说到底，叶繁星和顾雨泽肯定起了些冲突。

“就说了两句。”叶繁星说，“也不算吵架吧。”

“真奇怪，”傅景遇说，“顾雨泽平时不是不听话的人，你的个性也很不错，你俩怎么就合不来呢？”

虽然上次教训了顾雨泽，但顾雨泽毕竟是他姐姐的儿子，有时候他也不好太过分了。

傅景遇的话，问得叶繁星一阵心虚。

她看了一眼傅景遇，道："可能是天生八字不合吧！大叔，你是刚回来吗？吃饭没有？"

"还没，怕你生气，就上来看你。"

"你去吃饭吧，我睡一下就好了。"叶繁星躺在柔软的枕头上，不习惯给他添麻烦。

傅景遇说："你先躺一会儿。"

然后他就出了门。

叶繁星闭上眼睛，想睡一觉，没一会儿，傅景遇就回来了。

"星星。"

叶繁星睁开眼，看着他："你不是去吃饭了吗？这么快就吃完了？"

"这是红糖水。"傅景遇把碗递给她，"阿姨说，喝点儿这个会好一些。"

叶繁星忙从他手里把碗接了过来，还没喝呢，突然想起什么，警惕地望着傅景遇："你跟阿姨说了？"

"嗯。"

叶繁星觉得丢脸的感觉越来越明显了："就是一点儿小事，你这样，我都不好意思了。"

来个"大姨妈"，结果搞得大家都知道了。

越想，她就越觉得丢人。

傅景遇说："身体不舒服，总不能不管吧。你先喝了，我让人送了吃的上来，你看看你想吃什么。"

他的话刚说完，给他送晚餐的用人就上来了。

叶繁星原本疼得没胃口，现在看到吃的又觉得有点儿饿了。

她从床上爬起来，穿着睡衣坐在餐桌旁，吃了些东西。

傅景遇在旁边看着她，她给他夹了菜："你别看着我，你也一起吃啊。"

傅景遇说："好吃吗？"

“嗯。”她原本疼得要命，吃了点儿东西，好像好一些了。

不过，饭后傅景遇还是让她回床上躺着了。

他看着她的小脸：“每次都这么疼？”

这是叶繁星第一次跟一个大男人讨论这种问题，偏偏大叔的表情又很是认真，她点了点头：“嗯。”

“回头找个医生看看。”

“这多丢人啊！”比起去找医生，叶繁星更愿意自己忍着。

傅景遇说：“看医生有什么丢人的？”

还真是个小孩子。

“没事的。”叶繁星说，“他们说，等结了婚，生了孩子就好了。”

我呸！

说完这句话之后，叶繁星就后悔了。

她咬了咬唇，恨不得给自己这张嘴两巴掌。

她都在说什么啊！

她偷偷看了一眼傅景遇，期望他没有听见她刚刚说的话，结果发现他正看着她，而且还把她的话听进去了。

“想生孩子？你太小了。”

叶繁星窘了。她明明就是说错了话，怎么弄得她很想给他生孩子似的？

她解释道：“我不是这个意思……”

这简直是天大的误会好吗！

傅景遇笑了笑：“我知道。”

“……”叶繁星望着他，可她怎么觉得他好像已经误会得更深了？

叶繁星在床上躺了一会儿才去洗了个澡，回来之后，倒也睡不着了。

她玩手机玩得不亦乐乎——每天睡前总要玩一玩才睡得着。

一只手伸了过来，从她手里把手机拿走了：“别看了，早点儿睡。”

傅景遇是个很严肃的人，他平时不聊QQ，也不看微信，宁愿看书，很少玩手机，这一点跟叶繁星完全相反。

叶繁星有点儿崇拜他。

见自己的手机被拿走，她有点儿委屈："睡不着。"

她睡觉的时候不喜欢身边多一个人。

之前两人都是分开睡的，可是在这里，她和傅景遇只能共用一个房间，同睡一张床。

傅景遇把她的手机放到一旁，彻底断了叶繁星的念想："睡不着就陪我说说话。"

他真的就像个长辈似的，说什么就是什么，叶繁星什么都得听他的。

叶繁星道："我不知道要说什么。"

他不是不喜欢别人吵他吗？

每次跟他在一起的时候，蒋森都会提醒她少说话，别吵到傅景遇。

叶繁星一直谨记着蒋森的教诲。

傅景遇看向叶繁星："那我开个头？"

跟别人说话他嫌吵，跟她说话，他还挺开心的。

"好。"

"你跟顾雨泽的那个小女朋友，有什么过节吗？"

这个问题让人猝不及防，叶繁星不解地道："怎么问这个？"

傅景遇说："她说你们是朋友，可我觉得不像。"

叶繁星想起自己跟赵嘉淇的关系，说道："我们以前是朋友，不过后来……"

她现在不是很想提跟赵嘉淇的那些破事。

"她背叛了你？"傅景遇替她把后面的话说了。

叶繁星看了一眼傅景遇，发现他聪明得让人有点儿害怕，明明什么都不知道，又好像什么都知道一样。她问道："你怎么知道的？"

"你之前说过。"

叶繁星没想到，傅景遇只是见了赵嘉淇一面，就猜出那个背叛她的人是赵嘉淇了。

她也不好再否认："是。不过……你为什么讨厌她？今天吃饭的时候，你还故意拆她的台。"

按理说，傅景遇跟赵嘉淇没什么过节，可今天傅景遇当着大家的面，怼了赵嘉淇。

傅景遇看向叶繁星，眼眸很黑，却又让人觉得很踏实："因为你不喜欢她。"

"……"

叶繁星感觉自己被傅景遇这句话给撩到了。

因为她不喜欢赵嘉淇，所以大叔也不喜欢赵嘉淇，甚至不愿意给赵嘉淇好脸色。

明明这是种听起来有点儿幼稚的行为，可是站在叶繁星的角度来说，她却觉得大叔帅爆了。

"大叔，嫁给你太幸福了！"叶繁星感动得直接抱住了他的胳膊。

傅景遇的呼吸窒了一下。

叶繁星抱着傅景遇的胳膊，有些苦恼地道："还从来没有人对我这么好！你对我这么好，以后我该怎么办啊？"

"什么怎么办？"傅景遇不解地问道。

叶繁星说："我会习惯的。你就不怕我一直缠着你？"

"你喜欢就好。"

"那说好了，我要一辈子缠着你。就算你赶我走，我也不走啦！"叶繁星抱着他的胳膊，开玩笑地说。

傅景遇黑色的眸子看着叶繁星，想起了逃婚的苏琳欢，觉得有点儿讽刺。

人与人之间的差距，为什么就这么大？

他伸手揉了揉叶繁星的头："困了吗？"

"有点儿。"

"快睡吧。"

叶繁星躺在床上，脸贴着他脑袋，叹气："肚子又疼了，睡不着。”

话刚刚说完，她就感觉到傅景遇搂住了自己。

早上，叶繁星穿着睡衣走了出来。她没有带衣服过来，昨天的衣服洗了还没干，就只能穿睡衣了。

她下了楼，发现客厅里有客人，傅爸爸和傅妈妈也在。

来的是一对夫妻，年纪跟傅景遇的爸妈差不多。

他们好像在谈很严肃的话题，叶繁星就没有走进去。

他们谈话的声音从客厅里传了过来：“我们今天主要是为了琳欢跟景遇的婚事来的。”

“婚事？”接话的是傅妈妈，她抬起头，望着说话的胖男人，语气很冷硬，“景遇出事到现在，苏琳欢一次都没有出现过，你现在来跟我谈婚事？”

她总是会想起以前苏琳欢三天两头往家里跑的时候，一口一个爸妈叫得跟亲媳妇一样。

他们对苏琳欢也很好，毕竟是儿媳妇嘛。

可哪里想到，就是这个亲媳妇，在傅景遇出事之后，整个人就消失了。

原本傅景遇受伤这件事情，对傅家人的打击就不小了，苏琳欢的做法简直是火上浇油、雪上加霜！

苏父一脸抱歉：“真的不好意思，景遇出了这样的事情，我们也很抱歉。只是……我们琳欢年纪还小，想出国去多学点儿东西，她这一走，估计没个五六年回不来。之前下的彩礼我们双倍退回。都是我们不好，是我们对不起景遇，我们也就琳欢一个女儿，把她宠坏了！她现在人已经在国外了，我们也不能去把她抓回来，是吧？”

虽然他嘴上不停地道歉，但退婚的意思非常坚决，宁愿双倍退彩礼，他们家也接受不了唯一的女儿嫁给傅景遇的事。

反正他们就是吃定了傅家拿已经出国的苏琳欢没有办法。

傅妈妈望着苏父那一张伪善的脸，忍不住笑起来：“所以，你们今天就是来退婚的？”

苏琳欢跑了就算了，他们都没上门去找麻烦，却没想到，苏家人竟然主动来要求退婚。

苏父尴尬地坐在那里，不回话了。

还是苏母开口：“以前景遇好好的，琳欢嫁给他我们也很乐意，可是他现在这样……总不能让我们琳欢伺候他一辈子吧？大家都是当父母的，你们也要为我们琳欢考虑，是不是？”

她一个女人，不像苏父一样怕丢面子，想说什么就直接说了。

叶繁星站在门外，庆幸傅景遇这会儿不在，否则让他听到这些话，他心里得多难过啊。

叶繁星的这个念头刚刚浮出来，就感觉旁边不知道什么时候多了一个人。她转过头，才发现不知道什么时候，蒋森和傅景遇已经到了她身后。

傅景遇冷着一张脸，没有说话。

从他的表情可以判断，刚刚她听到的这些话，他们也听到了。

叶繁星说：“大叔！”

傅景遇看了她一眼，没出声，让蒋森推着他走了。

叶繁星见状，没好意思继续听下去，迅速跟上了他们的脚步。

“大叔……”

她想说什么，却见蒋森给她使了个眼色，示意她这时候不要说话，叶繁星才住了口。

蒋森和傅景遇进了房间，叶繁星被留在了外面。她不敢乱走，一直等着，等了没多久，蒋森就出来了。

“他没事吧？”叶繁星想，如果换成她是傅景遇，听到刚刚苏家人的那些话，肯定也很难过。

蒋森说：“你去下面玩吧，让他自己静一会儿。”

蒋森都快要无语了，好不容易看着傅先生心情好了一些，苏家人又过来捅刀子。

也不知道傅先生上辈子做了什么，才会招上姓苏的一家人。

叶繁星说："我不能去陪他说说话吗？"

蒋森道："你这会儿要是进去说错了话，他会更生气的。"

傅景遇生气的时候，最忌讳让人打扰。

"我就是想进去跟他说说话。"

蒋森看着叶繁星认真的表情，对她还是不太放心："你不了解傅先生，你这时候进去，只会让他更生气。"

叶繁星说："他要是生气，那就让他骂我吧。说不定他骂完了，心里就舒服了。"

不然他还能怎么样？

叶繁星望着蒋森："你了解他，然后每次都让他一个人生闷气？"

蒋森："……"

叶繁星推开门后，看到傅景遇坐在窗边，一直盯着外面，不知道在想什么。

他这副模样，让叶繁星想起自己第一次见他的时候，是在南川的别墅里，他也是这样坐在窗边。

那天她没能进去，蒋森就打发她走了。

那时候叶繁星不了解傅景遇，也不知道他为什么难过，现在她知道了。

她向傅景遇走了过去，靠近他的时候，感觉自己的心怦怦地急跳着。

她不得不承认，他生气的时候，连周围的气氛都跟着紧张起来，难怪蒋森不让自己进来。

估计蒋森是没少吃亏吧！

傅景遇感官很灵敏，没等叶繁星开口，他就说道："出去。"

他的眼睛一直盯着窗外，眼神很是冷漠。他总会想起，以前自己好着的时候，苏琳欢对他有多好，就好像他是上帝、是神，她处处哄着他。

不管他有多忙，哪怕一年能回来一次，她也心甘情愿地等他，还和他订下了婚约。

他对自己的另一半没什么概念，家里人都很满意，他也就同意了。

却没想到……

早知道会有今天，当初他就应该让那个女人有多远滚多远。

傅景遇的眼中全是肃杀之气。每次他这副模样，跟在他身边的蒋森都会离他远一点儿，不敢靠近他，因为他这副样子实在是太吓人了。

然而某个不怕死的女人在被他赶之后，不但没有离开，反而离他更近了。

在傅景遇的怒火几乎要爆发的瞬间，一双手从他身后伸过来，无比亲昵地搂住了他。

她的下巴轻轻地搁在他宽阔的肩膀上，柔软的脸蛋贴着他冷硬的脸颊。

叶繁星以前只是跟他牵个手都紧张得很，像这样主动抱住他，是她最大胆的一次行为了。

她好怕他会生气，回头就要打她，她最怕挨打了。

她搂住傅景遇后，偷偷看向他冷漠的脸。他长得很帅，叶繁星望着他，不知道哪里来的胆子，在他的脸上亲了一下。

傅景遇原本即将爆发的怒火，暂时被压了下来。

他问道："你在做什么？"

他讨厌别人哄他，也讨厌别人安慰他。就算是叶繁星，这时候说什么安慰的话，也只会让他厌烦。

可她连句话都没说，一来就跟他整这个！

叶繁星望着他的侧脸，笑了笑："开心。"

她脸上暖暖的笑容，和他的冷漠形成鲜明对比。

傅景遇皱眉，她竟然说开心？

没等他说什么，叶繁星就紧紧地搂住了他，靠在他的肩膀上说："如果有机会见到大叔那个未婚妻，我一定要好好感谢感谢她。"

傅景遇的脸色沉了下来："感谢她？"

叶繁星温柔的声音在他耳边响起："大叔这么帅，这么有钱，还对我这么好，要不是她走了，这种好事哪里轮得着我？”

傅景遇：“……”

他明明很生气，可……叶繁星的这番话，听起来又让他心里舒服了不少，好像也没那么心塞了。

“过来！”他开口。

叶繁星将他松开，走到了他的面前，对上傅景遇深沉的目光。

她有点儿心虚，不会是自己马屁拍得不好，他不但没有消气，反而更生气了吧？

难怪蒋森说他难哄。

叶繁星在心里叹气，乖乖等着挨骂。她想着，傅景遇有再大的火，骂她一顿，他心里也就舒坦了。却见他伸出手来，直接拽住了她的胳膊，用力将她往怀里一扯，她整个人就跌到了他怀里。

突然的失重，让叶繁星慌了一下，反应过来的时候，一个火热的吻已经将她的嘴堵住了。

叶繁星有些猝不及防，脑袋被他扣住，感觉到他的唇很热、很软。

她的心脏好像被什么拉住扯了一下，那种酥酥麻麻的感觉从心尖处溢了出来。

这是叶繁星的初吻，来得有些突然。她的手因为紧张，攥得紧紧的。

这个吻持续了好几秒……

傅景遇松开叶繁星，黑眸直直地看着她。

叶繁星羞得要命，小脸发烫，小心脏扑通扑通地跳着，说话都不利索了：“我、我、我……我去看看蒋先生。”

说完她直接从傅景遇的怀里逃了出来……

蒋森一直忐忑地站在门外，叶繁星在里面多待一秒，他心里的担忧就深一分，就怕叶繁星会说错话，让傅景遇更生气。

门突然从里面被打开，叶繁星走了出来。

蒋森用眼神询问道：“没事吧？”

叶繁星用手拍了拍脸，整个人还有点儿蒙。

刚刚她只顾着慌，顾着不好意思了，就跑出来了。傅景遇这是还生气呢，还是不生气了呢？

蒋森看她不说话，急得要命：“我就说让你别去，你非要去，好了吧！”

他一看她这样，就是没把傅先生哄好，这不，都被骂得不知道说话了。

“进来。”

傅景遇的声音从里面传来，蒋森顾不上叶繁星，忙走了进去，望着坐在窗边的傅景遇：“傅先生，太太非要进来，我拦不住她。她也是一片好心，您就别生她的气了——”

“我饿了。”傅景遇打断了蒋森的话。

蒋森微微一愣，随即反应过来：“好，我们这就去吃饭。”

只要傅景遇肯吃饭，就是好事。

看来是他误会叶繁星了？叶繁星已经把傅景遇劝好了？

楼下的餐厅里，叶繁星静静地吃着饭，傅景遇坐在一旁也没说话。平时两个人吃饭的时候都会有互动，傅景遇宠她也宠得要命，可是今天两个人竟然一句话都没说。

蒋森本来以为傅景遇肯下来吃饭，是叶繁星的功劳。

看着眼前的场景，他是越来越想不明白了。

叶繁星安静地吃着饭，脑海里一直不停回放着刚刚在房间里的那个吻，一想到那幅画面，脸又热了起来，弄得她都不敢抬头看傅景遇。

傅妈妈看着这两人也觉得不对劲儿，想起是自己让叶繁星去叫傅景遇的，结果傅景遇倒是下来了，这两人一句话都不说。

她对着傅景遇问道：“你跟星星吵架了？”

傅景遇望了一眼身边的叶繁星：“没有啊。”

“还没有！”傅妈妈明显不信。

叶繁星说：“真的没有。”

傅妈妈见叶繁星不但没有告状，还帮着傅景遇解释，道：“你看星星多懂事，还帮着你呢。”

叶繁星：“……”

她偷偷看了一眼傅景遇，目光下意识地落在他的唇瓣上面。他的唇形，是叶繁星见过的最好看的那种。

妈耶，她突然感觉自己有点儿色，不敢再乱想了，专心吃自己的东西。

傅景遇看她一直不说话，抬起手给她夹了她平时喜欢的菜，放在她的碗里，证明自己跟她真的没有吵架。

傅妈妈刚松了一口气，就听到傅景遇问道：“听说今天苏家的人过来了？”

一提到苏家，傅妈妈整张脸都不太好看了，她心虚地看了一眼傅景遇，生怕他会有想法，并不敢告诉他实情：“他们担心你，过来看看。”

“你们说的话，我都听到了。”

傅妈妈愣了一下，神色有些不安：“景遇……”

她本来不想告诉他这件事情，没想到他竟然听到了。

傅景遇知道母亲担心他：“我没事。”

气，他已经生过了，而且现在想起来，没什么大不了的。

“你能想开就好，我现在就让人准备你跟星星的婚事。”

苏琳欢嫁不嫁其实已经无所谓了，傅景遇都已经跟叶繁星在一起了。

真正让他们生气的只是苏家人的态度。

说到结婚的事情，傅妈妈看向叶繁星：“结婚的日子是十月，也没多久了，星星，什么时候让我见见你爸妈吧。”

傅家很重视礼数，总觉得要娶叶繁星，那就要把所有程序走完。

听到傅妈妈要见自己的爸妈，叶繁星愣了一下：“可是他们……”

她到现在都没有跟父母提过这件事情。

傅妈妈温柔地道：“你既然要嫁过来，我和景遇他爸自然是要见见你爸妈的，否则他们会以为我们家的人不懂礼数。”

叶繁星说："不用那么麻烦的，我爸妈都是很普通的人。"

她只是被临时拉来当新娘的，为的是能够上学，根本没想过还要把爸妈介绍给傅景遇的家人认识。

"再普通也是你爸妈。放心，该尽的礼数我们会尽到的。你是我们家未来的儿媳妇，总不能亏待你吧。"

叶繁星低着头，实在不知道这件事情应该怎么跟爸妈开口。

她偷偷看了一眼傅景遇，希望大叔能够帮她解这个围，傅景遇也知道她家里的情况。

傅景遇开口，对傅妈妈道："您先准备着吧，我跟星星商量一下，定个时间。"

"……"叶繁星不敢相信地看着傅景遇，大叔也答应了？

她本来以为他会帮她拒绝的。

吃完饭，叶繁星跟傅景遇一起到了一楼的偏厅里，她对着傅景遇道："你真的要让我爸妈跟你爸妈见面啊？"

傅景遇说："这是应该的啊。"

"可是……蒋先生见过我妈，知道我妈什么样。我这次跑出来，我妈本来就很生气，我怕到时候会弄得大家都很难堪。"

傅景遇说："结婚是大事，早晚要见你爸妈的。到时候我们大家一起吃饭，她不会把你怎么样的。她实在生气，这不是有我吗？"

"可是……"

她总觉得这样不太好。

本来自己家里的事情就够丢人的，她还把无辜的大叔牵扯进去。

虽然当初傅景遇让她当他的新娘，说要让她帮忙，可叶繁星觉得，自己什么忙都没帮上，反而给傅景遇惹了一堆麻烦。

蒋森看着犹豫的叶繁星，说："有傅先生在，不会有事的，你就相信傅先生吧。"

连蒋森都这么说，叶繁星也不知道能说什么了。

之前她跑出来的时候，还打算暂时不回家去见爸妈了，结果……

她有点儿想哭了。

傅景遇看了看叶繁星，抬起头对蒋森道："你先去忙，我有事再叫你。"

"好。"

看到蒋森走出去，还带上了门，叶繁星偷偷看了傅景遇一眼，突然回忆起今天在房间里发生的那件事情。

虽然是傅景遇吻的她，但后来想想，好像是她起的头。

叶繁星只觉得脸都丢光了。

她站了起来，准备开溜，脚还没迈出两步，就听到傅景遇严肃的声音："回来。"

叶繁星重新坐了回去，找借口掩饰道："我只是有点儿渴，想去喝点儿水。"

片刻之后，吴阿姨端着水从外面进来，将水杯递到两人面前，然后走了出去。

叶繁星坐在位置上，望着面前的水，把头埋得低低的，比被老师叫起来回答问题还要紧张。

傅景遇望着她连看都不敢看自己的样子："我会吃人吗？"

叶繁星望着傅景遇，乖巧地摇了摇头。

"那为什么你一直躲着我，连看都不敢看我？"

叶繁星轻轻地摸了摸鼻尖："那个……因为……你太帅了！"

"……"

叶繁星小声解释："太帅了，我有点儿不敢看你。我紧张……谁让你今天突然亲我的。"

本来吧，在他面前她都好好的。

托他的福，这下好了。

她现在只要跟傅景遇单独相处，小心脏就有点儿不听使唤。

傅景遇听完叶繁星的话，有点儿哭笑不得。

叶繁星此刻还穿着睡衣。与其说是睡衣，不如说是傅景遇的T恤，她穿在身上，就到了膝盖，跟睡裙一样，方便得很。

这还是她昨晚没衣服，找他借的。

傅景遇望着叶繁星："怎么还穿着我的衣服？"

这么纤细的身体，穿着他的衣服，简直像是在引人犯罪。

他回味起今天亲她时的味道，甜蜜又美好，让人留恋，恨不得再来一次。

"衣服洗了，还没干呢。"

偏偏家里又没有谁的衣服是她可以穿的。

傅景遇说："让蒋森带你去买两件衣服。"

叶繁星的衣服本来也不多，就那几件，她反复地穿。

作为一个几乎从来不买衣服的大男人，傅景遇平时也想不到这些，这下才想起来。

"可是……我也不能穿成这样就去吧！"

傅景遇望着她这副模样，眼眸里掠过一丝温暖之色，给傅玲珑打了个电话。

傅玲珑从外面走进来，阿姨在她身后帮她拎着购物袋，里面装的全是买给叶繁星的衣服。

她坐了下来，望着傅景遇："可以啊，为了媳妇儿连你老姐都使唤上了。"

在这个家里，也就是傅景遇敢这么使唤她了。

"姐姐好。"叶繁星打招呼道。

傅玲珑让阿姨把袋子拿了过来："衣服，你去试试看。"

叶繁星抱着衣服去了房间。

傅玲珑坐在椅子上，望着傅景遇："听说苏家人今天来退婚了，你没生气啊？"

她担心得不行呢，没想到傅景遇看起来挺平静的。

"生气？"傅景遇端起桌上的杯子喝了一口水，神色看上去很柔和，"丢了芝麻捡了西瓜，有什么可生气的？"

傅玲珑："……"

西瓜是指叶繁星？

虽然叶繁星现在跟傅景遇关系不错，但客观来说，无论是从家世还是各方面看，叶繁星都不可能跟苏琳欢比。

苏琳欢能够成为傅景遇的未婚妻，自然有她的硬件条件。

没想到在傅景遇眼里，叶繁星的分量竟然比苏琳欢重这么多？

傅玲珑忍不住笑了起来："你这是情人眼里出西施？"

除了这个理由，她想不出别的原因了。

只是……她这个弟弟，竟然也会对女人动心？

不敢想！

没一会儿，叶繁星就换好衣服下来了。

傅玲珑看向刚刚换上衣服的叶繁星：这件衣服的面料和上身效果都不错，穿在叶繁星身上，让她整个人的气质都变得不一样了。

傅玲珑看了一眼傅景遇，笑道："好吧，还是我弟弟有眼光。"

叶繁星被盯得有些不自在，问道："你们在聊什么？"

"没事。"傅玲珑站起来，说，"快过来坐吧。你们聊，我先去跟妈打声招呼，听说她今天快被气死了。"

傅玲珑原本就是要过来安慰傅妈妈的。

苏琳欢可是她介绍的，现在不管出了什么事，母亲难免都要往她头上记一笔，对此傅玲珑也很无奈。

傅玲珑走出去后，叶繁星站在傅景遇面前，问道："好看吗？"

傅景遇望着她。她皮肤白，平时都是短袖、短裤，现在突然换了裙子，有些惊艳的感觉。

事实上穿裙子的女人那么多，可他就是觉得，叶繁星穿裙子无比好看。

见傅景遇没说话，叶繁星有些失望："不好看啊？"

"……"傅景遇望着她那张小脸。

叶繁星抱怨道："就算不好看，你也要夸我一句嘛！你这样会被小姐姐嫌弃的。"

傅景遇望着叶繁星：“你嫌弃我？”

叶繁星莞尔一笑：“没有，我怎么可能会嫌弃大叔！大叔这么好。”

傅景遇说：“过来。”

“干吗？”

她靠近傅景遇，听到傅景遇说：“闭上眼睛。”

叶繁星闭上眼睛：“你想干吗呀？”

预想中的吻并没有到来，他的手放在她的脑袋上揉了一下：“丑死了！”

“……”

叶繁星跟傅景遇说着话，手机就响了起来。

她忙说道：“我接个电话。”

叶繁星将手机取出来后，视线落在屏幕上面，看到电话号码，不由得愣了一下。

她站了起来，走到一旁去按了通话键，语气变得无比淡漠：“什么事？”

顾雨泽坐在沙发上，打这个电话完全是想看看叶繁星是不是还在生气。

她昨天不是被他气得连晚饭都没吃吗？

他开口问道：“还生气？”就像以前每一次他们吵架，他来找她和好的时候那样的语气。

午后的阳光透过玻璃窗照进来，叶繁星望着地板上的花纹，有些恍惚。

她定了定神，道：“跟你没有关系。”

顾雨泽夹枪带棒地道：“趁着我不在的时候，你又向我舅舅告状了吧？”

昨晚她连晚饭都没吃，不就是为了坑他吗？

这几次被教训的事情，顾雨泽已经全部算在了她的头上。

叶繁星听着他质问的语气，笑了笑道：“告状了你又能怎么样？”

她看得出来，顾雨泽拿傅景遇没办法，否则以顾雨泽的个性，不可能会这么忍气吞声。

以前在学校里，他可是从来不会吃亏的主。

顾雨泽听了她的话，只感觉一股火从肚子里冒出来："叶繁星，你除了告状装可怜，还会什么？有本事我俩的事情自己解决，别扯上我舅舅。"

"想用激将法激我？这对我没用！我就要扯上你舅舅，你又能怎么样？"

叶繁星也不知道为什么，明明之前还因为顾雨泽和赵嘉淇在一起的事情难过，可是现在她又觉得，自己对顾雨泽已经没这么在乎了。

甚至听到他说话，她就有一种想打死他的冲动。

顾雨泽冷笑了一声道："叶繁星，你以为我舅舅喜欢你吗？你错了！他的未婚妻是苏琳欢，你不过是个替补！如果不是苏琳欢走了，你以为轮得到你？"

叶繁星："我知道啊！所以等苏琳欢回来的时候，我会好好谢谢她的。"

顾雨泽本来是想气气她，听到叶繁星这么说，简直无语。

她的脸皮也太厚了！

这样她都不介意？

他觉得自己以前轻看了叶繁星，她果然像赵嘉淇说的那样不要脸。

"不知天高地厚，总有一天你哭都没地方哭去。"

叶繁星握着手机，听着顾雨泽嘲讽的声音，说："如果没什么事的话，我就挂了。"

话音刚落，顾雨泽已经先她一步挂了电话。

看着被挂断的电话，叶繁星简直不知道该说什么。

分手的人是他，误会她的人也是他！

她没找他算账就算了，自从自己过来之后，他就处处针对她，仿佛自己以前欠了他几百万似的。

人无耻到这种地步，叶繁星也算是开了眼界。

傅景遇望着重新坐回来的叶繁星，明显感觉到了她的情绪变化："谁的电话？这么生气？你家里人的？"

"不是，一个讨厌的人。"叶繁星把手机放下，喝了一口水。

她真的生气。

她现在突然开始对自己的人生产生怀疑：以前自己的眼到底是什么时候瞎的？怎么会交上这样的闺密和男朋友？

她伸手拿过刚刚阿姨送进来的荔枝剥了起来，很快就剥了一堆壳。

吃饱了，她才暂时压下心中的怒火。

傅景遇望着一言不发的叶繁星，等她缓过来了，才开口问道："今天肚子还痛吗？"

"已经好多了。"

她通常只是第一天比较难受，今天虽然还是有点儿不舒服，但不至于连道都走不动。

傅景遇说："那就好。饭也吃完了，水果也吃了，要不要去床上躺一会儿？"

"你呢？"叶繁星看着傅景遇，她的本意是想问问大叔打算做什么，结果问完之后，总觉得好像哪里不太对劲儿。

傅景遇望着叶繁星，有些意外："怎么，想让我陪你？"

"……"说认真的，叶繁星这时候只想咬断自己的舌头。

她忙说："没有！我就是想问问你下午想做什么。"

"不做什么，陪你。"

"……"

叶繁星推着傅景遇回到房间之后，关上门，马上变得有点儿紧张了。

她望着傅景遇："大白天睡觉，会不会不太好？"

"医生说，你这样要多休息。"

"我又不是生病了。"叶繁星低着头，紧张得很，手都不知道放哪里好了。

她自己午睡是没什么的，可想到大叔陪着，就特别尴尬。

傅景遇望着她："不睡吗？还是需要我抱你上床？"

"不、不用了。"她有手有脚的，傅景遇行动不便，要是让他帮忙，那还像话吗？

叶繁星很快就去换上"睡衣"，躺在了床上。

傅景遇伸手帮她盖着被子。他和她距离很近，几乎只要他一低头，就能够亲到她。

叶繁星看了他一眼，心虚地道："我、我先睡了啊。"

"嗯。"

她紧张地闭上眼睛，傅景遇望着她这样，忍不住笑了起来。

怎么办？她越是这样，他越想欺负她！

叶繁星虽然闭着眼睛，看不到什么，但当傅景遇低下头来，唇几乎贴到她的脸上时，她还是吓得睁开了眼睛……

她望着傅景遇，偏偏傅景遇不躲不闪，保持着这个让她无比尴尬的距离，坦然地望着她。

她更尴尬了，望着他，连呼吸都不敢用力，只是睁大眼睛望着傅景遇。

"睡吧。"傅景遇几乎是贴着她的脸在说话。

"我睡不着。"

他这样，她怎么睡啊？！

她都快紧张死了好吗？

傅景遇扬了扬唇："不是你让我来陪你的吗？"

"……"叶繁星发誓，自己并没有说过这种话，明明是他误会了。

她看着傅景遇，鼓起勇气道："大叔，你是正人君子，不会亲我的，对吧？"

"正人君子？"傅景遇看着她，"谁跟你说的？"

"……"

他这是摆明了要亲她的意思？

就在这时，房间门被敲响了。

在傅景遇去开门时，叶繁星偷偷睁开眼，看到蒋森在跟傅景遇说话，然后两个人一起出去，还把门关上了，她这才松一口气。

叶繁星躺在床上，见傅景遇一直没回来，掏出手机玩了一会儿。

明天是班主任的生日，班级群里大家正在商量帮老师过生日的事情。叶繁星想起她的班主任老师对她挺好的，知道叶繁星家里条件差，他还总是帮助叶繁星。

而且罗老师也经常鼓励她，告诉她上学是她唯一的出路，无论家里条件再困难，也不能放弃，是个对她影响很大的人。

叶繁星正犹豫着要不要去，突然赵嘉淇在群里“艾特”了她：“叶繁星，你现在不是在江州市吗？罗老师对你这么好，你不来参加？”

叶繁星有点儿无语。罗老师过生日，她去参加是应该的，只是赵嘉淇这样“艾特”她是什么意思？

赵嘉淇又想做什么坏事？

因为赵嘉淇的“艾特”，好几个人跟着点名了叶繁星：“对啊，星星，你不来就说不过去了！你可是我们班的学习委员！”

这种时候，叶繁星也不能装死了，回复道：“我会去的。”

看到叶繁星答应了，赵嘉淇扬了扬嘴角，给正在打游戏的顾雨泽发了消息：“明天罗老师过生日，你要来吗？”

“不去。”顾雨泽这两天心情坏到了极点，尤其是刚刚……叶繁星的态度更是让他憋得慌。

赵嘉淇：“刚刚星星答应要去，你也不去吗？”

“……”顾雨泽有点儿意外，随即改了口，“我去。”

赵嘉淇见他因为叶繁星改口改得这么快，眼神黯了黯。她就知道顾雨泽在乎叶繁星，一想到这里，她就气得要命。

她哪里不比叶繁星好？

叶繁星除了会死读书，有哪一点能够跟她比？

尤其是叶繁星现在都已经跟傅景遇在一起了，顾雨泽还对叶繁星这么上心，想想就让人不舒服。

然而，在顾雨泽面前，赵嘉淇也不好说什么。

书房里，蒋森站在傅景遇面前："傅先生，您之前让我查的叶繁星在学校里的事情，我已经查过了。她的确交过男朋友，而且……那个人您也认识。"

蒋森说这句话的时候，心里虚得很，怕傅景遇不高兴。

但这种事情，他也不能瞒着傅景遇，早点儿让傅景遇知道比较好，免得哪天出了什么事情，还得怪在他头上。

傅景遇没有出声。他认识，又跟叶繁星交往过的，看来看去，他能够想到的也就那么一个。

蒋森说："她以前上学的时候，跟雨泽少爷是同桌，两个人关系很好，所以交往过，不过他们现在已经分手了。"

毕竟顾雨泽都把赵嘉淇带到家里来了，看来跟叶繁星已经没有关系了。

傅景遇还是没有出声，似乎在思忖什么，房间里的气氛变得格外压抑。

蒋森站在一旁看着他，不知道他是生气还是不生气。

说他生气吧，也是正常的，毕竟之前叶繁星回来的时候，还当着大家的面说她跟顾雨泽不认识，撒谎骗人这一点就做得很不好。

然而叶繁星不说出来，自然也有她的立场。

她总不能回来就跟大家说，顾雨泽是她前男友吧！

蒋森开口道："其实吧，他们也就是小朋友随便玩玩。谁还没有过青春年少的时候？您也别太往心里去。"

就在这时，傅景遇的手机响了起来，是一条短信，上面写着一条消息："傅叔叔您好，我是赵嘉淇，顾雨泽的女朋友，不好意思，昨天在您家里惹您生气了。其实我昨天也没想到会在您家里碰到叶繁星。叶繁星以前跟我是好朋友，她明知道顾雨泽是我男朋友，还总是借着跟他是同桌的关系勾引他，我知道后就没怎么跟她来往了。没想到会在您家里看到她！叶繁星家里很穷，所以通常是谁有钱她就喜欢谁。您是顾雨泽的舅舅，我实在不忍看着她那样欺骗您，今天才鼓起勇气跟您说了这些。您要是觉得无所谓的话，就当我没说过。"

电话号码赵嘉淇是从顾雨泽那里要来的，她说想跟傅景遇道个歉，顾雨泽就给她了。

傅景遇望着手机上的短信，嘴角勾起一抹笑容。

蒋森望着他，虽然他在笑，只是这笑容怎么让人觉得有点儿恐怖？

叶繁星躺在床上玩了一会儿手机，然后睡了一个小时左右就醒了。她醒来的时候，看到傅景遇坐在旁边望着她。

叶繁星揉了揉眼睛，望着他道："大叔，你什么时候来的？我都不知道。"

"来了一会儿了。"他望着叶繁星，表情很淡漠，不过他平时就是这样，叶繁星也不觉得奇怪。

叶繁星穿着傅景遇的T恤，靠在枕头上，温柔地看着他："你不会一直在这里守着我吧？"

傅景遇看着她微笑的脸庞，她的眼睛很干净……

"起来吧，阿姨帮你做了吃的。"

"真的啊？什么吃的？"叶繁星立马从床上爬了起来，然后抱着衣服飞快地跑去洗手间，上了个厕所，顺便把衣服换了。

她动作很麻利，不到五分钟全部搞好，跑了出来。

一听到吃的，她仿佛连命都不要了。

叶繁星陪着傅景遇去了楼下，吴阿姨说："星星，快，你看阿姨给你做了什么。"

阿姨亲自做的甜品，还有冰激凌。叶繁星坐了下来："谢谢阿姨。"

傅玲珑望着她还没吃上就开始流口水的样子："你还真是个吃货啊！"

"没办法，我这不是在长身体吗？"叶繁星把傅景遇的甜品给他拿过来放在他面前，再把勺子给他："大叔。"

"你吃吧。"傅景遇对这些东西并不是很热衷。

他又不是她这样十几岁的小姑娘。

叶繁星说："尝一点儿吧。天气这么热，降降温。"

江州是出了名的火炉，虽然屋里有空调，但毕竟是夏天，就算身体不热，心里也难免有几分焦躁之意，这种时候能够吃上甜甜的冰激凌，不知道有多幸福。

傅景遇说："放着。"

他的目光都在叶繁星身上，实在没办法把她和赵嘉淇描绘的那个人联系起来。

蒋森从外面走进来时，看到的就是眼前的画面：叶繁星吃着东西，傅景遇在一旁望着她，眼神很是宠溺。

他本来以为傅景遇去找叶繁星，是跟她说那件事情的，结果……

怎么他的傅先生，又被叶繁星这个狐狸精给迷住，把正事都忘记了？

他走了过去，叶繁星看到他，礼貌地跟他打招呼："蒋先生。"

蒋森望着叶繁星，没有说话，然后看向傅景遇："傅先生。"

"有什么事回头再说！"傅景遇知道他想说什么。

蒋森只好站在一旁，一双眼睛盯着叶繁星。

见叶繁星眼里只有吃，他忍不住冷笑了一声：叶繁星的心倒是大得很，她该不会以为，她的事情傅先生还不知道吧？

之前她还撒谎说她跟顾雨泽不熟，难怪顾雨泽这么讨厌叶繁星！

现在连他都有点儿讨厌叶繁星了。

叶繁星拿过傅景遇的勺子，舀了一口甜品喂给他："大叔，你尝尝这个，真好吃！"

傅景遇望着她递过来的东西，虽然不怎么喜欢，但也没有拒绝她的好意，吃了下去。

"好吃吧？"叶繁星说，"真的很好吃，下次我也想跟阿姨学学。"

蒋森望着她勾引傅景遇的样子，恨不得冲上去拆穿她的假面目。

他再看向一旁的傅景遇，傅景遇似乎很享受叶繁星的讨好。

蒋森真是想不通。

他的傅先生应该不是这么容易被迷惑的人，以前那么多女人凑上来傅先生都没兴趣，怎么偏偏就被叶繁星迷得晕头转向的？

晚上吃过饭，蒋森站在餐厅外面，叶繁星从餐厅里走出来，看到他，走到了他面前。

蒋森愣了一下，望着叶繁星："有事？"

叶繁星问道："我做错什么了？"

从今天蒋森一出现，叶繁星就感觉到了不对劲儿，她跟蒋森打招呼，蒋森都没回她。

她猜测自己是哪里做得不好让蒋森不高兴了，所以想问个清楚。

蒋森望着她这副无辜的样子，演得不错啊："记得你刚刚来的时候，我跟你说过的话吧？"

"嗯。"虽然他说的话很多，但叶繁星大多记得，"怎么了？"

蒋森严肃地说："如果你敢对不起傅先生，让他受伤，我不会对你客气的。"

叶繁星："我怎么对不起大叔了？大叔对我那么好，我干吗要对不起他？"

傅景遇从里面出来，穿着宽松的衬衫，坐在轮椅上，望着站在一起谈话的两个人，淡淡地开口："蒋森。"

他的语气很平静，却带着一种沉沉的压迫感。

蒋森忙走过去："傅先生。"

傅景遇说："星星，你先进去，我们有点儿事要谈。"

"好。"

叶繁星一直很懂事，也不好奇他们要说什么。

只是不知道为什么，她总觉得今天的傅景遇和蒋森都有点儿严肃。

不会有什么她不知道的事情吧？

下午五点多，来给罗老师过生日的人已经三三两两地到了餐厅。

赵嘉淇坐在椅子上，被同学围着："嘉淇，你这件衣服好好看，很贵吧？你妈真舍得，什么贵的都给你买，不像我妈，成天就会给我买练习题，这次没考好，天天叫我洗碗。”

“还好吧，也就两万多。”

“两万多还不贵？你们家真有钱。”

赵嘉淇笑了笑。她知道，她家虽然不算特别有钱，但班上比她有钱的女生也没几个。

“对了，叶繁星怎么没跟你一起来？听说她家很穷，她不打算上学，准备结婚，是不是真的？”这些话当然都是赵嘉淇传出去的。

她虽然成绩比不过叶繁星，但在其他方面都想比叶繁星厉害一些，毕竟她从小生活在城市里，而叶繁星是农村来的。

赵嘉淇说：“嗯。我也劝了她几次，但是她不听，想早点儿嫁人。”

“她怎么想的啊！考那么好还不想上！脑子有包吧！”

“每个人的想法不一样嘛。”赵嘉淇优雅地捋了捋长发，一副淑女的样子——当着别人的面，可不会说叶繁星的坏话，“她家里是真的很困难。听说她妈妈在火锅店里打工，她爸爸在工地上搬砖。”

“真的啊？”大家都很惊讶——能够上江州一中的，家里条件都不会太差，“嘉淇，你人真好，家里这么有钱，还跟她当好朋友。”

赵嘉淇微笑着，就喜欢听别人这么赞美她。

叶繁星才到门口，就听到她们的对话。好像每次聚会，都会变成赵嘉淇的个人秀场。

赵嘉淇能够把别人玩得团团转，叶繁星感觉她也挺厉害了。

叶繁星推开玻璃门走了进去，发现已经有十几个同学在了，男生不算多，就三四个，正聚在一起打游戏。

女生全部围在赵嘉淇身边看她表演。

“咦，是叶繁星。”

大家正说着她，叶繁星就出现了，女生们的目光全都聚了过来。

只是看到叶繁星的时候，众人都愣了一下。

叶繁星今天穿的衣服是昨天傅玲珑给她买的，好巧不巧，跟赵嘉淇撞衫了，不但同一牌子，款式都一模一样。

叶繁星比赵嘉淇高一点儿，身材比例好，又瘦……同样一件衣服，看起来，叶繁星穿起来比赵嘉淇更有仙气。

平时叶繁星穿得普通，大家没留意，觉得赵嘉淇长得好看，可现在一比，发现叶繁星竟然更胜一筹？

撞衫不可怕，谁丑谁尴尬。

而且她们刚刚在讨论叶繁星的家庭情况，赵嘉淇说叶繁星家里条件差，可现在叶繁星竟然穿了这么贵的衣服，简直是在打赵嘉淇的脸。

就连旁边打游戏的几个男生也忍不住看了过来。他们一直把赵嘉淇当女神，可没想到叶繁星收拾了一下，竟然这么好看。

叶繁星也发现了自己跟赵嘉淇撞衫的事情，早知道就不穿这件衣服了。不过现在来都来了，她又不可能再跑回去换一件。

见大家都盯着自己，叶繁星问道："我没来晚吧？"

"没有没有，罗老师还没来呢！"约好吃饭的时间是六点，大家都怕堵车，所以提前来了。

张心瑶走了过来："过来坐吧，这里有位置。"

这家店里今天就他们这一拨人，似提前包了场，所以位置很多。

赵嘉淇坐在那里看着叶繁星，早就被气得快要冒烟了。

那天她去傅家的时候，叶繁星还穿得普普通通的，没想到今天竟然穿成这样！

叶繁星故意穿得跟自己一样，就是为了让自己丢人吧！

真是欺人太甚！

叶繁星走了过去，坐下后，好奇地问道："你们刚刚在聊些什么？好热闹啊。"

好像她什么都没听到一样。

该听见的她已经全部听到了，也知道赵嘉淇这个女人背后是怎么黑她的。

叶繁星的发问让大家尴尬地笑了笑。众人也不可能当着叶繁星的面继续讨论刚刚的话题吧。

赵嘉淇望着叶繁星，笑了笑道："星星，你不是说你要在家照顾你老公，不来了吗？其实我昨天不应该叫你来的，你说你也不上学了，还跑过来，让罗老师看到，他心里得多遗憾啊。"

"……"赵嘉淇不但强调了叶繁星不上学的事情，还强调了叶繁星有老公。

心机可真是够深的！

果然，众人一听到"老公"两个字，就惊讶地看向叶繁星："叶繁星，你结婚了？竟然有老公？"

我的天！

她们刚刚高中毕业，根本不能想象有老公的事情，对这件事情充满了好奇，恨不得将叶繁星扒个通透。

叶繁星看了一眼赵嘉淇："这件事情嘉淇应该比我清楚。"

不是她起的头吗？

叶繁星倒是想知道赵嘉淇会怎么说这件事情。

她取出手机，自顾自地玩着，并不参与她们的话题。

赵嘉淇说："我是见过，反正挺有钱的，对吧星星？你是享福了，你妈帮你找了个有钱人家把你嫁出去，这下你也不用那么辛苦地打工了，也不用上学，直接回家当豪门少奶奶，我都有点儿羡慕你呢。就是……"

赵嘉淇故意停顿了一下，吊足了大家的胃口。

"就是什么？"她旁边的女生催促道。

赵嘉淇说："就是年纪大了点儿，而且行动不太方便，好像生孩子都生不了呢！不过，带孩子也是个麻烦事……不要还简单一些。"

赵嘉淇刻意用一种羡慕的语气说这些话，其实是往死里损叶繁星。

被她这么一描绘，众人想象出来的，完全是个又丑又老的老头。

原来叶繁星今天穿得这么好，是因为嫁了一个有钱的老头啊！

叶繁星望着赵嘉淇这个戏精女人，不明白她怎么就这么多戏。

大家听完赵嘉淇的话，再看向叶繁星时，嘴上没说什么，心中却都有了想法。

就在这时，顾雨泽从外面走了进来。

顾雨泽在学校可是校草，有不少女生喜欢他。

此刻看到他进来，大家的注意力都落在了他身上。

“是顾雨泽，天哪！他好帅！”

“咦，我记得之前叶繁星不是跟顾雨泽在交往吗？”有人突然提出来。

想想叶繁星可是顾雨泽的女朋友，最后却嫁给了一个老头……众人都怀疑她的脑子是不是坏掉了。

顾雨泽并没有走到男生那边，而是走过来站在了叶繁星背后。

叶繁星一直盯着手机，仿佛根本没有感觉到顾雨泽站在她身后一样。

所有人都好奇地看着顾雨泽。

有人跟他打招呼：“校草！”

“顾同学……”

在学校里，顾雨泽成绩好，又高冷，大多数人不敢跟他太亲近。叶繁星是他的同桌，算是近水楼台先得月。

他站在叶繁星身后，见她理都不理自己，有些无奈，目光又落在赵嘉淇身上：“我有话跟你说。”

说完这句，他转身就走了。

“哇！”女生们都惊叹地看向赵嘉淇。赵嘉淇害羞地站了起来，拎着她的小包：“那我先去一下。”

然后，她就在众人羡慕的目光中向顾雨泽走了过去。

坐在叶繁星身边的女生道：“天哪！好羡慕赵嘉淇，家里有钱，长得好看，男朋友还帅。”

叶繁星望了一眼赵嘉淇兴奋的样子，觉得讽刺。家里有钱，长得好看，她就可以抢别人的男朋友吗？

虽然叶繁星现在已经对顾雨泽不“感冒”，可见到这两个人在一起，心中还是有些不舒服。

她宁愿顾雨泽找头猪，也不想看到他跟赵嘉淇在一起。

突然有人嗤了一声。

“有什么好羡慕的？你们要是有脸抢自己闺密的男朋友，也能把校草抱回家！”

叶繁星抬起头望了过去，发现是刚刚跟她打招呼的张心瑶。

女生们都看向张心瑶：“什么抢闺密的男朋友？”

张心瑶笑了笑，眼里都是对赵嘉淇的不屑：“你们不会忘了吧？在学校的时候，叶繁星才是顾雨泽的女朋友。”

叶繁星微微一愣，没想到在赵嘉淇这么黑她以后，竟还有人帮她说话，而不是无脑地站在赵嘉淇那一边。

同学们的目光都落在叶繁星身上。

跟赵嘉淇关系很好的江婷婷说道：“可是叶繁星不是跟顾雨泽分手了吗？叶繁星都已经结婚了，赵嘉淇还不能跟顾雨泽在一起啊？”

张心瑶白了她一眼：“你找男朋友，会去找你闺密的前男友？”

“……”张心瑶的这句话，让江婷婷僵了僵。的确，没有人会去找闺密的前男友当男朋友，除非她根本没有把那个闺密放在眼里。

“可是，我怎么听说顾雨泽原本喜欢的就是赵嘉淇，是叶繁星横刀夺爱呢？”坐在叶繁星身边的女生，反驳了张心瑶的话。

这件事情最近大家都在传，不仅如此，学校的论坛上也有人在谈论这个，帖子都已经被顶上了热门。

三人成虎，传的人多了，就算是假的，也已经被大家认定成了事实。

张心瑶说：“如果真的是这样，那为什么赵嘉淇还要跟叶繁星当朋友？以前在学校的时候，她们关系有多好，你们难道不知道吗？”

她和在座的人不一样，对这个说辞明显不信。

叶繁星觉得有点儿意外。她跟这个张心瑶平时接触也不是很多，没想到对方竟然会帮自己说话，对比起来，她一直以为的好朋友赵嘉淇，人前人后只会黑她。

大家听完张心瑶的话，都看向叶繁星：“叶繁星，到底什么情况啊？你也来说说呗！”

叶繁星看向已经从外面走进来的赵嘉淇和顾雨泽，笑了笑道：“我说的不算，不如问问顾雨泽？”

大家看向叶繁星，她竟然让顾雨泽自己说？

“顾雨泽。”叶繁星开口。

顾雨泽停下脚步看向她，没想到刚刚一直无视他的叶繁星，竟然主动跟他说话了。

他看着她，不明白叶繁星想做什么。

叶繁星露出一个微笑：“你的女朋友在外面说，当初你跟我交往以前，喜欢的人是她，是我把你抢过来的。是不是这样？”

赵嘉淇在外面编造这个谣言，顾雨泽是不知情的。

当然，赵嘉淇也是吃定了顾雨泽不知道，叶繁星的解释别人又不一定会相信，才敢在外面胡乱造谣。

听完叶繁星的话，顾雨泽看了赵嘉淇一眼，眼神很是严肃。

他喜欢的一直是叶繁星，如果赵嘉淇不是叶繁星的好朋友，他也不会跟赵嘉淇走得近。

即使后来他选择了跟赵嘉淇在一起，那也是误以为叶繁星不喜欢他、躲着他之后，才发生的事情。

赵嘉淇可以在外面胡说八道，却不敢在顾雨泽面前这样说，这只会破坏顾雨泽对她的印象。

她赶紧解释：“星星，你误会了，这些都是别人乱传出来的，不是我说的。”

“不是你哦？”叶繁星望着赵嘉淇，“我看大家都这么相信，还以为是你说的呢！误会了你，还真是不好意思。”

赵嘉淇这副心虚的模样，哪里有被人抢了男朋友后的理直气壮，反倒像是做了什么亏心事一般。

叶繁星并没有打算就这么放过她，自己被她冤枉了这么久，现在只想要个说法。

她望着赵嘉淇，道：“既然大家都在这里，不如你说说，我到底有没有抢你的男朋友？”

赵嘉淇僵了僵，就见所有同学都看着自己。

她原本是因为抢了顾雨泽，觉得理亏，怕别人说她才故意诬陷叶繁星，好让大家觉得叶繁星才是那个坏人。

可是现在顾雨泽在这里，她不能再睁眼说瞎话："没有。"

说这话的时候，赵嘉淇紧紧地握着拳头。今天她叫叶繁星过来，本来是另有打算，可是叶繁星一直在破坏她的计划。

而且自己还被逼着替叶繁星解释，真是能把她气死。

叶繁星笑了笑："大家也听到了，我说的你们不信，赵嘉淇自己说的，你们总该信吧！"

"可是……"江婷婷是赵嘉淇的好朋友，听到赵嘉淇这样说，觉得很不理解，"上次不是你亲口跟我说的，叶繁星抢了顾雨泽吗？"

因为赵嘉淇说了，江婷婷才到处去跟同学们说，替赵嘉淇鸣不平。

现在赵嘉淇这样说，江婷婷完全不明白了。

面对这个猪队友，赵嘉淇简直无语。她之所以这样跟江婷婷说，就是因为知道江婷婷是个大嘴巴，什么事只要告诉江婷婷，就等于告诉了所有人，却没想到江婷婷会当着这么多人的面说这个。

张心瑶笑了笑，望着赵嘉淇："同学，你这有点儿不厚道吧？你跟叶繁星不是好朋友吗？"

"我没说过。"在这么多人面前，赵嘉淇当然是否认了。

她看了一眼江婷婷，再也不想理这个女人！

叶繁星坐在一旁，原本都想好了，如果赵嘉淇胡说八道，要怎么拆穿她的假面目，没想到赵嘉淇这么容易就承认了。

不管怎么样，看着赵嘉淇丢了脸，叶繁星就很开心。

顾雨泽望了赵嘉淇一眼，没再说什么，很快就被男生们叫走了。

他今天看起来好像不大高兴，赵嘉淇知道他在生气，不敢走过去打扰他，在一旁坐了下来。

趁着罗老师还没来，叶繁星去了下洗手间，正好张心瑶也在那里，叶繁星走过去对着张心瑶笑了笑："谢了。"

"谢什么？"张心瑶说，"我只是不喜欢赵嘉淇这种女人，当面一套背后一套。”

她当然也被赵嘉淇说过，所以不爽赵嘉淇很久了。

叶繁星笑了笑：“不管怎么样，还是谢谢你。”

赵嘉淇以为她的演技天衣无缝，事实上她能够骗别人一时，但不表示能够骗人一辈子。

叶繁星洗了手，擦干净，和张心瑶一起回去餐厅。罗老师已经到了，看到叶繁星，连忙叫住了她：“叶繁星。”

“罗老师。”叶繁星乖巧地走了过去。罗老师对她真的很好，是她这么多年来遇到过的最好的老师。

罗老师戴着眼镜，高高瘦瘦的，拍了拍站在他身边的顾雨泽，又对着叶繁星笑了笑：“你俩考得不错，没让我失望。”

“罗老师，你怎么只夸他们俩啊？”江婷婷在旁边道，“赵嘉淇不是也考得不错吗？”

赵嘉淇跟顾雨泽和叶繁星一样，也被江州大学录取。他们班上，就他们三个人上了江州大学。

她这句话，让大家的关注点都转到了赵嘉淇身上。

罗老师愣了一下，看向赵嘉淇，笑了笑道：“嘉淇也考得不错。”

不过他对赵嘉淇的态度，明显没有那么热情。

赵嘉淇站在一旁，脸色变得很难看。

江婷婷挽住赵嘉淇的手，觉得有点儿不公平：“罗老师怎么这样啊？对了嘉淇，你考了多少分？”

“……”赵嘉淇没有回答。

她平时成绩不错，又有叶繁星帮她讲题，所以成绩一直是班上的前几名。只是……这次重要的考试，因为紧张她发挥得不怎么好，这件事情她没跟别人说过。

她本来想着，反正她已经被录取了，成绩不重要。

被江婷婷这么一问，赵嘉淇顿时觉得有点儿难堪。

现在赵嘉淇觉得这个江婷婷简直烦死了，恨不得立马就和对方撇清关系。

吃饭的时候，叶繁星坐在一个离罗老师很近的位置，罗老师听说她不准备上大学，一直在给她做思想工作："考上江州大学不容易，你可不要犯傻。你现在去打工，就算能够赚点儿小钱，改善你家里的情况，可毁的是你的一辈子。以后你会后悔的……"

"我知道。"叶繁星当然知道这些，对罗老师说，"我会坚持的。"

她其实早就有了觉悟，可看着罗老师这么关心自己的时候，还是很感动。也就只有他，才会这么支持鼓励她，而不是像她老妈那样，巴不得她不要上学。

顾雨泽坐在一旁，他的位置离罗老师也很近，所以将两个人的对话听得清清楚楚。他看着叶繁星，眼神黯了下来。

罗老师那番鼓励的话，让叶繁星有些动容。吃完饭，罗老师跟其他同学说话的时候，她就把自己关进了洗手间。

有时候她觉得自己很坚强，什么都可以面对，但很多时候，又觉得自己很脆弱……

比如现在，罗老师的一番话，就让她想起了自己如今的处境。

光是为了能够去上学，她就已经用尽了所有力气。

眼泪模糊了她眼里的世界，她忍了半天，没让自己的眼泪掉下来，然而眼眶还是红了。

就在这时，手机里有电话打进来，叶繁星取出手机看了一眼，发现是傅景遇打来的电话。她调整好情绪，接了电话："大叔。"

"人在哪里？又去打工了？"傅景遇的声音很暖，带着成熟男人的关心。

叶繁星看了看时间，发现已经快七点了。

"没有，我们今天同学聚会。"

"我让蒋森去接你。"他不是很放心她晚上还在外面。

"不用了，我们都吃完饭了，要是让蒋先生过来，我还要等很久。我现在就回去了。"

"好吧。"傅景遇也没有勉强她。

挂了电话，叶繁星洗了把脸。

这个时候，很多同学已经走了。

顾雨泽从餐厅走出来，准备离开时，被赵嘉淇叫住："顾雨泽。"

他停下脚步看着赵嘉淇，语气很是淡漠："我今天有事，不方便送你。"

他的心情不是很好。

赵嘉淇认真地说："不是我，是叶繁星找你有事，她不好意思跟你说，让我来说的。"

听到是叶繁星找自己，顾雨泽愣了愣。他早上就对叶繁星有些愧疚，晚上听了她跟罗老师的谈话，心中的愧疚感更浓了。

他总觉得，自己可能压根没怎么了解过叶繁星。

他从来不知道，她一个人面对了那么多问题。

听到她要找自己，他也顾不上他们已经分手："她人呢？"

"在洗手间。"

赵嘉淇一直留意着叶繁星的动静，就等着这一刻呢！

顾雨泽折回餐厅，朝着洗手间走去，刚到门口，就看到叶繁星从里面出来，还红着眼睛，像是哭过。

叶繁星本来以为大家都走了，没想到顾雨泽会在这里，还被他看到自己这副模样，觉得有点儿丢人。

他是来上厕所的吧？

她闪到一边，给他让出一条道来，却见顾雨泽停在了她面前。

叶繁星愣了一下，冷漠地道："你做什么？"

顾雨泽问道："你找我？"

他望着叶繁星红红的眼眶，眼神里面写满了关心。

叶繁星觉得好笑："我找你？我没事找你干吗？"

他想来找她的麻烦，也不用把锅丢到她身上吧？

"让开，我要回去了。"叶繁星嫌他挡了自己的路。

顾雨泽看着叶繁星。以前他们交往的时候，叶繁星对他很温柔，可是现在她连多看他一眼都觉得烦躁。

他握住叶繁星的胳膊，阻挡她离去，声音要比平时温柔很多：“我们重新在一起吧！”

叶繁星愣了一下，抬起头来看着顾雨泽。

他说什么？重新在一起？他没开玩笑吧！

叶繁星望着眼前的顾雨泽一本正经的样子，想起他之前还信誓旦旦地说要将她赶出傅家，现在却说要跟她在一起：“顾雨泽，你的脑子坏了？”

“我是认真的。”开口跟她说复合，顾雨泽也是拉下了面子的。

原本他想着叶繁星不喜欢他，自己也没必要求着她，天下女人多的是。

然而叶繁星的冷漠让他明白一件事情：如果他不努力，她只会离他越来越远。

叶繁星见他一副认真的样子，觉得可笑：“顾雨泽，我也是认真的，我没有吃回头草的习惯，对赵嘉淇玩过的东西也没兴趣。”

顾雨泽觉得无语：“叶繁星，你一定要把话说得这么难听吗？”

她竟然说他是赵嘉淇玩过的东西？

“你还指望我说什么好听的话？”叶繁星促狭地看着他，眼里没有半点儿对他的留恋，“顾雨泽，不是每个人都是赵嘉淇，处心积虑地想得到你。对我来说，你没那么好。”

“叶繁星，你知不知道我是在给你机会？”顾雨泽有点儿恼羞成怒。叶繁星的话让他很没有面子。

叶繁星微微一笑，本来还挺伤感，被顾雨泽这么一逗，觉得有趣极了：“那我还应该感谢你把我甩了，现在又来找我复合？”

“你别指望我下次还会来求你！”今天他向她低头，对他来说已经是极限了，没想到她不但不感激，还把话说得这么难听，真是快要把他气死了。

“我真没指望。”叶繁星淡漠地看着顾雨泽，不明白他怎么自我感觉这么良好，以为自己还放不下他。

顾雨泽见她这样，没脸再待下去，气得直接走了。

赵嘉淇躲在远处，将两个人的争执看得清清楚楚。

说真的，在顾雨泽说复合的时候，她都快要气死了。

他怎么可以这样？

虽然以前他跟叶繁星在一起，但现在跟他交往的人是她赵嘉淇，他就这么不把她放在眼里？

好在叶繁星给脸不要脸，看这模样，估计顾雨泽是不会再理她了。

赵嘉淇望着手机上偷偷拍下来的照片，叶繁星跟顾雨泽离得很近，好像很亲密的样子。

她扬了扬嘴角，期待着傅景遇看到这些照片之后的情形，然后点了发送，下面还打了字："傅叔叔，您看叶繁星，她又来了。她说她很喜欢顾雨泽，跟您在一起只是因为被她妈妈强迫。只要顾雨泽愿意跟她在一起，她马上就可以离开您……"

信息发完，赵嘉淇扬了扬嘴角。她就不相信，叶繁星还能在傅家逍遥下去。

只要傅景遇不理叶繁星，叶繁星就再也不会出现在她和顾雨泽面前了！

到时候叶繁星依旧是个穷鬼！

而且，赵嘉淇看得出来傅景遇的性格很不好，她还真有点儿期待叶繁星的下场。

见顾雨泽碰壁，冷着一张脸走出来，赵嘉淇忙收好手机跟了上去。

叶繁星是最后一个走的，从餐厅离开后，直奔最近的轻轨站买了票坐车回家。

"星星，你终于回来了！"叶繁星刚到门口，就看到正准备回傅家的吴阿姨从屋里出来，脸色看起来有点儿凝重。

"阿姨好。"望着她凝重的神情，叶繁星问道，"出什么事了吗？”

“景遇今天有点儿不高兴，你等会儿小心一点儿。”如果说这个家里的人最怕的是什么，大概就是傅景遇发火吧。

吴阿姨的话让叶繁星有点儿困惑，大叔给她打电话的时候还好好的呢！

她也没有多想，对吴阿姨道：“那您慢走，路上小心一点儿。”

阿姨每天都是这个时候回傅家的。

阿姨说：“你快进去吧。”

“我送送您。”叶繁星将阿姨送走才回来。她没带钥匙，敲了敲门，蒋森来开的门，看到叶繁星，没有跟她打招呼，表情非常不好。

想起刚刚收到的照片，她竟然跟顾雨泽拉拉扯扯，蒋森就气得不行。

她是真的没把傅先生放在心上吧？

叶繁星从鞋柜里把拖鞋拿出来换上，看向一旁站着的蒋森道：“蒋先生，您还好吧？”

他被大叔骂得不敢说话了？

他是做错什么了？

蒋森没出声，只是看着叶繁星。叶繁星在他的眼睛里看到了冷漠和抗拒。

叶繁星走进客厅，看到傅景遇坐在那里，他还穿着正装，脸色严肃，整个客厅的气氛都不太对劲儿。

“我回来了！”叶繁星走过去把包放下，目光落在傅景遇身上。

她平时虽然跟傅景遇有说有笑的，但他生气的时候，她还是有点儿忌惮他。然而就算这样，叶繁星也觉得，沟通才是最好的解决问题的方式。

她走过去，在傅景遇腿边蹲了下来，讨好地道：“你生气，不会是因为我回来得太晚了吧？”

傅景遇看着哈巴狗一样的叶繁星，没有出声。

叶繁星抱住他的大手摇了摇：“嗯？你不说话，我怎么知道你在气什么？”

蒋森站在一旁，冷冷地望着叶繁星，在外面跟其他男人不清不楚，一回来就装乖，傅先生会理她才怪！

她真以为这个世界上的人都是傻子，让她骗得团团转吗？

结果，下一秒傅景遇抬手揉了揉叶繁星的头："说好马上回来的，你回来晚了。"

蒋森："……"

傅先生，你的节操呢？

明明看到了赵嘉淇发的那些照片，证明叶繁星就不是好人，您该不会又打算这么糊涂过去吧？

"吃饭的地方有点儿远。"叶繁星说，"而且我是坐轻轨回来的，离这里有一段距离，走回来的。"

叶繁星说着，干脆就趴在他腿上了："累死了，早知道就让蒋先生去接我了。"

傅景遇望着像猫咪一样柔软的叶繁星，也不知道为什么，就想宠着她："下次让蒋森去接你，不要自己回来，太晚了，我不放心。"

虽然她的个性像个男孩子，什么都不怕，可在他眼里她就是个小女生，一个他想要保护的小女生。

叶繁星说："好。"

"要去参加同学聚会的事情，怎么没跟我说？"傅景遇的手指轻轻捋着她的发丝。

叶繁星说："没多大点儿事，就没告诉你，其实也是昨天才决定去的。对了，顾雨泽和赵嘉淇也去了。"

傅景遇和蒋森都愣了一下，没想到她居然提到顾雨泽。

"顾雨泽也去了？"问话的是蒋森。他有点儿没想到，叶繁星竟然把这件事情说了出来。

她难道不是应该瞒着吗？

听到蒋森惊讶的语气，叶繁星抬起头来看了他一眼，才想起自己之前说过跟顾雨泽不熟的事情。

叶繁星望着傅景遇，说："大叔，其实……我跟顾雨泽是同学，之前在傅家当着姐姐的面我没说，是因为我突然成了顾雨泽的舅妈有点儿尴尬。我现在告诉你，你应该不会怪我撒谎吧？"

她说得很真诚，也没有心虚的样子。

叶繁星现在也想明白了，她跟顾雨泽本来就没什么关系。

怕傅家人误会，所以她没说，但大叔是值得相信的人，她就算跟他说了也没关系。

蒋森看着叶繁星，原本还以为她会一直骗下去，没想到她竟然这么轻易就说出来了。

傅景遇眼神柔和地望着她："不会。"

叶繁星站了起来："那我去洗澡了。好累啊！想早点儿睡！"

她的"大姨妈"还没走，出去一下午，她还真的挺累的。

在她洗澡的时候，蒋森望着坐在客厅的傅景遇道："傅先生，这件事情您打算就这么算了吗？"

他问都不问叶繁星，叶繁星只是撒撒娇，他就相信了。

傅景遇望着手机上的照片："怎么可能就这样算了？"

这已经是第二次了！

赵嘉淇一次又一次地发信息过来，想要离间他跟叶繁星的关系这种事情，怎么可能就这样算了？

虽然叶繁星没说，但傅景遇已经大概想象到，赵嘉淇在叶繁星的世界里扮演着什么样的角色。

蒋森看着傅景遇，问道："那您打算怎么处置叶繁星？"

"处置？"傅景遇望着蒋森，"我什么时候说要处置她了？"

"……"

赵嘉淇洗着澡，一边想象着叶繁星回去之后的悲惨场景，一边开心地哼着歌。

出来的时候，她接到了电话，是从傅家打过来的："是赵嘉淇小姐吗？”

“是我。”

“您好，我是傅家的管家，请问您这周六有空吗？”

“有。”

“是这样的，我们傅先生想请您周六过来做客，请问您方便吗？”

“傅先生？是顾雨泽的舅舅吗？”

“是。”

听到这里，赵嘉淇高兴地点了点头：“有空，我当然有空。”

上次在傅家傅景遇对她那么冷漠，今天却主动让人联系她，八成是她发的照片起了效果。

赵嘉淇仿佛已经看到了叶繁星倒霉的样子，忍不住笑起来。

等到叶繁星从傅家离开，自己就没了阻碍，作为顾雨泽的女朋友，她才是那个被宠上天的人。

周六，一大早赵嘉淇就起来了。

“妈，我的衣服呢？”

赵妈妈忙进门来给她找衣服：“你今天要出去啊？”

“我今天要去傅家，顾雨泽的家人要见我。”赵嘉淇微笑着，一副很得意的样子。

听到这里，赵妈妈高兴极了，忙把她的衣服找出来：“穿得好看一点儿，给人家留个好的印象。”

自从赵嘉淇在赵妈妈面前说顾雨泽是她的男朋友后，赵妈妈就一千万个支持，巴不得赵嘉淇早点儿把顾雨泽抱回家。

今天是周六，傅家人大多在家，傅玲珑带着顾雨泽过来了，叶繁星也跟着傅景遇到了傅宅。

到了门口叶繁星才想起上次傅妈妈想约见她父母的事情，有些担心，对着傅景遇问道：“大叔，我爸妈那边我还没问，等会儿他们不会问我吧？”

叶繁星这些天也一直在想这件事情，只是……她还没做好心理准备。

要是等会儿傅妈妈问起，她支支吾吾，还以为她没将此事放在心上呢！

傅景遇望着她担忧的样子，说："没事。不过……你打算什么时候跟你爸妈说？"

"我……"一提到这个，叶繁星就很郁闷，一点儿主意都没有，"我也不知道。"

"那就下周，周末大家都有时间，你有空就打电话问问你爸妈。"让她一直这样犹犹豫豫的不知道什么时候是个头，傅景遇索性替她决定了。

叶繁星看着他，想再说什么，却发现没什么好争的，早晚都得面对家里人，于是点了点头："好吧！"

两人进了客厅，发现大家都在。

见到叶繁星和傅景遇回来，傅妈妈眉开眼笑地道："星星，你们回来了！"

"爸，妈……"叶繁星跟傅景遇的爸妈打完招呼，目光落在顾雨泽身上。

顾雨泽淡漠地坐在那里，仿佛没有看到叶繁星，叶繁星也没跟他搭话。

经过上次的事情，叶繁星猜测顾雨泽是不会再理她了。

这样也好，免得她跟他有什么不清不楚的牵扯，到时候传出去，不但让她难堪，大叔的面子也挂不住。

叶繁星和傅景遇前脚刚在客厅里坐下来，后脚赵嘉淇就来了，是管家领着她进来的。

赵嘉淇是顾雨泽的女朋友，出现在这里，叶繁星并不意外。

顾雨泽却一脸蒙：他最近根本没约赵嘉淇！

管家走过来道："赵小姐来了。"

客厅里所有人都齐刷刷地看向赵嘉淇，赵嘉淇礼貌地走了过来，打招呼道："外公，外婆，傅叔叔……"

她微笑着看向傅景遇。被傅景遇邀请过来，她表示很荣幸，因此脸上的笑容很灿烂。

叶繁星没有说话，偷偷地打量着赵嘉淇，总觉得今天的赵嘉淇很不一样。她是遇到什么好事了？一副春光满面的样子。

叶繁星刚这么想，赵嘉淇就看了她一眼，两人的视线在空气里擦出火花，赵嘉淇露出胜利的笑容。

她现在就等着看叶繁星出丑呢！

赵嘉淇看向一旁没说话的傅景遇，内心早已经跃跃欲试："傅叔叔今天找我来，请问……是有什么事吗？"

她现在迫不及待地想看到叶繁星的下场。

"……"叶繁星听完赵嘉淇的话，不解地看向傅景遇。

是大叔叫赵嘉淇过来的，不是顾雨泽叫的？

大叔不是很讨厌赵嘉淇吗，怎么约她过来这里？

叶繁星有点儿不高兴了。

顾雨泽跟赵嘉淇好，她都没这么难受。

不知道从什么时候起，她的概念里已经认定了：大叔是她的！

想到大叔竟然请赵嘉淇来做客，叶繁星就觉着有点儿受伤了。

原本紧挨着傅景遇坐着的她往旁边挪了挪，与傅景遇拉出一段距离。

傅景遇："……"

"坐吧！"开口的是大方得体的傅妈妈。

傅妈妈看着赵嘉淇，不得不承认赵嘉淇很有礼貌，说话做事很得体，然而对赵嘉淇这个人，傅妈妈怎么也喜欢不起来。

赵嘉淇在顾雨泽身旁的空位上坐了下来。她今天很有底气，坐下来后，对着顾雨泽微微一笑。

顾雨泽压根没想到赵嘉淇会突然跑到家里来，很是意外，而且还是舅舅请来的，顾雨泽心里生出了一种不好的预感。

赵嘉淇坐下后，傅玲珑也从餐厅里走了出来。

看到赵嘉淇，傅玲珑开口道："来了啊。"

“阿姨。”赵嘉淇继续微笑。

她这副惺惺作态的样子，让叶繁星觉得厌恶——好想拆穿她的假面目。

傅玲珑走了过来。她原本是跟顾雨泽坐在一起的，现在那个位置被霸占了，只好在叶繁星旁边坐了下来。

赵嘉淇感觉到一家人的目光都在她身上，带着微笑，背脊挺得直直的。

傅玲珑问道：“知道今天为什么叫你过来吗？”

“不、不知道。”虽然知道，但赵嘉淇还是装出一副纯良的样子。

傅玲珑笑了笑，拿出手机打开相册，将手机放到了桌上：“这个你知道吗？”

因为傅玲珑的表情太过严肃，叶繁星也忍不住看了一眼手机，不看还好，一看吓一跳……

这不是吃饭那天的画面吗？

照片上，她和顾雨泽在洗手间门前的走廊上讲话。只是照片怎么会在姐姐这里？

叶繁星的心脏扑通扑通地狂跳起来，她再看向一家人，发现不知道何时，大家的表情都已经变得无比严肃了。

她的第一反应就是：他们专门把赵嘉淇叫过来，是因为这件事情与赵嘉淇有关吧？

所以照片是赵嘉淇拍的？

这个坏女人……

顾雨泽也看到了照片，拧紧眉头，下意识地看了叶繁星一眼。

赵嘉淇看了照片，露出一副惊讶的样子，没想到傅景遇不但自己看了照片，还把照片给全家人看了！

如果不是因为大家都在，赵嘉淇差点儿笑出来。

此刻她望着照片，刚刚还微笑着的脸却沉了下去，随后点头道：“嗯，这个是我们同学聚会那天……我看到星星跟顾雨泽在一起。我是顾雨泽的女朋友，看到这一切真的很难过。我真的没想到叶繁星会这样……她明明已经跟傅叔叔在一起了，却还说她喜欢顾雨泽……”

叶繁星的脸绷得紧紧的，本来以为那天是顾雨泽发了疯，现在再回想起来，那一切是赵嘉淇设计的吧！

赵嘉淇故意说自己有事情找顾雨泽，所以顾雨泽才过来的。

她想到这里，所有的事情都解释得通了。

赵嘉淇故意让自己去参加同学聚会，为的也是这个……

叶繁星实在想不明白，一个女孩子心思怎么可以这么深。

叶繁星解释：“我没说过那样的话！顾雨泽，那天的事情怎么样，你最清楚！”

她哪里说过她喜欢顾雨泽？

就连顾雨泽提复合，自己也拒绝了他！

顾雨泽看了叶繁星一眼。赵嘉淇做这件事情，是他没有想到的，可站在他的立场，他从来不想让叶繁星当他的小舅妈，于是抿着唇说：“我不清楚。”

他并没有替叶繁星解释，反而态度模糊地肯定了赵嘉淇的话。

他这样，别人肯定觉得她说过那样的话！

叶繁星望着这两个合起来诬蔑她的人，忍不住笑了起来：“这么合起来诬蔑我，你们俩还真是够可以的。”

曾经顾雨泽是她的男朋友，赵嘉淇是她的好闺密，下课的时候，他们大部分时间在一起，一起玩，一起学习，那是一段很美好的时光。

可是现在……莫大的委屈填满了她的内心。

她以为在赵嘉淇家门口，已经见识过了这两人的真面目，没想到还有更过分的手段等着她。

这两人还真够不要脸的！

偏偏赵嘉淇还是傅景遇叫过来的，这件事情，大叔估计也早就知道了吧？

叶繁星望了一眼傅景遇，眼眶突然红了。

她没想到，连大叔也怀疑她。

她受伤的眼神，让傅景遇愣了一下。

他总觉得这小丫头不知道想到哪里去了，正想说什么，却见叶繁星转过头去了。

赵嘉淇看着被气得想哭的叶繁星，并没有感觉到愧疚，还继续说道："星星，你说我诬蔑你就算了，顾雨泽怎么可能诬蔑你？再怎么你也是他的小舅妈。明明你就是说过那样的话……你不喜欢傅叔叔，跟他在一起只是为了钱，你还说只要顾雨泽跟你在一起，你就会离开傅叔叔。傅叔叔对你那么好，你不知道珍惜就算了，我们以前还是朋友呢，你怎么可以当'小三'？"

这可是个让叶繁星彻底滚出傅家的机会，赵嘉淇竭尽全力地添油加醋，说话的时候，还不停地抹眼泪，仿佛她才是受害者。

叶繁星听着赵嘉淇的鬼话，笑了起来："是，你说得对。你们俩要合起来陷害我，我没办法替自己解释，只能恨自己以前交错了朋友。"

看着叶繁星百口莫辩的样子，赵嘉淇在心里得意了一下。她其实也没想到，顾雨泽会帮她说话。

只能怪叶繁星上次没给顾雨泽面子，得罪了他，活该！

"爸，妈，姐……大叔。"叶繁星没有跟赵嘉淇争吵，目光落在了其他人身上，表情很是严肃，所有人都看着她。

叶繁星说："我知道，我没办法让你们在这种情况下还选择相信我，这是我的无能。我可以离开傅家，就当自己从来没有来过这里，只是……在你们做出判断以前，我有必要让你们知道赵嘉淇是个什么样的人！"

就算自己真的要离开傅家，她也绝对不要看着赵嘉淇在傅家得意。

傅景遇望着叶繁星，有点儿意外，看她的样子她是早有准备的？

只见叶繁星拿出手机来翻了两下，然后放了一段录音：

"我是见过，反正挺有钱的，对吧星星？你是享福了，你妈帮你找了个有钱人家把你嫁出去，这下你也不用那么辛苦地打工了，也不用上学，直接回家当豪门少奶奶，我都有点儿羡慕你呢。就是……"

"就是什么？"

"就是年纪大了点儿，而且行动不太方便，好像生孩子都生不了呢！不过，带孩子也是个麻烦事……不要还简单一些。”

…………

这明显是赵嘉淇的声音。听完这段，赵嘉淇愣了一下。她没想到那天同学聚会的时候，叶繁星居然录下了她的话！

她的脸色变得惨白惨白的，看着叶繁星，她气恼地道：“叶繁星，你诬蔑我！”

“这叫诬蔑吗？”叶繁星冷静地说，“比起你那些断章取义的照片，我这可是货真价实的证据，你要是觉得还不够，我觉得可以请那些同学来做证。赵嘉淇，要是没有这个录音，谁能想到你在这里一副好人的样子，一口一个傅叔叔，背地里却是另外一副样子？”

从赵嘉淇在群里“艾特”自己的时候，叶繁星就有感觉赵嘉淇要做点儿什么，所以那天她也一直提防着，借着玩手机录下了赵嘉淇的话。

如果赵嘉淇今天不在这里害她，叶繁星也没想过把录音拿出来。可既然赵嘉淇过分到这种程度，就算自己不能留在傅家了，也绝对不会让赵嘉淇继续装下去。

傅景遇在这个家里的地位可想而知。

而赵嘉淇的这段话，每一句都是对大叔的轻蔑与冒犯，她就想看看大家以后还会不会相信赵嘉淇。

怼完赵嘉淇，叶繁星看向傅景遇，对傅景遇道：“赵嘉淇绝对不是个好人，很会演戏，也很有手段。大叔对我很好，所以就算我离开傅家，也希望大叔能够看清她的本性。”

叶繁星最后看了傅景遇一眼，想到他相信赵嘉淇，心里是很难过的。

可是想来她和大叔本来就是无关的人，他这些天对她很好，她已经很满足了。这也是她唯一能做来回报他的一件事情了。

叶繁星的语气弄得气氛有些伤感。一旁的傅玲珑看不下去了，护短地道：“星星，说什么傻话，谁要你离开了？”

傅玲珑的话让叶繁星觉得很难过，眼泪终于再也忍不住了：“你们把赵嘉淇叫来，不就是因为相信了她的话吗？”

被赵嘉淇冤枉了，她只是觉得生气，可被自己信任的人怀疑，她觉得很伤心。

傅玲珑说："没有，你误会了。"

"误会？"叶繁星不明白。

傅玲珑也没有过多解释，只是看向一旁的赵嘉淇："你可以啊！当着我们的面装得这么乖，背地里却这么说他舅舅。"

赵嘉淇解释道："阿姨，我没有……是叶繁星……"

"难道刚刚那些话不是你说的？你的声音我们还听不出来？"傅玲珑白了赵嘉淇一眼，对她好感全无。

赵嘉淇很无语。她刚刚说了半天叶繁星的坏话，结果叶繁星只是拿出一段录音，就直接扳回局面了。

怎么现在她反倒成了被问罪的人？

叶繁星站在一旁，冷冷地看着赵嘉淇。她就想看看，现在这个原形毕露的女人还想怎么编。

赵嘉淇委屈地道："是，我承认，我那天在同学面前为了气叶繁星，说了些不应该说的话，冒犯了傅叔叔。可那也是因为我太生气了。我拿叶繁星当朋友，她却勾引我的男朋友……"

这时候，赵嘉淇只能紧紧抓着这件事情不放。

"够了。"傅玲珑打断她的话，"真是越说越不像话！"

叶繁星看了傅玲珑一眼，只见平时温柔的傅玲珑此刻严肃得要命。

傅玲珑望着坐在顾雨泽旁边，一脸委屈的赵嘉淇："我本来觉得你听话又懂事，跟我家宝宝在一起挺适合的，不过现在看来，是我想多了！"

"……"赵嘉淇不解地看着傅玲珑，"阿姨。"

傅玲珑的怒火没有对着叶繁星爆发，反而全部对准她。

凭什么？

明明是叶繁星勾引顾雨泽，傅玲珑干吗对她发火？

傅玲珑说："赵嘉淇，你妈妈没有教过你，饭可以乱吃，话不能乱说吗？星星是顾雨泽的小舅妈，就算在外面吃饭，两人遇见了说两句话，能够说明什么？你拍这些照片，还跑到他舅舅面前添油加醋，你是想让所有人都看我们傅家的笑话？”

“阿姨，我没有……”

“你没有？”傅玲珑冷笑了一声，“你刚刚不是还一口一句叶繁星勾引了顾雨泽？”

“那是因为，叶繁星真的……”

“真的什么？”傅玲珑严厉地望着赵嘉淇，盯得赵嘉淇一个字都说不出来了。

别说这些都是她瞎编的，就算全部是真的，傅家为了面子也不会承认的。

他们就是铁了心要护着叶繁星。

赵嘉淇见跟傅玲珑说不清楚，只好看向傅景遇：“傅叔叔……”

是傅景遇叫她过来的，证明他应该相信了她的话，所以她希望傅景遇这时候能够说说话。

然而看向傅景遇之后，赵嘉淇在他身上感觉到了更浓烈的怒意。

傅景遇望着赵嘉淇，眼神冰冷，仿佛在看一个小丑。

赵嘉淇这时候才明白，他请自己过来，竟然是要找自己算账的？

她认命地低下头道：“是我弄错了！”

她这时候如果还不懂得低头，就真的太笨了。

可惜赵嘉淇还不是那么笨。

看到这里，傅玲珑也算是泄了一口气，淡漠地对赵嘉淇道：“你今天就先回去吧！我们一家人都在，就不留你吃饭了。”

这话里的意思很明显：傅玲珑没把赵嘉淇当成一家人。

赵嘉淇还想说什么，顾雨泽已经站了起来：“我送你回去。”

谁让赵嘉淇是他的女朋友呢？

到这时候，他还没忘记帮赵嘉淇解围。

望着这两个人，叶繁星讽刺地扬了扬嘴角。他们还真是般配的一对！

赵嘉淇见状，忙跟上顾雨泽的脚步，走出了门。

太阳很大，外面很热，赵嘉淇跟在顾雨泽身后越想越觉得委屈，就差没捂着脸大哭一场。

顾雨泽停在车边，望着赵嘉淇道："那些照片，是你拍了发给我舅舅的？"

赵嘉淇没想到他这个时候还追究这个，看了一眼他冰冷的眸子，生怕被他怪罪，只好找了个借口："我、我也是为了你！自从叶繁星出现在你家里，我能够感觉到你每天都不开心。要让你叫她小舅妈，你也叫不出来吧？我这么做，只是为了帮你赶走她！"

顾雨泽看着赵嘉淇，原本以为她是想要害叶繁星，有点儿生气，可听完她的解释，心又柔软了下来。

"上车，我送你回去。"

见他相信了自己的话，赵嘉淇松了一口气。

只要顾雨泽还相信她就好！

客厅里，叶繁星看向傅玲珑："姐。"

事情的发展，有点儿出乎叶繁星的意料。

她怎么也没想到，最后倒霉的竟然是赵嘉淇。

傅玲珑知道她心里难过，安慰道："星星，你别放在心上，回去我会好好教训顾雨泽的，他太不像话了。"

就算他对叶繁星再有意见，也不能跟赵嘉淇合起伙来陷害叶繁星吧！

"那些照片……"叶繁星望了一眼傅玲珑的手机。

傅玲珑把手机拿了过来，把照片全部删掉，对着叶繁星笑道："现在好了吧？"

"……"

面对这么粗暴的处理方式，叶繁星简直不知道说什么才好："谢谢姐。"

"不用谢我。"傅玲珑说，"要谢，你就谢他吧。"

傅玲珑看了一眼傅景遇，因为他相信叶繁星，所以他们才跟着相信的。

叶繁星将目光落在傅景遇身上，却并没有向他道谢。

他把赵嘉淇叫过来，明显就是不相信自己，如果不是姐姐站在自己这边，如果不是自己有录音，还不知道自己今天会怎么样。

想到这里叶繁星就生气，所以没有理傅景遇，直接走开了。

傅景遇："……"

叶繁星进洗手间洗了个脸，望着镜子里的自己，有一种大哭一场的冲动。虽然只是虚惊一场，可赵嘉淇的手段令人防不胜防，加上顾雨泽在背后护短，叶繁星真的觉得很难过。

尤其那两个人曾经在她心里占了很重的分量，这样的双重背叛，对她来说是一种沉重的打击。

"星星，过来一下，我有话跟你说。"

叶繁星刚从洗手间出来，就被傅玲珑叫住了。

叶繁星顿了一下，便跟在傅玲珑身后走进了餐厅。

傅玲珑在餐桌旁坐了下来，叶繁星走过去问道："姐，你找我有事？"

傅玲珑在家虽然温柔，但是在工作中养成的大女人的气势很足。

她单独找自己说话，叶繁星还有点儿紧张。

该不会刚刚的事情，还没有结束吧？

傅玲珑见叶繁星这么紧张，笑了起来："坐吧，别这么紧张，不是找你训话的。"

要知道她在家里平时都是温柔的形象，今天在赵嘉淇面前才严肃起来。

太讨厌了，都是傅景遇，竟然把这种事情交给她处理，破坏了她温柔的形象。

"那就好。"叶繁星松了一口气，坐了下来。

傅玲珑让吴阿姨给她端了些糕点过来："吃吧，专门给你买的。"

"这怎么好意思？"叶繁星有些窘，虽然她是个吃货，可她不是猪啊！

她感觉一回到傅家，他们都把她当成猪宝宝在养。

傅玲珑笑道："客气什么。"

她自己拿了一块糕点吃了起来："真的挺好吃的，尝尝。"

"……"叶繁星只好拿了一块糕点尝了下味道。

对叶繁星来说，在傅家最大的好处，就是有吃不完的东西。

傅玲珑见叶繁星吃得很香，趁机问道："星星，你跟景遇有那什么吗？"

"那什么？"叶繁星不解地看着傅玲珑，"什么啊？"

傅玲珑见她听不懂自己的暗示，急得不行："就是……男女之间生孩子的那种事。"

"……"叶繁星吃着东西，听了她的话，差点儿噎着，"咯咯……"

干、干吗突然问我这个？

傅玲珑拍了拍她的背："你激动什么？有就有，没有就没有。你跟我说实话。"

对傅景遇的身体，傅玲珑担心得很。她跟傅景遇沟通不来，只好从叶繁星这里下手。

见她一副郑重的样子，叶繁星只好满足她的好奇心："没有。"

虽然叶繁星知道，这件事情对大叔来说不是什么好事，可是大叔不会碰她，反而让她松了一口气。

否则，她光是想想就觉得尴尬。

傅玲珑听完叶繁星的回答，深深地叹了一口气："看来他的身体还是没好。不行，我得给他把药熬上。"

要是傅景遇一直这样下去，生不了孩子，爸妈也要操心死了。

自从他出事，傅玲珑这个当姐姐的就没有不为他操心的时候。

叶繁星望着傅玲珑，不知道该如何接话。

傅玲珑突然看着叶繁星严肃地道："星星，你大叔的事情，你都知道了吧？"

也是刚刚在外面听了录音，发现叶繁星已经知道了，傅玲珑才打算跟叶繁星好好沟通一下。

“嗯。”叶繁星知道她是指傅景遇受伤的事情。

傅玲珑说：“景遇之前受了伤，所以……生孩子这件事情，可能有点儿困难。”

“我知道。”

傅玲珑望着叶繁星，试探道：“那你不会因为这个嫌弃他吧？”

“……”傅玲珑的话，让叶繁星愣了一下，“怎么会呢？大叔对我那么好。他又不是自己愿意这样的。”

听了叶繁星的话，傅玲珑松了一口气，心中的大石头也落了地：“你这么说，我就放心了。”

她真怕叶繁星会变成第二个苏琳欢，因为这件事情直接跑了。

傅玲珑说：“对了，我有点儿事情想请你帮忙。”

“帮忙？”叶繁星不明白她的意思。

自己在傅家根本帮不上什么忙。

“景遇不太听我们的话，不过我发现你说话他还是挺重视的。所以等会儿把药熬好，你记得帮我拿给他，帮我劝劝他喝药。”

“……”让她劝大叔喝药？

还是那种药？

这个任务似乎有点儿艰巨。

傅玲珑说：“你让他配合，治好身体，对你也有好处，你说是吧？”

“……”

好处？

叶繁星感觉好像一不小心就上错了“车”。

她跟傅玲珑聊完出来的时候，小脸红红的，心情也没有之前那么沉重了，在傅景遇身边坐了下来。

傅景遇望着她：“姐叫你做什么？”

“没、没什么。”叶繁星并没有勇气跟傅景遇再就这个问题聊一下。

“没有跟你说什么乱七八糟的话吧？”傅景遇对叶繁星的反应充满了怀疑。

叶繁星：“……”

她总觉得大叔的直觉比女人的第六感还准。

此刻傅景遇的爸妈已经不在客厅里了，只有她和傅景遇两个人。傅景遇望着没有回话的叶繁星，说：“过来。”

叶繁星抬起头看了他一眼，发现他的表情很严肃。

她虽然心里有点儿不高兴，但还是挪了过去，被傅景遇一把抱进了怀里。他低沉的声音在她耳边响起：“生我的气了？”

“没有啊。”叶繁星心里沉了一下。不得不说，看到赵嘉淇的时候，她的确是有点儿介意的。

傅景遇盯着她的小脸道：“说真话。”

“……”叶繁星偷偷看了傅景遇一眼，从这个角度看去，他帅得要命。

她轻轻地点了点头，声音很小：“为什么你们都相信赵嘉淇的话，不相信我？”

傅景遇望着傻傻的叶繁星，声音柔软地问：“谁相信她了？”

“你把她叫过来，难道不是为了让她指证我吗？”

如果不是因为她及时拆穿赵嘉淇的假面目，说不定……大叔就相信赵嘉淇了！

傅景遇望着她抱怨的样子，愣了一下，随即笑了出来，笑得很是温暖，像冬日的阳光照进心底：“我有那么傻？”

“难道不是？”叶繁星幽怨地望着他。

“当然不是。我不叫她过来，又怎么教训她？往后她在外面，还是会找你的麻烦。”

“呃……”听了傅景遇的解释，叶繁星终于明白过来，“所以，你是为了我才叫她过来的？”

傅景遇伸出手指，刮了一下她的鼻子：“看不出来，你还有脾气。”

叶繁星今天的一举一动都没有逃过他的眼睛。

傅景遇心里也是有数的，他知道叶繁星对他有了误会。

知道了他叫赵嘉淇过来的目的，叶繁星的态度软了下来：“我不是怕嘛。”

“怕赵嘉淇？”

“怕对我这么好的大叔，也因为她不再相信我。”叶繁星深吸一口气，语气有些郁闷，“我不知道自己怎么了，好像就觉得大叔是我的，只能相信我。如果你相信别人，我就……很难过。”

她今天哭，也不是因为赵嘉淇诬蔑她，而是因为傅景遇。

她突然想到，如果傅景遇也像顾雨泽那样不相信她的话，那么她该怎么办呢？

叶繁星这副模样，让傅景遇的心蓦地柔软下来，他伸出大掌揉了揉她的脑袋：“抬起脸来，让我亲一下。”

“啊？”这个弯转得有点儿大，叶繁星还没反应过来，抬起头的瞬间，傅景遇在她的脸颊上亲了一下。

他望着她，说：“别想那些乱七八糟的，我还不至于因为不相干的人就不相信自己的妻子。”

叶繁星是他选的，所以他会对自己的选择负责，也会相信她。

他的宠溺，让叶繁星的心变得温暖起来，她望着傅景遇道：“大叔，你为什么对我这么好？”

“大概因为你傻吧。”

“……”

傅玲珑走出来，看到两人坐在沙发上谈心，赶紧又退了回去。

难得见到她弟弟这么宠着一个人，她可要加把劲儿，这样很快傅家就能抱孙子了。

晚上，傅景遇坐在卧室里，腿上搭着毯子，是叶繁星帮他盖的。

虽然现在是夏天，可是在空调房里，她怕他的腿受凉。

叶繁星在厨房里，傅玲珑把药递给她，道："把这个拿去，让景遇喝了。"

"你确定？"这中药的味道，叶繁星光是闻着就有点儿受不了。

"良药苦口！他一个大男人还怕苦？这是我专门请医术精湛的老中医开的药，听说效果好得很。"傅玲珑一本正经地说，"快去吧，记得一定要劝他喝下啊！"

"我……试试吧。"她已经答应的事情，不能反悔，而且这也是为大叔好。

这么想着，叶繁星把药端去了房间。

"大叔，喝药了。"闻着药味，叶繁星皱了皱眉。

小时候她生病了爸妈就给她喝中药，她现在都有心理阴影了，闻着这味儿就受不了。

傅景遇望着叶繁星，远远地就闻到了药味："什么药？"

"姐让我给你拿上来的。"叶繁星有些心虚地看着傅景遇。

"……"听到是傅玲珑给的，傅景遇皱了皱眉，"拿走！"

他知道叶繁星不会坑他，可傅玲珑就难说了。

那是他姐，亲姐！成天就折腾一些有的没的。

"可是，她让我一定要劝你喝下。"

她被傅玲珑逼着答应的，如果不做好这事，总觉得不太好交差。

傅景遇看了一眼为难的叶繁星道："她跟你说过是什么药吗？"

"说是吃完可以生孩子的药……"叶繁星的声音很小。

傅玲珑说得那么容易，她说起来总觉得有点儿难以启齿。

傅景遇无语。

果然！

他就知道是这样。

傅景遇沉声道："你拿过来。"

没想到大叔知道之后，竟然改变了主意。叶繁星赶紧把药拿过去，只见他把药碗接了过去，然后……直接把药倒在了一旁的垃圾桶里——那可全都是傅玲珑的心血。

“……”叶繁星觉得很可惜，“这是姐亲手熬的，她熬了一天。”

要是姐姐知道他把药都倒了，那还得了？

看着她替傅玲珑解释的模样，傅景遇霸道地将她拉到了怀里。他望着她，似笑非笑地问道：“怎么，星星想生孩子了？”

“没、没有。”叶繁星窘迫地道，“我只是……为了你好！”

要不是为了大叔，她才不做这种事情。

“为了我好？”傅景遇的眼神别有深意。

他的小可爱，竟然怀疑他某方面的能力？他应该怎么证明自己？

此刻，傅景遇的身体已经紧绷了起来。

他之前的确受了伤，医生也说了有可能会影响到他的生育能力。但是在叶繁星面前，他可以确定，他一点儿问题都没有！

叶繁星不知道哪里来的勇气，对着傅景遇劝道：“我知道，这种事情有点儿难以启齿，不过也要积极面对，这样才会好起来，你说呢？”

药虽然倒了，但下面厨房里还有，叶繁星并没有放弃。

然而傅景遇听完她的话，整张脸都黑透了。

他不说话，看起来有点儿吓人，叶繁星小心翼翼地道：“大叔，你生气了？我真的是好意，姐也是，她只是关心你……嗯！”

傅景遇霸道地堵住了她的嘴。

他没有像之前那样只是轻轻一吻就将她放开，而是选择了霸道地攻城略地……

充满荷尔蒙的男性气息将她团团包围。这个吻持续了很久，叶繁星感觉自己都快被吻到窒息了。傅景遇将她松开，望着趁机换气的叶繁星：“知道错了吗？”

“我哪里错了？”

傅景遇：“……”

他看着叶繁星，发现她年纪小，人还很单纯，想的事也不多。

正是因为如此，他才不想吓到她。

傅景遇揉了揉她的头，宠溺地道：“下次姐再叫你做这些，你别听她的。她那个人就是瞎折腾，也不知道哪里弄来的偏方，净是骗人的。”

“骗人的啊？”叶繁星有点儿不敢相信，看姐姐说得那么认真，她还以为挺靠谱的。

傅景遇一本正经地说：“当然！我都吃得快吐了，半点儿用都没有。下次你要是拿来，你就替我吃吧！”

一听要让自己吃药，叶繁星忙摇头：“那么苦，我不想吃。”

她虽然是个吃货，但特别怕苦，也特别讨厌中药。

望着她害怕的模样，傅景遇笑了笑，责怪道：“那你就忍心给我吃？我真是白疼你了！”

“……”被他这么一说，叶繁星也觉得自己好像挺没良心的，道，“好吧，下次我不拿来了。”

傅景遇这才满意地点了点头，把碗放回她手里：“把碗拿下去，还给她。”

傅玲珑还在楼下等消息，看到叶繁星下来，急忙问道：“怎么样？他喝了吗？”

“没有。”叶繁星摇头，“大叔说这药没用，以后别给他熬了。”

“他都没吃怎么就知道这药没用？你就没劝劝他？”傅玲珑皱眉，本来以为让叶繁星去会比较有用呢。

叶繁星说：“我劝了，大叔没听。”

他不只没听，还好好地把她训了一顿。

虽然不想得罪傅玲珑，可她更不想惹大叔不高兴。

傅玲珑说：“他这个人可真别扭。”

叶繁星忍不住护短道：“药太苦了，我闻着都受不了，还是别给大叔吃了。”

“我这不是为了他好吗？”傅玲珑感觉自己的一片苦心都白费了，“他要是好不起来，你们总不能不要孩子吧？你不介意，爸妈还介意呢。”

姐又提到这个话题……

叶繁星说：“我年纪还小，不急的。”

她还没上大学，总不能现在就生孩子吧！

傅玲珑望着叶繁星认真的样子，笑了起来："行，你先去休息吧。我回头再想想别的办法。"

"别的办法？"叶繁星有一种不太好的预感。

而且她怎么觉得，姐姐想出来的办法都是坑她的呢？

傅玲珑看了看时间，说道："到时候再跟你说，我今天要回去了，我家宝宝送那个赵嘉淇出去现在还没回来，也不知道做什么去了，我去找找他。"

听到她说赵嘉淇和顾雨泽，叶繁星没有作声。

只是她没想到顾雨泽对赵嘉淇这么好，知道了赵嘉淇诬蔑她，他也继续跟赵嘉淇在一起？

叶繁星回到楼上，蒋森在跟傅景遇谈事情，她的手机响了，怕吵到他们，所以她躲进了浴室里接电话。

"姐，明天有空吗？我们一起吃顿饭吧。"是叶子辰的电话。

虽然对爸妈很有意见，但是叶子辰对她挺好的。

叶繁星的态度也好："你在江州市？"

"嗯，我们战队有线下比赛。"

"比完了吗？"

"别说了，第二轮就跪了。"叶子辰说，"你不请你亲爱的弟弟吃顿饭安慰我一下？我们都很久没见了。"

"好吧。"反正她也要约爸妈跟傅景遇的家人见面，不如先从叶子辰这里探探口风。

叶子辰说："那我回头把地址发给你。"

"嗯。"

叶繁星躺在床上，手机放在一旁。跟傅景遇在一起的时候，他都不怎么允许她玩手机，渐渐地，每次只要他在，她都会把手机放下。

她靠在枕头上，突然听到手机响了，忙爬起来把手机拿过来。

这个举动，引起了傅景遇的注意。

傅景遇忍不住看了她一眼："谁的信息？"

叶繁星看到是叶子辰发来的地址，离这里也不算太远。

"我弟。他这两天来江州参加比赛，让我明天请他吃饭。"叶繁星看向傅景遇，"大叔，我明天想出去一下，可以吗？"

为了不让大叔担心，所以她出门都会跟他说一声。

傅景遇望着她乖巧的样子，点头道："嗯。"

"我顺便向他打听一下我爸妈的反应。"

她来江州市的时候，正好叶母约陈家人见面给她相亲，爸妈打了好几个电话，叶繁星后面直接把两人加入了黑名单，才清净一些。

也不知道爸妈现在是怎么想的，她心里忐忑得很。

傅景遇揉了揉她的头："好，遇到问题给我打电话。"

叶繁星笑了起来："好。"

不知道为什么，在他身边，她总觉得很有安全感。

以前觉得自己什么都要面对，没权没势，也没一个能够指望的人。可是现在，有他这个大腿，她就好像拥有了全世界，天塌下来也不怕。

第二天中午，叶繁星到餐厅的时候，叶子辰已经到了。

她本来想着顶多就是叶子辰和他战队的朋友在，结果……没见到叶子辰的朋友，倒是见到了她老妈。

看到叶母，叶繁星皱了皱眉，想转身就走，可想起傅家的事情，只好留了下来。

然而她心中还是有些恼怒，没想到叶子辰居然骗她！

她瞪了叶子辰一眼："你不是说你来参加战队赛吗？"

叶子辰弱弱地道："是，昨天就比完了。"

"那妈怎么会在这里？"这样突然见面，叶繁星一点儿准备都没有。

叶子辰说："姐，你也别跟妈生气了，妈最近一直想找机会见见你，你又不接她的电话，她也没办法。"

叶母在旁边望着叶繁星，语气很温柔："星星啊，妈妈之前错了，不应该凶你，也不应该打你，你跟妈回家好不好？你不在的这些天，我和你爸每天都担心得睡不着，怕你在外面被别人骗了。"

要知道当时叶繁星可是跟着蒋森走的。

她好不容易养大的女儿，就这么跟着其他男人跑了，叶母怎能不担心？

事情已经过去了半个多月，叶繁星看着母亲诚恳的样子，想起这终究是她亲妈，生她养她这么多年的恩情还在，暂时心软了下来。

叶繁星坐了下来，发现母亲和叶子辰要了一张很大的桌子。

她拿过菜单，看着上面的菜，还都挺贵的。

她看了一眼母亲，平时挺抠门的一个人，跟叶子辰出来吃饭，居然挑这么贵的地方？

她正想问什么，叶母的手机响了，有人打了电话进来，叶母接起来道："对，就是这里。"

叶母还特别热情地站了起来，去门口接人。

叶繁星不解地看向叶子辰："什么情况？"

叶子辰有些惭愧地道："上次你不是没跟陈家人一起吃饭吗？妈说你生病了，所以他们今天重新约了。"

"叶子辰，你出卖我？"叶繁星简直无语了。

刚刚看母亲说得那么真诚，她以为母亲是真的反省了，母亲对她感到愧疚，哪里想到这就是个坑！

母亲故意让叶子辰约她出来，其实还是为了让她相亲？

看着叶繁星愤怒的样子，叶子辰道："姐，我也没办法。妈说，我不把你约出来，就不给我钱了。我又不像你能自己赚钱，如果她不给我钱，我怎么办啊？你就委屈一下，只是吃顿饭而已，不会怎么样的。你要是不愿意，他们还能强迫你不成？"

叶繁星忍不住苦笑了一声，这是她亲妈？亲弟弟？

她放下菜单，站起来就要走，被叶子辰拽住了："姐，一顿饭而已，吃完了再走好不好？你不能让妈妈失信于别人吧！"

他撒娇卖萌的手段都用上了。

叶繁星嘲讽道："你上学的时候可没见你这么体谅他们。"

现在他倒是摆出一副孝顺的样子。

叶子辰心虚地说："我也会长大嘛！"

"长大了就和爸妈一起坑我？"

"我这也是为了你好。你总不希望一直跟爸妈冷战下去吧？要不了多久就开学了，到时候你真不去上学了？你还不是得让爸妈拿钱出来。"叶子辰头头是道地分析着。有些时候，他还是挺为叶繁星考虑的。

叶繁星望着他，说："爸妈不会拿钱给我上学的，他们也不会同意你辍学的。"

虽然她现在也不需要他们的钱了，可是对叶繁星来说，这件事情却没办法那么轻易过去。

父母偏心的事情，是她心中的一个疙瘩。

她虽然是女儿，但也是他们亲生的，差距就那么大吗？

叶子辰说："会的。反正我不会去上学的，我去了也是浪费钱。只要我不去上学，妈会把钱拿出来的。"

叶繁星望着叶子辰，没有再准备走，倒不是因为她相信爸妈会让她去上学，而是她不方便继续跟叶母冷战下去。

傅家那边，总要有个交代吧。

这也是她今天过来的目的之一。

很快，叶母就领着陈家母子过来了。

"坐吧。这是我女儿，星星。这是我儿子，辰辰。"叶母热情地招呼着陈家母子。

叶繁星和叶子辰都没有说话。叶繁星是不想表现得太过热情，让别人以为她有意思，而叶子辰完全是被惊到了。

这个陈伟穿着打扮看上去都快四十了，真的是老妈给姐找的相亲对象？

叶母见两个孩子愣着，说："还不叫阿姨？"

“阿姨好。”叶子辰说。

叶繁星没吭声。

叶母觉得她很没有礼貌，先是瞪了一眼叶繁星，才对陈母说：“小孩子不懂礼貌，别介意。”

“没事的，阿姨。”陈伟笑着看了叶繁星一眼，态度倒是挺热情的，“第一次见面，女孩子肯定害羞，可以理解。”

听到陈伟叫自己老妈阿姨，叶子辰忍不住哆嗦了一下。他觉得，这人把他老妈叫姐都可以了。

叶母知道叶繁星心里有情绪，也不好太过分。

大家都坐下来后，陈伟望向了叶繁星。

他之前见过叶繁星的照片，就觉得叶繁星长得还不错，没想到叶繁星还是那种并不上镜的人，真人看起来比照片清秀动人多了。

毕竟叶繁星还不到二十岁，正是女孩子最美丽的年纪。

“星星，听说你之前生病了，身体都好了吧？”

叶繁星看了陈伟一眼，听到他叫自己星星，感觉整个人都不舒服了。

她和他有这么熟吗？

生怕叶繁星说出什么不好听的话，叶母帮着圆场道：“好了，都好了。”

上次叶繁星跑了，叶母不得已才那么说的。

叶繁星望着母亲的反应，知道她生病的事情是母亲说的。

“我们先点菜吧。”陈伟拿过菜单，“星星想吃什么？”

他一副绅士的模样，叶繁星没有说话。

她虽然是个吃货，现在却毫无胃口。

叶母说：“随便点吧。我们都可以，没忌口。”

“那我就做主了？”陈伟笑了笑，很快就点了菜。

陈母在旁边道：“你们家星星今年多大了？”

“二十了。”叶母说。

叶繁星默默地喝着水，听到母亲的话，懒得反驳。

陈母说："没上大学？"

显然，她是有点儿嫌弃的。

叶母是个要面子的人，不想让人家知道她是为了让叶繁星嫁人才不让叶繁星上学的，直接道："她成绩不好，不想上了。"

"……"叶繁星看了一眼母亲，不知道说什么。

"我们陈伟可是双一流大学毕业的，在单位有好多女孩子喜欢他呢。"陈母有些自豪。

叶母虽然并不知道双一流大学是什么，却很会捧场："好厉害！要是我们家星星有这么厉害就好了。"

叶繁星实在看不下去了，难道她考的大学就不是"双一流"？

可惜，母亲根本不懂这些。

她夸陈伟只是为了奉承。

看母亲的样子，似乎对这个陈伟还挺满意？

一直没说话的叶繁星终于忍不住了，开口道："按理说，条件这么好，又有那么多女孩子喜欢，他应该早结婚了，还用得着出来相亲？"

陈母僵了僵，总觉得叶繁星是在抬杠。这句话让她很没有面子。

陈伟笑着说："之前忙着工作，没顾得上这些。"

"那你工作很忙吧？"

"不忙，在事业单位，每天早九晚五的，还有双休。"

叶母道："事业单位不错，工作稳定，工资也不错！我听他们说事业单位一个月双休还有四千多块呢！"

叶母在火锅店里工作，一个月只能休息两天，忙起来的时候连两天休息时间都没有，工资却只有两千多块。所以，对她来说，那么轻松的工作，一个月能有四千多块的工资，已经很不错了。

陈伟笑了笑："还好吧，我一个月加上补贴的话，也就七八千。唉，不能跟那些做生意的比……"

虽然嘴巴上谦虚，但其实他看起来对自己的收入很满意。

而且他知道叶家什么家境，他一个人每个月赚的钱比叶家所有人的收入都多。

叶母听完陈伟的话，眼睛亮了起来："那是真不错。"

她顿时觉得自己找到了金龟婿。

陈伟被叶母夸得心里开心，觉得这件事情已经可以定了，看向叶繁星说："星星没上大学也没关系，反正以后也是在家里带孩子嘛，做做家务什么的，就当个全职太太好了，也轻松……"

叶繁星很想给他一个白眼。

他说得好像在家里带孩子、做家务，当全职太太是一种恩赐。

陈伟眼中谜一样的自信让叶繁星很是反感。

为了怕他误会，叶繁星赶紧说清楚："你还是找别人吧。我高中毕业，没上过大学，家里条件也不好，高攀不起。"

"没关系，只要你在家里勤快一点儿，多做点儿事情就好。我不嫌弃的。"

"……"

叶繁星皱眉，发现这个男人根本不会看脸色，她说得这么明显，他还听不懂？

偏偏叶母还顾着给陈伟圆场："我们星星别的优点没有，就是勤快，她上学的时候都是自己赚生活费的，很厉害。"

陈母看了一眼叶繁星，听说她勤快，心里舒服了一些。事实上叶繁星她是看不上的，家里条件这么差，连大学也没上，可是她儿子都三十了，现在只想找个女人把婚结了。

而且她看陈伟的样子，还挺喜欢这个叶繁星的。

叶繁星勤快，总好过娶一个好吃懒做的女人回来吧。

叶繁星望着恨不得立马把自己跟陈伟凑一对的母亲，很是无语。

有她母亲在旁边添油加醋，也难怪对方这么自信。

叶繁星直接道："我不喜欢年纪比我大太多的人，没有共同语言。"

陈母有点儿不高兴，意味深长地道："你这是嫌弃我们陈伟年纪大啊！"

她都没有嫌弃叶家穷，叶繁星竟然还嫌弃起她儿子来了。

“年纪哪里大了？”叶母瞪了叶繁星一眼，不喜欢她乱说话，“陈伟也就三十，也不是很大。”

“三十？”叶子辰惊讶地望着陈伟，“我还以为你四十了呢！”

他没有敌意，只是实话实说。

叶母听着儿子和女儿的一唱一和，差点儿没气晕过去。

这两人就是故意捣乱的吧？

叶母说：“年纪大一点儿会疼老婆。三十岁也不是很大，正是年轻的时候，而且又是在事业单位，工作也稳定。”

她显然对陈伟很满意。

陈母看在叶母的面子上，才没有跟叶繁星计较，但还是觉得叶繁星很肤浅：“现在的孩子，就喜欢什么小鲜肉。”

叶母说：“年纪小嘛，像我们那时候，都是找稳重可靠的人。”

在她看来，陈伟就很符合这个条件。

叶繁星看着叶母：“妈，你这是想让我嫁呢，还是想让你自己嫁啊？”

她怎么这么积极？

看这样了，叶繁星今天如果不在，母亲估计都能直接拍板将婚事订下吧？

叶母瞪了叶繁星一眼：“当着人呢，你能不能好好说话？”

“我是在好好说话。”叶繁星看了陈伟一眼，他的年纪比傅景遇还大，她不明白活到三十岁了还这副模样，有什么可骄傲的。

三十岁，比他成功、比他努力的人多的是，他也就只能在她母亲面前装装样子吧。

“我已经有老公了。”

叶繁星的这句话，如同一道惊雷，让所有人都安静了下来。

叶母望着叶繁星，恨不得两个巴掌将她打醒：“你在乱说什么？”

“我没有乱说。你不是想让我嫁人吗？我嫁了，不过不是嫁给他。”叶繁星看了陈伟一眼，“抱歉，让你们见笑了。我这个人很懒，既不想做家务，也不想在家里带孩子，所以你们还是去找别人吧。”

叶繁星说得很直接，她知道如果不这样说清楚，母亲是不会死心的。

陈伟有些急了，也顾不上绅士风度了："你妈之前答应得好好的，现在却又这样，你们这不是骗人吗？"

他本来以为叶繁星已经是他的媳妇了，之前叶母连礼都收了，没想到事情却变成了这样。

叶繁星说："答应的是她，又不是我。"

"叶繁星！"叶母都快被气疯了。

她怎么也没想到，叶繁星竟然会说出这种混账话来。

她赶紧对陈伟说道："她没结婚，她怎么可能结婚呢？你们不要信她。"

"我们今天就先回去了吧！"陈母站了起来。她也是骄傲的，看得出来叶繁星没意思，不想勉强。

这种女人，她还看不上呢！

叶母见这情况，也不好再留，将他们送出了门。

陈伟跟在陈母身后："妈，怎么就这么走了？"

"不走留下来让人家给你脸色看啊？回头妈重新给你找一个好的。她看不上你，我们还看不上她呢！"

"你平时给找的那些人都什么样啊！"陈伟无语，叶繁星是他看着最顺眼的一个。

"可是人家不喜欢你！"

陈母拉着她儿子，直接上了车。

"叶繁星！"送走了他们，叶母回到餐厅，瞪着叶繁星，双眼快要喷出火来，"你就是想气死我吗？我好心好意为了你，把人家哄得好好的，你就这么把人气走了。"

"为了我？"叶繁星笑了，"别人是要找保姆，不是找老婆，你就这么迫不及待地想把我扔进火坑里？"

虽然叶繁星不会嫁，但她仿佛已经看到了自己嫁到陈家之后的下场。

带孩子，做家务，还得勤快一点儿？

那不是保姆是什么？

叶子辰坐在旁边，吃得津津有味："妈，姐不想嫁，你就别让她嫁了，而且我看那个陈伟也没什么好的。"

想到他要叫陈伟姐夫，他都有点儿受不了，更何况是叶繁星。

"你别帮着她说话。"叶母瞪着叶繁星，"我告诉你，叶繁星，你今天这样，别怪我不让你上学！"

"你本来就不想让我上学，不是吗？"母亲都在陈家母子面前说自己成绩不好了，不想上，又怎么可能让她去上学？

叶母以前觉得拿上学的事就可以威胁叶繁星，没想到现在这也不行，瞪着叶繁星，突然反应过来："你是不是因为那天那个男人，才拒绝的？"

叶繁星知道母亲说的是蒋森，毕竟母亲没有见过傅景遇："不是。"

叶母说："不是他，那你为什么……"

叶繁星打断她的话，道："那个陈伟在你眼里有那么好吗？"

"他一个月收入那么高，家里条件那么好，打着灯笼都找不到。我看得出来，他对你有意思……"叶母不想放弃这个机会。

真要让叶繁星嫁个在事业单位工作的人，她说出去都骄傲。

叶繁星无奈地叹气，有时候不是觉得生气，而是觉得绝望，她母亲就是典型的市井小人物，平时打交道的也是这些人。

叶繁星都不指望她能有什么远见了。

不过她今天并不是来跟母亲吵架的："我结婚了，他爸妈想见见你。你看你什么时候有空吧。"

"姐，你真结婚了？"叶子辰不敢相信地问道。

叶繁星看了一眼努力在消化这个事实的叶母，不管母亲同意还是不同意，这都已经是事实了："妈不就是想让我嫁人吗？我嫁了她也高兴。"

“你这个杀千刀的！想要气死我？”叶母听完，早已经气得理智全无。

眼看着她的巴掌就要落下来，叶繁星抓住了她的手腕，将她拦了下来：“妈，我已经这么大了，你不应该再打我。”

小时候母亲打她，是因为她犯错，可是如今她已经有了明辨是非的能力。母亲的人生并不成功，甚至可以说是失败，所以以后的路她要自己走，不要再被父母影响。

叶母望着叶繁星，明明自己生了个丫头，可不知道为什么，发现自己女儿变得强势起来。

叶繁星松开母亲的手，说：“坐下来吧，我们谈谈。”

她早已经不是那个什么都由母亲摆布的小女生了。

此刻坐在这里，她已经能够占据主导地位。

叶母坐了下来，望着叶繁星，气呼呼地道：“你翅膀硬了，不经我的同意，就敢嫁人？”

叶繁星回避了母亲的怒火，只说自己的目的：“他爸妈想要见你和爸，想请你们吃顿饭，你看什么时候方便，约个时间吧。”

“想让我去？没门！”叶繁星今天让她难堪，她也不想让叶繁星好过。

叶繁星淡定地看了叶母一眼：“如果不去，那就这样吧，我回去就这么说了。”

与其在这里劝母亲，她还不如回去跟大叔商量，让大叔劝劝他爸妈。

叶母盯着冷静得可怕的叶繁星，见她不被自己的态度影响，又有点儿后悔了：“我去！”

对方没有陈伟条件好，她是不会答应的！

“那下周六吧，他们有空，你觉得怎么样？”

叶母没出声，算是同意了。

叶子辰在旁边问道：“妈，他们点了菜，没买单就走了，谁付钱啊？”

陈伟还点了不少，这一桌下来不便宜。

“没钱！”叶母很气。

叶繁星让服务员把账单拿了过来：“我来吧。”

说好请叶子辰吃饭的，虽然贵了点儿，但她做兼职平时还是存了一点儿钱的。

“您好，一共是八百九十九。”服务员打了账单给叶繁星，叶繁星皱眉，这也太贵了吧！

她记得自己身上只有五百块钱，本来以为够的，没想到……

她的微信账号里好像还有一些钱，也不知道够不够。

叶繁星打开钱包，却发现不知道什么时候钱包内多出来一些现金，叠得整整齐齐地放在里面，不由得愣了一下。

早上她起床的时候，傅景遇已经出去了，听说是去看医生了，她没有看到他。

这是……他走之前给她放的？

他平时不拦着她打工，也不主动提给她钱，很尊重她，知道她好强，连她的自尊心也保护着。

可听说她要请弟弟吃饭，怕她尴尬，所以他走之前给她放了些钱。

面对这个温暖的举动，叶繁星的眼眶有些发红。傅景遇做事从来不跟她商量，可她发现，他总是能够轻易地撩到她。

他跟她以前认识的所有人都不太一样。

第 三 章

第一次送她花

叶繁星将叶子辰和叶母送上轻轨，才回到傅家。

傅景遇看医生已经回来了，正坐在白色桌子边看笔记本电脑，桌上摆着咖啡。她连包都没放，走过去从身后搂住了他，下巴搁在他的肩膀上。

傅景遇愣了一下，能够感觉到她像只小猫咪一样趴在自己肩上。

他严肃地盯着电脑，语气冷淡：“别打扰我，我工作呢！”

“就要。”叶繁星搂着他，并未松开，趴在他的肩膀上。

傅景遇停了下来，她平时可不这样，这是……受委屈了？

他沉声问道：“谁欺负你了？你弟？”

“没有。”叶繁星心里暖暖的。回来的路上，她望着轻轨外面交错的城市建筑，满脑子都是他的脸。

她从未想过，有一天她的世界里会出现傅景遇这样一个人。

他美好得如同天上的明月，却又近在咫尺。

她靠在傅景遇的肩上，衬衫的面料很细腻，让她的心里很踏实：“就是想你了。”

即使傅景遇的内心强硬得像铁，此刻他听到叶繁星的这句话，心也柔软了下来。

他道：“给你抱五分钟。”

他认真工作的时候不喜欢被人打扰，五分钟已经是极限了。

叶繁星忍不住笑了起来，抬起头望着他的侧脸。他的表情很认真，可她觉得好甜好暖：“我今天见到我妈了，跟她约了下周六一起吃饭，可以吗？”

傅景遇说：“可以。”

周六大家都有空。

他捉住叶繁星的一只手：“你妈妈没有为难你吧？”

“没有。”叶繁星说，“她是我妈，我能搞定她。”

总不能她自己家里的事情，也让大叔来帮她吧！

虽然她这么说，傅景遇还是有点儿不放心。

叶繁星也不是不懂事的，知道他现在正忙：“我先去洗澡，不打扰你工作了。外面太热，出了一身汗！”

傅景遇看着叶繁星上楼的背影，她没有走电梯，直接从楼梯跑了上去……

叶繁星洗完澡下来的时候，傅景遇已经结束工作，正坐在客厅里跟傅玲珑聊天。

傅玲珑说：“昨晚顾雨泽回来，我跟他说了，让他不要跟那个赵嘉淇来往，他偏不听，你说他怎么就这么犟？明明以前我说什么他都听的。”

傅景遇很是淡定：“他已经不是小朋友了，会有自己的想法。”

“可他要是跟赵嘉淇在一起，以后大家难免要遇到，我怕星星心里会有想法。”傅玲珑叹气，“你说我家宝宝是不是故意跟星星作对？他以前不这样的，怎么就这么不喜欢星星？”

傅玲珑的话，让傅景遇顿了一下。

他抬起头，看到叶繁星正站在楼梯上。

她洗完澡，穿了件宽松的T恤，头发还湿着。见状，傅景遇习惯地皱了皱眉：“怎么不把头发吹干就下来了？”

“反正天气热，很快就干了。”叶繁星走下来，跟傅玲珑打了声招呼，在傅景遇身边坐了下来。

刚刚听到他们谈起她和顾雨泽的关系，叶繁星有点儿心虚。

姐姐和大叔对她这么好，如果他们知道了她跟顾雨泽以前的关系，会不会因此讨厌她呢?

好在当着叶繁星的面，傅玲珑没打算再谈赵嘉淇和顾雨泽的事情，笑了笑，说：“那我先去忙，不打扰你们小两口。”

“小两口”三个字，让叶繁星尴尬了一下。

她反应过来的时候，吴阿姨已经在傅景遇的吩咐下拿着毛巾出来了。

傅景遇接过毛巾，望着头发还湿着的叶繁星：“过来。”

叶繁星知道他想帮自己擦头发，不太好意思让他动手：“我还是自己来吧。”

他并没有把毛巾给她，黑眸里装着满满的她。

她只好将屁股挪过去，离他更近一点儿，被傅景遇半搂在怀里。

他用毛巾帮她擦着头发。

大叔的手很有力，动作却很温柔。

叶繁星说：“真的都已经快干了。”

“屋里凉。”

空调开着，很容易把人吹感冒。

叶繁星抗议道：“我哪里有那么脆弱？”

“之前生病的时候你忘了？”

“大叔你好严厉啊。”吃冰激凌他要管，玩手机要管，头发湿了他也要管。

“哦？”傅景遇拉长了声音道，“这就开始嫌弃我了？”

叶繁星笑了笑道：“没有嫌弃。”

傅景遇帮她擦完头发，把毛巾搁在一旁，对着叶繁星一本正经地道：“我这个人比较霸道，可能不会处处顺你的意，如果你不听话，我可能还会生气，所以希望你能够赶紧习惯。”

“还真是很霸道呢！”叶繁星眨了眨眼睛，看着傅景遇，脑袋往他硬硬的胸口上撞了一下，“可是我好喜欢怎么办？”

他不让吃冰激凌是怕她肚子痛，不让玩手机是怕她坏了眼睛，不让湿着头发是怕她会感冒……如果都是这样的霸道，就算他再霸道一点儿，叶繁星也心甘情愿。

周六早上下了些雨，天气没那么热，叶繁星站在轻轨站门口，看到叶父和叶母从里面走出来，忙迎了上去：“爸，妈。”

今天是约好自己父母跟傅景遇的爸妈吃饭的日子，所以叶繁星一早就起来了，就是为了来接他们。

想到爸妈要跟傅景遇的爸妈吃饭，叶繁星昨晚一夜没睡好。

叶母瞪了叶繁星一眼，一想到叶繁星为了气她直接找个人嫁了，叶母心里就特别气。

这口气一个星期都没缓过来。

看了一眼叶母不太友善的样子，叶繁星讨好地道：“他们家人都很好的，等会儿见了面，您态度能不能好一点儿？”

叶繁星是真的害怕叶母不给面子，回头难堪的不只是傅家，还有她。

叶母并不领情：“我养了你这么多年，你这胳膊肘就往外拐了？”

叶繁星说：“你那天对陈家的人态度不是挺好的吗？”

陈伟和陈母明显都有点儿看不起自己家人，母亲的态度都那么好。

叶繁星想，傅爸爸和傅妈妈都是很温柔的人，让母亲对他们好一点儿，不难吧？

叶母生气地看着叶繁星：“你还敢拿那天的事情来说！你不想想你那天怎么对我的。”

“是，我那天态度不好，不应该在陈家人面前让你难堪。可是你想想，如果我当时不说清楚，你回头应下了，我这里又跟别人在一起了，你不是会更难堪？”

现在是有求于她，叶繁星也不抬杠。

“……”叶母瞪了叶繁星一眼，没再说话。

算了，反正她来都来了。

叶繁星他们从轻轨站出来，傅景遇的电话就打了过来："他们到了吗？"

叶繁星说："已经到了，我们很快就过去。"

吃饭的地方是在一家火锅店，是傅玲珑订的。傅玲珑很贴心，知道叶繁星家里条件并不怎么好，怕去什么五星级酒店或者是西餐厅，会让叶繁星的父母不自在，所以专门选了这个地方。

火锅店是傅玲珑自己家里的，自己家的店，也很随意。

叶繁星刚到门口，就看到了傅玲珑："姐。"

傅玲珑笑了笑，目光落在叶父叶母身上，热情地道："这是叔叔阿姨吧，这么远过来，辛苦了。"

傅玲珑今天穿得很低调，黑色的长裙，端庄又正式。

叶母看了一眼傅玲珑，应了一声，并不怎么热情。

傅玲珑也没介意，在前面领着他们去包厢。

叶繁星看了一眼母亲，小声说："妈，你热情一点儿好吗？弄得别人好像欠你钱一样的。"

"……"

傅玲珑领着叶繁星一家人到了包厢，道："爸，妈，他们来了。"

傅爸爸、傅妈妈忙站了起来，傅妈妈的态度特别特别好，一点儿架子都没有，就怕叶繁星的爸妈会不自在，心里会有什么想法。

她笑着道："快坐吧，这么远过来，辛苦了！"

这比叶母哄陈家母子的态度还要好。

叶母将包厢里的人数了一圈，看到傅爸爸、傅妈妈，还有……坐在轮椅上的傅景遇。

傅景遇说："叔叔阿姨好。"

叶母并没有见过傅景遇，一直以为把叶繁星拐跑的人是蒋森，也没把傅景遇放在心上。

她道："不用这么客气。"

然后和叶父坐了下来。

傅玲珑招呼人倒茶水。

一切看起来还算平静，叶繁星也松了一口气。

叶繁星的位置在傅景遇和叶母中间，她坐了下来，看向傅景遇。她虽然努力保持镇定，但在这种场合紧张得要命，还好有大叔，看到他她就安心多了。

叶母喝了茶，算是喘过一口气，见人都坐满了，却没见到蒋森，忍不住问道："他还没来吗？"

"他？"

傅妈妈有些不明白叶母指的是谁。两家人都到了，这里还缺谁吗？

叶母望向叶繁星，叶繁星明白过来："我妈说的应该是蒋先生。"

傅玲珑笑道："阿姨之前见过蒋森啊？"

"她见过一次。"叶繁星解释完，对着叶母道，"妈，跟我结婚的人不是蒋森，是他。"

叶繁星指了指身边的傅景遇。

母亲这个误会，弄得叶繁星有点儿尴尬。

"他？"听了叶繁星的话，叶母的眉毛都竖了起来。

她本来以为叶繁星嫁的是蒋森，那个蒋森看起来倒还人模人样的，如果家里条件好一点儿，她就勉强接受了。

可是……她怎么也没想到，叶繁星要嫁的人居然是这个坐在轮椅上的……残废？

这个事实，她接受不了。

要是让人知道她女儿嫁了个坐在轮椅上的人，她还抬得起头吗？

而且，这家人穿得也很普通，一看就不像什么有钱的人，跟昨天一身名牌的陈母相比，完全就不是一个档次的，到时候她不但得不到任何好处，还得来救济他们！

叶母想到这里，心里就不舒服了。

傅玲珑说："先点菜吧。叔叔阿姨有什么忌口的吗？"

叶母没出声，叶繁星代替回答道："没有，正常的就好。"

她看了母亲一眼，小声道："妈。"

别人跟她说话，她也不回，有没有礼貌？

比起陈家母子，傅家人的态度真是好得不得了，母亲摆出这副模样，叶繁星也不知道她想怎么样。

傅玲珑在点菜。

傅妈妈看着叶母，礼貌地说："星星是个好孩子，我们对她很满意，今天请两位过来，也是想商量一下结婚的事情。"

傅妈妈这副礼貌的模样，换成任何一个人，都对她发不出火来。

偏偏叶母一点儿面子都不给："结婚？我不同意！"

傅妈妈愣了一下，问道："为什么呢？两个孩子的感情也很好。"

这段时间傅景遇和叶繁星有多好，大家都看在眼里。

傅妈妈还从来没见自己儿子什么时候这么维护一个女人，苏琳欢也没有这样的待遇。

叶母看了一眼傅景遇，对傅景遇的这副模样不满意，对傅家的情况也不满意。

但她不好说"你儿子是个残废"，只是道："我们家星星才十八岁，我还没想让她嫁人。"

叶繁星："……"

之前迫不及待地想让她嫁给陈伟的人是谁？不就是她这个亲妈？

没想到母亲现在居然把自己的年龄的事情搬了出来。

叶繁星说："我马上就二十了！"

"什么二十？你多大我心里没数吗？"叶母跟叶繁星的立场瞬间反了过来，"反正，这桩婚事我是不会同意的。"

"我已经决定了。"叶繁星现在有点儿后悔，早知道就不答应让母亲过来了，"今天叫你过来，只是商量一下结婚的事情。"

就算母亲不答应，叶繁星也很坚持。

她跟傅景遇签了结婚协议，大叔说过会帮她上学，而她当他的新娘。

一旦她放弃了，那么她上学的事情也没希望了。

而且，结婚的日子都已经定下了，如果她这时候失信，岂不是让大叔难堪？

叶母瞪着叶繁星：“你真是长大了，翅膀硬了，就没把我这个妈放在眼里。”

她都快要气死了，养了这么一个女儿，一点儿都不听话。

叶繁星不知道怎么跟她争论，在这里吵起来也挺难堪的。

所以，一开始她就不想让母亲来，当着傅家人的面，会弄得大家都难堪。

傅妈妈说：“您也别怪星星，我们景遇是真心想要娶她的。她嫁过来，我们一家人都会对她很好，把她当亲闺女一样对待。”

“好？”叶母阴阳怪气地说，“那是当然了，她一个小姑娘什么都不懂，你们当然要哄着她，要不然，谁会嫁给你们家这个……”“残废”两个字，她没有说出来，但意思非常明显了。

叶繁星僵了僵，傅景遇就坐在自己身边，她很怕母亲的话会伤害到他。

叶母完全不管这些，拍了拍桌子：“反正结婚的事情，我不会答应。我不是十几岁的小孩，没这么好骗！如果你们硬要娶她，我就去告你们！我女儿才十八岁，还没到法定结婚年龄。”

看母亲说得信誓旦旦的样子，叶繁星道：“想让我嫁人的难道不是你吗？上周还让我去相亲，说我已经二十岁的人是谁？”

现在她又说这些，叶繁星简直受不了了。

母亲这就是对傅景遇不满意！

自己没有听她的嫁给陈伟，所以她在这里捣乱。

“你给我闭嘴！”叶母瞪了一眼拆自己台的叶繁星，“你还没结婚呢，就直接跑到别人家去住着了！叶繁星，你多久没回家了？你一个女孩子，还要不要脸了？”

“我……”明明母亲对自己一点儿都不关心，却一副很关心自己的样子，叶繁星都不知道说什么了。

一直坐在旁边没有发话的傅景遇突然伸手过来，握住了叶繁星的手，说：“结婚的日子定在十月，正好是星星满二十岁的时候。所有的东西我们会准备好，到时候，叔叔阿姨过来参加婚礼就好了。”

不同于傅妈妈商量的语气，他很霸道，完全就是通知而不是商量。

叶母望了傅景遇一眼，见他坐在轮椅上，也没把他放在眼里：“你说定就定？我才是她妈，我不同意，你还敢强娶她不成？”

“星星已经同意了。”傅景遇很是霸道，“我们签了结婚协议，她已经是我的妻子，差的不过就是形式。”

傅景遇的意思很明显：你答不答应，并不是很重要。

叶母觉得他有点儿无赖：“你连站都站不起来，还想娶我女儿？她要是嫁过去，岂不是要照顾你一辈子？你想得倒美！”

她才不要这个残废，绝对不要！

“妈。”见母亲这样说大叔，叶繁星不高兴了，“你说话太过分了！”

“我这还不是为了你好？”叶母望着叶繁星，恨铁不成钢地道，“我还庆幸自己今天来了，要是不来，还不知道你找了这么一个人！真是瞎了眼！”

蒋森从外面进来，就听到里面争吵的声音。

之前傅景遇要见叶母的时候，他就有点儿犹豫，不过架不住傅景遇坚持，现在听到叶母的话句句针对傅先生，他都快要气死了。

叶繁星也快要郁闷死了。

这顿饭吃得不欢而散。

听着叶母这样损傅景遇，傅景遇的爸妈都没什么胃口。

而叶母也不想吃这顿饭。

至于叶繁星，更是一点儿都吃不下去。

她刚放下碗，叶母就拉住了她：“你跟我回去！”

叶繁星之前就是从家里跑掉的，叶母没同意让她出来，现在有了这个机会，当然要把她带回家，而不是让她继续在这里和又废又穷的男人纠缠不清。

叶繁星不想跟叶母走，可看了一眼其他人，只想让母亲赶紧从这里离开，免得母亲再说什么伤人的话。

她低声开口道："那我先送我爸妈回去。"

叶繁星站了起来，打算跟着叶母离开，却被一只手拽回了座位上。

她愣了一下，看向傅景遇，不想让他担心，故作轻松地道："大叔，我就是送他们回去。"

傅景遇望着她，他看得出来，叶繁星不想回去，她之前就说过，不想再回那个家。他也看得出来，她此刻决定跟着叶母离开，是想顾全他的面子。

他淡定地开口道："你留下来，让蒋森开车送他们回去。"

"可是……"

"叶繁星，你还不走？"叶母已经走到了门口，见叶繁星还坐在那里，不耐烦地催促道。

"蒋森。"傅景遇开口。

蒋森听到声音，忙走了进来："傅先生。"

"开车送叔叔阿姨回去。"

蒋森望了一眼叶父和叶母，叶母那么攻击傅景遇，傅景遇还对他们这么客气。

"是。"他应了一声，对叶父叶母道，"叔叔阿姨，走吧，我送你们回去。"

叶母还看着叶繁星："叶繁星，你走不走？"

叶繁星听着母亲的话，望了一眼傅景遇："大叔，我……"

"景遇，还是让星星跟妈妈回去吧。"傅妈妈很是无奈，叶母都说得那么难听了，连他们拐骗叶繁星这种话也说了出来，他们再把叶繁星留下来，只会让大家都难堪。

傅景遇很坚持："如果星星要回家，我会陪她回去。现在她不想回去，所以，叔叔阿姨先回去吧。"

叶母的强横和不讲理，对他来说一点儿用都没有。

吃饭这件事情是他同意的，所以，任何后果他来承担。

见他想将叶繁星留下来，叶母气得就要过来拽叶繁星，被蒋森拦住："阿姨，傅先生对您客气，是因为您是叶小姐的母亲，您不要不识趣。"

他可不是傅景遇，惹急了，他才不会对叶母客气。

蒋森很高大，脸上的表情也很严肃，站在叶母面前，气势直接碾压叶母。叶母望着他，发现这个人有点儿不太好惹，只好先走了。

叶母走了之后，包厢里安静下来。

傅妈妈站了起来："我们也先回去吧。"

她今天确实有点儿伤心了。

以前都是别人求着要嫁给她儿子，可是现在，苏琳欢跑了就算了……连叶母这样的人，都能给她甩脸子。

傅玲珑望着傅妈妈这样，忙站了起来："那景遇，我们就先回去了，这里你处理一下。"

"好。"傅景遇是最平静的，仿佛叶母攻击的人不是他一样。

傅玲珑陪着爸妈离开了包厢，包厢里只剩下叶繁星和傅景遇两个人。

傅景遇望了一眼把脸埋在自己怀里，身体一直在颤抖的叶繁星，能够听到她低声啜泣的声音。

他揉了揉她的脑袋，柔声问道："你哭什么？"

叶繁星现在心情很差，自责和愧疚占据了她的内心："我对不起你，也对不起大家……"

傅景遇的爸妈走的时候，看起来很不开心。

当然，闹成这样，换成是谁也开心不起来吧！

叶母那些话，连叶繁星这个当女儿的都听不下去，又何况是他们？

此时此刻，叶繁星甚至有想要逃跑的冲动。

她看了一眼傅景遇，道："大叔……"

"怎么？"傅景遇正盯着叶繁星，见她这么愧疚，有点儿心疼。

今天的事情并不怪她，要见叶母是他的主意，一开始叶繁星已经提醒过他了。

不过傅景遇并不后悔。

如果不是亲眼所见，他可能还理解不了叶繁星的母亲是个什么样的人，现在亲眼见到了，他不但没有怪叶繁星，反而更加心疼她。

换成是旁人，有个那样的母亲，说不定会被逼疯吧？

这种时候，他更想保护她。

叶繁星低着头，有些忐忑地说："要不，结婚的事情就这么算了吧。"

她这句话刚说完，就感觉到傅景遇周身的气压低了下来。

他望着叶繁星，语气很不友善："你……后悔了？"

叶繁星当然不是这个意思。

她看着傅景遇："能够认识你，我很开心，是我的福气。可是，你对我这么好，我真的不想让你因为我受委屈。"

叶繁星没有自信能够说服母亲，也没办法选择自己的出身。

无论从哪一点看，她都觉得自己没资格当傅景遇的妻子。

傅景遇严肃地看着她，语气冰冷："我很讨厌人反悔。"

他已经被苏琳欢反悔过一次，如果叶繁星反悔，他会恨叶繁星的。

傅景遇并不觉得自己是天使，也没有叶繁星想的那么善良。

他容不下背叛！

他冷漠的语气，让叶繁星怔了一下。叶繁星没想到，都这种时候了，傅景遇竟然还想让自己当他的妻子？

明明今天母亲的话都说得那么过分了，换成是别人，早就气得不想理她，并将她扫地出门了吧？

叶繁星看着傅景遇："我妈妈那样说话，你不生气吗？"

傅景遇看着叶繁星心虚的样子。她这是怕他因为她母亲的事情迁怒她吧？

他黑色的眸子看着叶繁星："不要想太多，你妈妈的事情，我不会怪在你头上。"

叶繁星低垂着眼睑，傅景遇的安慰并没有让她的心情好一点儿：

“可是，你爸妈呢？还有姐。就算他们跟你一样不怪我，我也觉得对不起他们。”

如果人能够选择自己的出身，该有多好啊。

叶繁星并不指望自己的父母多有钱，也不期盼自己能当个富二代，她最大的愿望，就是她的爸妈能够像一般父母一样：在她不愿意上学的时候，逼着她去上学，为她的前途担忧……而不是像现在这样，觉得她一个女孩子上学没前途，非要让她嫁人。

傅景遇望着叶繁星惭愧的样子，知道她是个很有责任心的人，就算所有人都不怪她，可她还是会觉得这件事情她有责任。

他伸出手指，在她的额头上轻轻摩挲了一下：“真的觉得那么愧疚？”

“嗯。”叶繁星点头。

何止是愧疚，她都要愧疚死了好吗！

傅景遇的神情很严肃：“觉得自己很对不起我？”

“嗯嗯。”

看着她点头的样子，傅景遇道：“那你亲我一下吧！亲我一下，我就原谅你。”

“……”

明明是有点儿严肃又悲情的场面，他突然来这么一句，叶繁星都不知道应该怎么接话了。

“大叔，你正经一点儿，不要开玩笑好不好？”

傅景遇说：“我没有跟你开玩笑。”

他认真的样子，好像在跟她讨论什么严肃的话题，真的不是在开玩笑。

叶繁星望着他轮廓分明的侧脸：“没开玩笑你还让我亲你？”

“被你妈妈说得有点儿扎心，需要你亲一下才会好。”难得傅景遇也有撒娇卖萌的时候，叶繁星忍不住怀疑自己听错了。

她看着傅景遇，犹豫了一下之后，在他的脸上亲了一下：“这样可以了吧？”

傅景遇笑着把钱包递给她："去把账结了，我们回家。"

"好。"

叶繁星很快拿着钱包走了出去。

被傅景遇逗了逗之后，她感觉自己的压力也没那么大了。

两人从火锅店出来，傅家的司机送他们回了家。

平时他们周末都是在傅宅过的，不过今天傅景遇让司机直接送他们回了他和叶繁星住的地方。

车上，叶繁星望着外面的阳光，忍不住有些出神。

今天的事情，让她有一种跟叶母彻底断绝关系的冲动。

然而浮现在她脑海里的，是从小到大的那些成长记忆……

她和叶子辰都是父母带大的，如果没有他们，她也长不到这么大。

这些回忆，让她的心情变得沉重起来。

突然，傅景遇开口："停车。"

叶繁星忙回过神来，望着傅景遇："大叔，怎么了？"

他们不是说好了回家？这还没到家呢，他怎么就让司机停下了？

"去帮我买束花。"傅景遇说。

"买花？"叶繁星这才发现，车子停在了花店门口。

她问道："大叔，你买花准备送人吗？"

"嗯。"傅景遇一脸认真，"快去。"

叶繁星说："想买什么样的？"

"你看着喜欢的就行。"

叶繁星说："送朋友？"

毕竟花不能乱买的，要看送什么人。

傅景遇说："送一个重要的人。"

叶繁星第一次听说傅景遇还有重要到他想要送花的人。

她一向听话，大叔交代的事情当然会尽力办好。店员给她推荐了今天店里最新鲜的花束，叶繁星捧着一大捧花回来，几乎挡住了她的半个身子。

"大叔，你觉得怎么样？"叶繁星坐在旁边，献宝似的问道。

傅景遇望着她纯真的眼神，说：“你觉得好看吗？”

“我觉得很好看啊！不知道是谁这么幸运，竟然可以收到大叔送的花。”

叶繁星还是第一次将这么大一束花抱在手里，虽然不是送给她的，但是她都有点儿羡慕了。

傅景遇说：“送给你的。”

“……”叶繁星顿时感觉自己抱着花的手都软了下来，“不是吧？”

大叔让她去买花，然后送给她？

因为是帮他买的，这束花可不便宜。

叶繁星说：“这花送给我太浪费了！”

早知道她买束便宜的多好？

傅景遇伸出手揉了揉她的脑袋：“在你眼里，我是个送自己妻子花都送不起的男人？”

他的语气很亲昵，尤其是“妻子”两个字，听起来格外正式。

这是一种被尊重、被呵护、被捧在手心里的感觉。

叶繁星忍不住低下头，看着面前的花，感觉自己的小心脏冒着幸福的泡泡：“那我……就收下了？”

虽然她觉得浪费，但也是真的很喜欢。这是叶繁星第一次收到花，眼神都是柔软的，分分钟感觉自己从女汉子变成了小公主。

下午，傅景遇坐着轮椅出来的时候，看到叶繁星一个人蹲在客厅里对着那捧花拍照，都不知道换了几个角度，嘴角还时不时地上扬着，像个傻子。

傅景遇没有打扰她，只是坐在一旁静静地看着她。

以前不认识叶繁星时，他无聊的时候就喜欢一个人待着。

然而现在，他更喜欢这样注视她、观察她，总觉得很有趣。

她就像个小朋友，对这个世界充满了好奇。

叶繁星拍了好几张照片，正沉溺其中，手机突然有电话打进来。

叶繁星接了，发现是姑姑打来的："星星。"

听到姑姑的声音，叶繁星有点儿意外：姑姑怎么想到给我打电话？

姑姑对叶繁星挺好的，不过姑姑家里情况不好，又跟叶母起了一些小摩擦，所以两家这两年都没怎么来往。

姑姑在电话里道："你爸妈今天来我家了。"

叶繁星皱眉："他们没有回家吗？"

她还以为蒋森把她爸妈送回家了。

姑姑道："她让我劝劝你。你也不是小孩子了，听话一点儿，你爸妈把你养这么大也不容易。"

叶繁星没想到母亲竟然去找许久不怎么联系的姑姑来劝她："她跟你说我什么了？"

"也没说什么，我就是怕你想不开。星星，我是过来人，你姑父的情况你也知道，你要是像我一样，以后可怎么办啊？"姑姑家以前条件挺好的，姑父有稳定的工作，每个月收入也不错，很多时候姑姑还会接济他们。

后来，姑父出了事，到现在在床上躺了十年。这十年来姑姑带着两个孩子，还要去工作，上面还有老人，日子过得很是艰辛，亲戚们的白眼受得不少，就连叶母有时候也嫌弃姑姑家里负担重，不想跟姑姑来往。

姑姑的日子，的确过得很不好。

只是叶繁星没想到，母亲为了阻止她跟傅景遇在一起，竟然还跑去找姑姑来当说客。

叶繁星说："我知道您不容易，我心里有数。至于我妈，您别管她了！这些年她怎么对您的，您都忘了吗？"

叶母对姑姑的态度，叶繁星也一直有意见。

可惜她还是个学生，没有经济能力，没办法帮助姑姑什么。

这下叶母也就是看在姑姑心软才敢找上门去，也亏得姑姑还愿意理叶母。

姑姑在电话里劝着叶繁星："我不担心你妈，就担心你。你妈她就这样，但她再怎么也是你妈妈，你犯不着为了生她的气，跟自己过不去。你说呢？”

叶繁星拿着手机走到窗边，严肃地道：“姑姑，你别听我妈瞎说。大叔是个很好的人，他可厉害了，对我也好，是我妈太过分了，还当着别人的面把话说得那么难听，以后我不想理她了。您不要担心我，我会好好的。”

傅景遇在一旁，听见叶繁星把他夸得跟个英雄似的……

在她心里，他那么好的吗？

受伤以前的傅景遇一直是活在顶端的人物，被人夸惯了，也觉得那都是正常的事情。

可是自从他受伤之后，整个世界就变了，向来强大的他也变得纤细敏感。

听到叶繁星夸他，他心里有点儿开心，嘴角也往上扬了扬，不认真看根本看不出来的那种。

叶繁星还在跟姑姑打电话，并没有留意到傅景遇的存在。

她靠在玻璃墙上，阳光从外面照进来，打在她身上。

姑姑在电话里说：“你心里有数就好。”

“那我先挂了。”叶繁星心里有点儿难过，姑姑如今这副模样，她却帮不了什么忙。

她回过头，才发现不知道什么时候出来的傅景遇，吓了一跳：“大叔，你怎么不说话啊？静悄悄的，吓死我了。”

“看你在打电话，就没有吵你。”傅景遇望着她，刚刚还因为收到花而开心得不行的脸上，在接到这个电话之后就变得压抑了很多。

傅景遇问道：“发生什么事了吗？”

叶繁星叹气：“是我妈妈，她把我跟你结婚的事情跟我姑姑说了，让我姑姑来劝我。”

不仅如此，叶母还给家里能够想到的亲戚都打了电话。

叶母是这么跟亲戚们说的：“那家人太过分了，他们就是看着星星好骗，想把星星骗过去。不管怎么样，我是不会答应的。”

反正从她口中一说出来，傅景遇就直接变成了一个又穷又废还想拐骗她女儿的坏人。

叶繁星则成了被拐骗的傻白甜。

所以，她发动了全部亲戚来劝叶繁星。

晚上，叶繁星做了饭，从厨房里端出来，又接到了电话。

这已经是她今天下午接到的第五个电话了。

她就不明白了，这么一件事情，母亲是哪里来的勇气弄得天下皆知的?

看着她拿着手机皱眉的样子，傅景遇问道："又是你妈让人给你打电话啊?"

"嗯。"叶繁星坐了下来，直接将手机关机，把碗放到傅景遇面前。她今天没事，正好抽空做了晚饭："吃饭吧！不用管她。"

叶繁星现在还记恨着叶母，就算是她妈也一样。

叶母今天做的事情，实在是太过分，过分到让叶繁星不想原谅她。

傅景遇伸手，把筷子拿了起来："很好吃。"

叶繁星的厨艺不能说是特别好，但很合傅景遇的胃口。

叶繁星望着傅景遇吃饭的样子，他好像一点儿都没有把今天的事情放在心上。然而她的内心很不安："爸妈怎么样了?"

过去一个下午了，叶繁星都没敢提这个问题。

傅景遇说："没事的，明天再过去看他们。"

"……"叶繁星叹了一口气，心里很难过。她在傅家的这段时间，很清楚地知道傅景遇在家里有着怎样的影响力。

一家人都喜欢她，不是因为她表现得有多好，也不是她有多优秀，而是因为傅景遇。

出了这样的事情，他们肯定对她很失望吧?

傅景遇刚吃了两口菜，却发现吃货叶繁星竟然没有动。平时一到吃饭的时间，她都在很认真地吃饭，今天她竟然偷懒了?

傅景遇很想说点儿什么来安慰她，一开口就变成了很严肃的话语：

“我不喜欢吃饭不认真的人，赶紧吃饭。”

他完全就是老干部的口吻，哪里像是在哄自己的女人？

“我不饿。”叶繁星现在毫无胃口。

傅景遇心中也清楚叶繁星是在想什么，他给她夹了菜，依旧面无表情，不过语气已经好多了：“别想些乱七八糟的，爸妈没那么脆弱。”

比起他当初断了腿，如今所有的一切，不过是小儿科。

叶繁星望着傅景遇平静的样子：“大叔。”

她的心里，有一种很沉重的感觉。

傅景遇问道：“怎么？”

他并不是很习惯她这副严肃的样子。

像她这个年纪的女孩子，应该更活泼一点儿。

叶繁星晶莹剔透的眸子望着傅景遇，看着他从容的样子，她实在想象不出来，他是怎么做到这么淡定的。

如果是她断了腿，永远没办法站起来走路，还得面对未婚妻跑路、被别人笑话这些事情，她会怎么样？

光是想想这件事情，她就觉得自己可能会疯掉。

“想说什么就直接说。”傅景遇看着她欲言又止的样子，很是直接地说道。

“没事，吃饭吧！”叶繁星给他夹了菜，“你尝尝这个尖椒鸡，看看好不好吃。”

傅景遇吃了一点儿：“嗯。”

“再喝点儿汤。”她拿碗给他盛汤，把他照顾得好好的。

叶繁星总觉得只有这样，才能小小地填补一下自己内心的愧疚。虽然她知道，这并不算什么。

吃过饭，叶繁星把碗收拾了，和傅景遇一起回了房间。

傅景遇望着叶繁星：“时间不早了，你去洗澡休息吧，今天肯定也很累了。”

虽然在傅家他们住在一起，但是在这里他们是分开住的，有自己的房间。

两个都是单身多年的人，突然住在一个房间，别说叶繁星不习惯，傅景遇也很不习惯。

毕竟他一直是个很需要空间的人。

叶繁星说："大叔，我来帮你擦澡吧。"

"……"傅景遇望着叶繁星，完全没想到她会突然提出这个想法。

她帮他擦澡？

他看着叶繁星："你过来。"

叶繁星听话地靠了过去，傅景遇温凉的手放在了她的额头上，吐槽道："你脑子坏了？"

"……"叶繁星说，"我想帮你，怎么脑子就坏了？"

"你一个大姑娘，我要你给我擦澡？"就算她好意思，他也不好意思。

平时他洗澡穿衣这种事情，大多是蒋森帮忙的。

叶繁星却是认真的："我不是大姑娘啊！我可是你的妻子。你还跟我这么见外？"

不是他说的，她是他的妻子，不要跟他见外？

可是，他从来不让自己帮他做这些。

以前叶繁星是脸皮薄，也拉不下脸，可她想了想，自己既然已经成了傅景遇的妻子，总要适应这个身份，为他做点儿事情吧。

其他事情她做不好，也还没有学会，但是她可以照顾他的饮食起居。

傅景遇望着叶繁星，从她眼里能够看出来，她下了很大的决心。

看来，今天的事情给她的刺激不小啊。

虽然他已经尽力安慰她了，但她母亲的事情还是让她感到很愧疚。

傅景遇并没有急着拒绝，挑了挑眉，问道："你确定要帮我？我可是个男人……"

他有点儿想知道，她胆子怎么突然变得这么大了？

"没事的。"叶繁星果断地道，"我先去拿衣服。"

她忙去帮他找睡衣。

傅景遇望着她在更衣室里找他的衣服，望着她忙前忙后的样子，有一种说不出来的感觉。

很快，叶繁星就把傅景遇睡觉时要穿的衣服拿出来了。她把衣服递给他，然后推着他进了浴室。

“你先等一会儿，我去放水。”

叶繁星把傅景遇放在旁边，然后去放水。

她第一次做这件事情，有点儿手忙脚乱，但很快就把水温调好了，也准备好了毛巾。她走过来，摸了摸鼻子，试图掩饰自己的紧张：“我帮你脱衣服？”

傅景遇望着叶繁星。他承认，他有点儿恶趣味，想看看脸皮一向很薄的她能够做到哪种程度。

他点了点头：“好。”

叶繁星伸出手来，解着他身上的衬衫扣子。

傅景遇现在对她来说，是没有危险性的。他下面不行，不能人道，她觉得自己完全可以把他当成一个同性来对待。

只不过傅景遇的气场实在太强了，真要给他脱衣服，她还有点儿不自在。

她靠近他，离他很近，细心地解着他的扣子。隔着很近的距离，浅浅的呼吸声传进了他的耳朵。

江州是座养人的城市，这里的女孩子皮肤大多很白，叶繁星则是白得出众的那种，皮肤好得好像瓷娃娃一般。

浴室里的灯光又是很亮的那种，能够把人照得通透。

傅景遇望着叶繁星，眼眸变得幽深起来……

叶繁星很专注地帮他解着扣子，完全没有留意到眼前有任何危险。她的注意力都在傅景遇的身体上面。

即使养了近一年，他的身体也并没有受到多大的影响，身上的肌肉都还在……

望着他的腹肌，叶繁星有点儿惊讶，可以想象傅景遇以前的身体素质有多好。

这么好的身体条件，却有了这样的遭遇，甚至还不能人道，可真是苦了他了！

叶繁星心里一阵惋惜，把毛巾弄湿了水，拿了过来。

她帮他把上半身擦了一遍，为了避免紧张，告诉自己，直接把他当成一座雕像……

然而对雕像傅景遇来说，他的身体却有点儿不听使唤。

他不得不说，叶繁星在帮人擦澡这件事情上，还差点儿功夫。

她不敢用力，对他来说就像是在给他挠痒痒，在撩拨他，而他忍得很辛苦。

他可不是真的雕塑，而是一个有血有肉的男人……

叶繁星帮他擦完了上半身，洗着毛巾，在思考一件很严肃的问题：要不要帮他擦下面呢?

这件事情毕竟是她提出来的，半途而废好像不太好。

所以，她只能坚持下去。

她放下毛巾，走到傅景遇面前说："我要帮你擦下面了，得把裤子先脱下来。"

她用的是陈述句，然而听在傅景遇的耳朵里，就感觉很不对了。

这个小丫头，真的不是在恶意勾引他吗?

叶繁星见傅景遇没说话，就当他是同意了，伸手就去脱他的裤子。

叶繁星除了以前见过邻居家三岁的小弟弟的之外，还没有见过男人的身体。想到她等一下就能看到大叔隐私的地方，除了有点儿紧张，竟然莫名其妙地还有点儿……期待?

人之初性本善，谁让她也是个有好奇心的人！

叶繁星罪恶的手刚刚伸出去，还没碰到傅景遇的裤子，就被他的大手抓住了。

傅景遇望着这个想要扒他裤子的女人："我，自己来。"

"……"被拒绝的叶繁星愣了一下，望着傅景遇，"我帮你不好吗？"

他自己不方便，她只是想帮帮他。

喀喀，虽然她也想趁机偷看，但这真的不是她的目的。

傅景遇望着她单纯、不做作的表情，态度却很坚定："出去吧。"

此刻的傅景遇看上去特别高冷。

叶繁星还是不太放心："你自己可以吗？"

傅景遇看了她一眼："照顾自己，我还是做得到的。"

一开始什么都需要别人帮忙，现在只是洗澡这种事情，他已经能够自己做了。

人的能力是无限的……

更重要的是，真要让叶繁星扒了他的裤子，他实在想象不出那样的画面。

尤其是他现在已经有点儿控制不住自己的身体，再把她留下来，他不敢保证自己还能当柳下惠。

他好歹也是个清清白白的男人，怎么能够随随便便就毁在她手上？

叶繁星见他是真的想让自己离开，把他要用的东西放在一旁，道："那我出去了？"

"嗯。"

叶繁星走出门，去帮傅景遇铺床，想起刚刚自己做了什么，脸突然热了起来。

她不但帮大叔洗澡，还想要脱他的裤子？

妈耶，这真的是她吗？

丢死人了！

一瞬间，心中的那股劲儿消失得无影无踪，叶繁星感觉自己的勇气突然不知跑到哪里去了。

傅景遇洗完澡出来的时候，看到叶繁星趴在铺好的床上，抱着枕头，正在为自己丢脸的行为感到懊恼。

他坐在一旁，望着叶繁星："你在做什么？"

叶繁星听到声音，忙爬了起来，发现自己一时没忍住有点儿放飞自我了。

她看着傅景遇："大叔，你洗完了？"

"嗯。"傅景遇淡定地看了她一眼，眼神中还有未完全退去的激情。

明明是恶趣味地想看她能做到什么程度，结果竟然是他被撩得欲罢不能，真该死！

傅景遇心中一阵懊恼，他看着叶繁星，高冷地说："很晚了，你去睡觉吧。"

"我来帮你吧。"叶繁星走过去，手才靠近傅景遇，就被他的手抓住了，不再给她靠近他的机会。

如果不这样，他今晚不用睡了！

叶繁星看着他突然很害怕自己靠近的样子，问道："大叔，你不会是……害羞了吧？"

这句话让傅景遇有点儿奓毛。害羞？他会害羞吗？开什么玩笑？

他望着叶繁星："我让你出去。"

他的语气变得很是严肃。

叶繁星却觉得他更像是心虚，说道："那我先去睡了。"

见她终于肯离开，傅景遇发现自己竟然松了一口气。

叶繁星走出去后，把门也带了下，从门缝挤出一张脸，望着傅景遇："大叔，晚安。"

她说着，还对他露出一个招牌式的微笑，极具亲和力的那种。

傅景遇的脑海里，瞬间就浮出两个字：妖精！

第二天，在家里吃完早饭，他们就去了傅家。

叶繁星想过傅景遇的爸妈对自己的态度：厌恶、嫌弃、冷漠。

然而她和傅景遇进客厅的时候，一切都没有变，还是之前的样子。

"星星来了？"吴阿姨微笑着打招呼道。

知道叶繁星他们今天会过来，吴阿姨就没有过去给傅景遇和叶繁星做饭。

傅景遇的爸妈都坐在沙发上，两人正在讨论什么，听到吴阿姨的话，抬起头来望着叶繁星：“坐吧。”

眼神很是友善，他们并没有任何责怪叶繁星的意思。

叶繁星整夜悬着的心，突然落了下来。

吃过饭，叶繁星去外面的院子走了走，正好遇见了顾雨泽。

那天他送了赵嘉淇之后，叶繁星就没再见过他。

他的头发剪短了，却还是那么英俊帅气。叶繁星望着他，突然有一种感觉，傅景遇以前像他这个年纪的时候，也是这副模样吧？干净、清澈，还带着一种形容不出来的清冷。

顾雨泽毕竟是校草级的人物。

见顾雨泽走过来，叶繁星抬起头，假装在看风景而没有看到他。

他走到她身边，却停了下来：“这么大太阳，你在这里做什么？”

“……”叶繁星看了他一眼，难得听见他这么平静地跟自己说话，而不是像之前一副想跟她打架的样子。

叶繁星说：“我喜欢。”

好一句“我喜欢”。

顾雨泽留在她身边，暂时没有离开的打算。他望着她，以前她是他的同桌，两人每天抬头不见低头见，他没觉得她有多好看，可是最近见她的时间少了，他却发现，叶繁星好像越来越好看了。

顾雨泽稳住自己的思绪，自己可从来不是这么肤浅的人，跟她说正事：“听说你妈妈昨天闹了一场？”

他毕竟也是这个家的成员之一，知道这些事情并不奇怪。

叶繁星冷言冷语地道：“你外公外婆都没有生我的气，怎么，你还想来追究我的责任？”

叶繁星现在对顾雨泽没什么好感，总觉得顾雨泽跟赵嘉淇一样，都是见缝插针想找她麻烦的那种人。

顾雨泽说：“我没那么无聊，只是看在过去的情分上，想要提醒你一句。”

“提醒？”叶繁星觉得好笑，“狗嘴里还能吐出象牙？”

顾雨泽的脸黑了黑："你能不能好好说话？"

他自认为自己今天已经很客气了，她却这样不友善，基本的礼貌也没有。

叶繁星轻哼了一声，望着花草，不再理他。

顾雨泽说："你就不想知道，为什么你妈妈那副样子，外公外婆他们还愿意原谅你吗？"

"我不知道。"

"因为舅舅现在不能站起来，也不能生孩子，所以只要有人愿意嫁给他，无论对方什么样，外公外婆都不会介意的。不过你知道不能生孩子是什么概念吗？意味着你一旦嫁给他，一辈子都要守活寡。苏琳欢是他的未婚妻，他们俩订婚那么久，她都躲着不愿意嫁，也就只有你这个傻子才愿意做这种傻事。"

尤其是叶繁星还觉得自己捡了便宜似的。

虽然舅舅对她的确不错，但是怎么看她也是吃亏的，所以顾雨泽实在忍不住提醒了她一句。

他毕竟对叶繁星还有一点儿感情，即使是现在，她的位置也比赵嘉淇重要。

叶繁星原本一直盯着地上的影子，听了顾雨泽的话，抬起头来看着他。

顾雨泽说："不用感谢我，我们毕竟是同桌。"

叶繁星轻笑了一声："你知道我现在在想什么吗？"

"想什么？以为我是为了让你重新回来我身边才跟你说这些的？你放心，我对你没兴趣了。"

就算有，他也不想再接受她。

上次他给过她机会，是她自己不珍惜。

他可不是那么好说话的人！

不过，如果她哭着来求他，他也许会考虑考虑……

在遇到叶繁星以前，顾雨泽是个从来没有受过挫折的人。

他的母亲是老总，父亲也是无比成功的生意人，至于舅舅和外公、外婆更不用说，一家就没有一个普通人。

而他从一出生就被宠上了天，上学，成绩也一直很好，而且他并不像一般人花大量时间在学习上，游戏继续打，考试却每次都能够考得很好。

而叶繁星是他的人生中遇到的第一个挫折。

他第一次谈恋爱，第一次喜欢一个人，可她天天躲着他……虽然已经被证实那只是个误会，然而在自己低下头向她求复合的时候，她竟然拒绝了他。

还有现在，她居然这样冷冷地跟他说话。

无论如何，他都有点儿接受不了。

所以虽然是他提的分手，但每次看到叶繁星对他这么冷漠，他心里还是很不舒服。

叶繁星听了顾雨泽的话，忍不住笑了出来。他是有多自恋，才会有这样的想法？

叶繁星说：“我只是在想，自己当初是有多瞎才会看上你。”

“叶繁星！”顾雨泽很无语，她简直是越来越过分了。

叶繁星扬唇：“怎么，我说错了吗？我之前在大叔那里看过你的照片，你从小到大的照片他都有，看得出来你们的关系很好。他那么疼你，现在出了这样不幸的事情，你却还在这里说这些。顾雨泽，你有没有良心？”

别人就算了，跟傅景遇本来也不熟，可顾雨泽不一样，他是傅景遇的亲外甥，这时候在这里说这些话，这就有点儿不厚道了吧？

蒋森推着傅景遇过来，隔着植物丛，正好听到两人的对话。

傅景遇示意蒋森停下来。蒋森听到叶繁星说这些话，还挺意外的。

听说之前叶繁星跟顾雨泽交往过，没想到她竟然会帮傅景遇说话。

还算有点儿良心！

至于顾雨泽……

太阳很大，他的脸上出了一层薄薄的汗，他看着叶繁星，表情很复杂。

被叶繁星这样说，他很没有面子，然而一时之间竟然找不到反驳的话。

顿了几秒，顾雨泽才反应过来，对叶繁星说："我是疯了才会管你的事情！不知好歹的女人！"

他真的很想掐死她。

难道在叶繁星眼里，他就这么不重要，她对跟他的感情就这么不在意？

他这么给她机会，她就一点儿都不开窍吗？

如果不是因为她，他又怎么会说这些？

他不过是希望她能够离开舅舅而已。

顾雨泽刚刚说完，叶繁星还没来得及说什么，蒋森就推着傅景遇走了过来。

"舅舅。"看到傅景遇，顾雨泽低下头，礼貌地道。

不管在背后怎么说傅景遇，当着傅景遇的面，顾雨泽还是一句话都不敢多说的。

傅景遇望着两人："这么热，你们在这里聊什么？"

顾雨泽看了叶繁星一眼，没出声。

叶繁星跑到傅景遇身边，突然委屈地道："他……他骂我！"

她说得跟真的一样，恨不得挤出几滴眼泪来，仿佛顾雨泽真的骂了她。

顾雨泽："……"

他什么时候骂她了？

蒋森也望了叶繁星一眼，两人说的话他们全都听到了，她这样睁眼说瞎话，好像有点儿过分吧？

这是典型的耍心机！

傅景遇望着顾雨泽，道："顾雨泽什么时候还会骂人了？"

"就刚刚。"叶繁星说，"他说得可难听了，还说我不配在这个家里……说要把我赶出去。大叔……"

叶繁星可怜巴巴地望着傅景遇。

顾雨泽咬了咬牙，第一次有了想打人的冲动。

傅景遇严肃地望着顾雨泽，似乎相信了叶繁星的话："是吗？"

"没有。"顾雨泽硬邦邦地解释道，心中已经快要被叶繁星气死。

傅景遇说："自从我生病，很久没有让你锻炼了，正好今天有空。你去跑二十圈回来。"

"什么？"顾雨泽不敢相信地看着傅景遇。

蒋森也有些意外："傅先生，现在这么热，跑二十圈会要命的。"

"谁让他不懂得尊重长辈？"傅景遇望着顾雨泽，眼神充满了威严感。

蒋森觉得，完全看不懂傅景遇了。

明明就是叶繁星在说谎，可傅景遇不但没有拆穿叶繁星，反而助纣为虐，这对顾雨泽来说未免太不公平了吧？

顾雨泽的目光落在了叶繁星身上，叶繁星却低着头，手指悠闲地卷着自己头发的发尾，很无辜的样子。

这不怪她啊！

如果顾雨泽只是说说她就算了，可他连大叔都要说，她怎么能不让他被教训教训？

傅景遇望了一眼顾雨泽不服气的眼神："还不快去？"

顾雨泽很快就走开了。

二楼，叶繁星蹲在傅景遇的腿边，帮他按摩着双腿，时不时看一眼正围着跑道跑步的顾雨泽。

太阳很大，没有空调整个人就感觉像是在火上烧一样，别说还要跑步。

顾雨泽的头发和衣服都已经湿透了，但因为是傅景遇给他下的命令，他不敢违抗，只能坚持着跑完。

叶繁星看着他的样子，并不觉得心疼，反而有点儿暗爽。

怪他自己有眼无珠，随便就被赵嘉淇的几句话骗了，蠢得要死；还帮着赵嘉淇来对付她，落井下石，卑鄙无耻！

他攻击她就算了，连疼他的亲舅舅都要攻击，活该被教训。

叶繁星正在心里爽着，突然听到傅景遇开口：“星星。”

她抬起头望了一眼傅景遇：“大叔。”

傅景遇深邃的眸子望着她，眼神很是复杂。

叶繁星愣了愣，低下头，不太敢看他的眼睛：“怎么了？”

大叔怎么这么看着她？不会是看出她在说假话了吧？

叶繁星其实有点儿心虚，她一直是个安分的人，也不喜欢做这种事情，这样耍心机还是第一次。

她生怕被傅景遇看出来。

如果让大叔知道她说谎了，会讨厌她吧？

怎么办？

她有点儿后悔了。

傅景遇将手放在她的头上，动作很温柔，叶繁星的身体小小地颤了一下。

傅景遇望着她，看得出来她在心虚，忍不住想笑。

刚刚在他面前，她演得不是挺好的，这就绷不住了？

见她这样，他竟然觉得她有点儿可爱。

如果换成赵嘉淇在他面前耍心机，他会觉得恶心。

可换成叶繁星……不知道为什么，他却一点儿都不觉得讨厌。

哪怕她对付的人是顾雨泽……

叶繁星一直被傅景遇看着，有一点儿想要逃跑的感觉：“大叔，你要不要喝水？”

傅景遇知道她并不是真的想要拿水：“我不渴。”

叶繁星：“……”

好在这时蒋森从外面走了进来，站在傅景遇身后：“傅先生，现在外面有三十八摄氏度，再这样下去，雨泽少爷会受不了的。”

如果顾雨泽真的骂了叶繁星，被教训就算了，可这分明是叶繁星冤枉他。

蒋森有点儿看不下去了。

傅景遇将目光落在叶繁星身上："你觉得呢？"

叶繁星忍不住望了一眼蒋森，发现蒋森正看着自己。确实，傅景遇的这个惩罚有些重，而且顾雨泽已经跑了十圈了。

她道："我觉得蒋先生说得挺有道理的，现在太热了。"

傅景遇说："那就让他休息吧。"

他不过是想给顾雨泽一点儿教训，倒也不是想弄死顾雨泽。

抛开叶繁星的事情不说，顾雨泽是他的小外甥，傅景遇倒不是绝情的人。

蒋森说："那我这就去找他。"

他很快下了楼，跟顾雨泽说了傅景遇的意思："傅先生让你不要跑了。"

"不是二十圈吗？我没跑完。"顾雨泽赌气地说着，看了一眼叶繁星的方向。

他的眼神很冷，他会记住今天的。

蒋森说："雨泽少爷……"

他跟叶繁星那个女人赌气完全没有必要啊！

蒋森觉得，就算顾雨泽跑断了腿，叶繁星也不会眨一下眼睛的。

结果顾雨泽都不等他说完，直接跑开了。

顾雨泽硬是坚持跑了二十圈才回来，他的身体素质不错，竟然扛了下来，让人有点儿意外。

蒋森一直在旁边提心吊胆地看着，生怕他出点儿什么事，傅玲珑那边不好交代。

客厅里冷气很足，叶繁星和傅景遇已经下来了，叶繁星正在玩手机，完全没把他跑步的事情放在心上。

他走过来，站在傅景遇面前："我跑完了。"

傅景遇抬起头看了一眼顾雨泽："不错，看来我没管你的时候，你也在坚持锻炼。"

顾雨泽能够把二十圈跑下来，傅景遇都有点儿意外。

顾雨泽抿着唇，望了一眼叶繁星，发现叶繁星的目光完全没有要从手机上移开看他一眼的意思。

她竟然一点儿都不心疼是吗？

顾雨泽是真的很生气，他刚刚坚持跑这么久完全是为了赌气，就是为了回来看一眼叶繁星后悔的模样，然而他并没有看到。

她漠不关心的样子，让他不仅生气，还有一点儿伤心。

他觉得很郁闷，甩她的人是他，可是为什么他有一种失恋的感觉？

傅玲珑走出来的时候，正好看到顾雨泽无比狼狈的样子，走过来道："宝宝，你这是怎么了？怎么把自己弄成这样了？"

顾雨泽出了一身汗，衣服都湿透了，看起来让人很揪心。

傅景遇也没什么怕的，说："他太久没锻炼，刚才让他跑了一会儿。"

他的语气很是平淡，蒋森在一旁都忍不住想吐槽：二十圈，哪里只是一会儿？换作一般人，都直接晕倒了好吗？

傅玲珑对傅景遇倒是极度信任，既然是他在训练顾雨泽，那就没什么好担心的。

看到顾雨泽一身汗的样子，她倒是有点儿嫌弃："快去洗个澡，脏死了。"

"……"顾雨泽很是无语，这是他亲妈？

傅玲珑没再管他，坐在叶繁星身边，说："星星，来看看这个婚戒，感觉怎么样？"

虽然叶母那边没有同意婚事，但结婚的事情，傅景遇的意思还是得继续下去。傅玲珑自然是继续负责这些事情。

顾雨泽看着偏心得厉害的母亲："妈，到底我是你儿子，还是她是你女儿啊？"

他平时可不是这么幼稚的人，今天却忍不住抗议起来。

傅玲珑看都没看他，嘴上回道："我要是有女儿，还有你什么事哦。"

傅玲珑一直想要个女儿，可是顾雨泽的父亲不同意，他觉得有一个儿子，再生个女儿，很浪费精力。

而且，傅玲珑当初生顾雨泽的时候，医疗条件还没现在这么发达，遭遇难产，差点儿连命都没了，顾雨泽的父亲对这件事情一直耿耿于怀，怎么也不愿意再让自己的妻子冒这样的风险。

所以，家里也就只有顾雨泽一个孩子，夫妻俩所有的精力都花在了他的身上。

顾雨泽看母亲所有的注意力都在叶繁星身上，气得走掉了。

叶繁星用余光瞧了顾雨泽一眼，看着他这样，真是一点儿都不心疼他。

叶繁星跟傅玲珑一起挑好了婚戒。这款婚戒卖的是创意，凭男人的身份证，一生只能定制一枚。

傅玲珑某些时候很大女人，但很多时候骨子里又很感性，喜欢这些浪漫的东西，所以才在那么多品牌里面选了这个。

选完婚戒，叶繁星坐在沙发上看着手机。

赵嘉淇给她发了一条信息。自从上次被傅玲珑教训过之后，赵嘉淇这些天都没再蹦跶了。

她这时候突然发信息过来，叶繁星还挺意外的。

她打开消息看了一眼，赵嘉淇发的是：“我和顾雨泽这周末要去大理玩。”

她还附带了机票。

很久以前三个人还要好的时候，他们约了有机会一起出去玩。不过现在，只有赵嘉淇和顾雨泽……

上次的事情让赵嘉淇心里委屈得很，但对方是顾雨泽的舅舅，她也惹不起。

她现在能做的，只是在这些事情上气一下叶繁星。

毕竟他们三个人在一起那么久，赵嘉淇还是了解的，叶繁星心里不可能一点儿都没有顾雨泽的存在。

所以她一定要表现得自己过得比叶繁星幸福，只有这样她心里才能稍微舒坦一点儿。

“恭喜。”叶繁星打了两个字。

不得不承认，赵嘉淇挺了解她的，看了这些，叶繁星的确觉得硌硬，但不是因为放不下顾雨泽，而是因为……

当初如果没有她，赵嘉淇不会跟顾雨泽在一起。

然而现在，赵嘉淇踩着她上位之后，却来她面前各种炫耀，想想还真的是件让人觉着糟心的事情。

只是她也不能不让顾雨泽跟赵嘉淇在一起吧！

赵嘉淇扬了扬嘴角：“你也很不错啊！反正你有傅叔叔，祝你新婚幸福。”

赵嘉淇这句话，明显带着挖苦的味道。

傅景遇再强势，终究已经是个废人了。

而她的顾雨泽，前途不可限量。

赵嘉淇在叶繁星这里炫耀完，就给顾雨泽发了信息：“去大理的票我订好了，周六早上你是直接去机场，还是我提前去你家住，我们一起走？”

她跟顾雨泽的关系一直不近不远的，赵嘉淇总觉得顾雨泽并不算特别热情，希望能够快点儿把自己和顾雨泽的关系确定下来。

毕竟她已经十八岁了，不小了。

顾雨泽坐在房间里，一口气还没缓过来，太阳晒得他几乎脱了一层皮，脸上火辣辣地疼着，可更让人憋屈的是叶繁星的反应。

就在这时候，他看到了赵嘉淇发过来的信息。

“你自己去吧，我不去了。”他单手拿着手机，修长的手指打字过去。

他现在很烦躁，没这个心情出去玩。

上次赵嘉淇看他心情不好，想约他出去玩，他当时想起了叶繁星以前说过的大理，就随口提了一下这个地方，才决定了这次的行程。

可是现在，他没这个心思了。

人是种很奇怪的生物，如果他跟叶繁星分手之后，叶繁星过得不好，也没有出现在舅舅身边，顾雨泽是绝对不会回头多看她一眼的。

可是现在她越是无视他，顾雨泽觉得自尊就越受不了，越是后悔自己当初提了分手，连带着对害他和叶繁星分手的赵嘉淇，他也有点儿抗拒了。

“你自己去吧，我不去了。”

赵嘉淇看着手机上面的字，好一会儿才回过神来。

她刚刚跟叶繁星炫耀完，就被顾雨泽打脸？

他这是怎么了？之前还好好的。

赵嘉淇急得要命，态度又不敢急躁，只是装作很贴心地问道：“出什么事了吗？”

“我后悔了！”因为拿赵嘉淇当很好的朋友，所以很多话顾雨泽会跟她说。

毕竟她是这个世界上最了解他和叶繁星的关系的人。

“后悔？”赵嘉淇不明白。

顾雨泽说：“后悔跟叶繁星分手。我想重新跟她在一起。”

顾雨泽说这些话的时候，完全没把赵嘉淇的立场考虑进去。

他跟叶繁星分手后，的确跟赵嘉淇走得近，可在他眼里，赵嘉淇更像是个朋友，叶繁星才是那个让他的心百般煎熬的人。

赵嘉淇抱着手机，不敢相信地望着上面的字：他想重新跟叶繁星在一起？

他上次提复合的时候，叶繁星那么对他，他还想跟叶繁星在一起？

一直以来顾雨泽在赵嘉淇眼里，都是高不可攀的那种人。

她做每一件事情都小心翼翼，生怕得罪他，惹他不高兴。

她怎么也没想到，在叶繁星那样对他之后，他竟然还有想要跟叶繁星和好的念头。

赵嘉淇气得将手机扔了出去，手机直接落在了床和墙壁中间的缝里。

所以说，她这么久的努力到底是为了什么？为了让顾雨泽明白他有多喜欢叶繁星吗？

赵嘉淇气了足足半个小时，才重新把手机从床底下拿了出来。

她逼着自己冷静下来，对着顾雨泽道："可是她现在已经跟你舅舅在一起了，她不喜欢你，不是吗？"

她想劝劝顾雨泽，让他把叶繁星放下，结果顾雨泽没回她消息。

赵嘉淇备受煎熬地等了很久。

叶繁星和顾雨泽分手，可以说都是她的责任。

万一顾雨泽计较起这个，再也不理她了，她应该怎么办？

她咬了咬牙，又发了一条信息过去："顾雨泽，你别急，我跟你一起想办法，让她重新回你身边，怎么样？"

当然，这只是赵嘉淇为了让顾雨泽不讨厌她的一个办法，她才不会真的帮助顾雨泽和叶繁星和好！

顾雨泽看到她的这条信息，果然回了消息："你可以？"

叶繁星现在讨厌赵嘉淇讨厌得很，他对赵嘉淇的话充满了怀疑。

赵嘉淇说："我可以试试。总比你一个人想办法好吧？"

有什么比帮自己喜欢的男人追他的前女友更让人生气的？

可是赵嘉淇真的很怕顾雨泽不理她。

顾雨泽说："算了，她不会理你的。"

赵嘉淇现在跟叶繁星的关系那么差，他指望赵嘉淇还不如指望自己。

赵嘉淇说："星星这个人心挺软的，我跟她之前关系那么好，只要我去跟她好好沟通，她还是会理我的。到时候我劝劝她，你觉得呢？"

说完这句话，赵嘉淇恨不得连牙齿都咬断。

她等了这么久，好不容易找到机会让两个人分开了，现在不但没有成为顾雨泽的女朋友，还得充当他的情感顾问，帮他把叶繁星追回来？

顾雨泽给她发了个"嗯"，算是暂时接受了她的提议。

"景遇，你们晚上要留下来吃饭吗？"叶繁星和傅景遇还在客厅里，负责做饭的阿姨走了出来。

傅景遇说："不用，晚上我带星星出去吃。"

“那我就不做你们的饭了？”阿姨看了叶繁星一眼，友善地笑了笑。

傅景遇应声：“嗯。”

阿姨走开后，叶繁星望着大叔，问道：“晚上要出去吃饭吗？”

“听说有一家餐厅不错，正好适合你这个吃货。”自从知道叶繁星是个吃货之后，傅景遇就会下意识地留意一些不错的餐厅。

叶繁星说：“我哪有那么好吃？”

她才没有好不好？

傅景遇看了她一眼，宠溺地笑道：“去把东西收拾一下，我们出去吧。”

“好。”叶繁星去楼上收拾了东西，很快就下来。

餐厅是傅景遇让蒋森去找的，并不算特别高级，但是听说味道不错。

“叶繁星！”

蒋森推着傅景遇走在前面，叶繁星紧随其后，走到餐厅走廊上时，突然有人叫了她。

她回过头，竟然看到了之前相过亲的陈伟。陈伟今天穿得比上次洋气多了，身边还跟了一个女人，两人看起来好像是一对。

上次被叶繁星拒绝之后，陈伟的母亲又帮他找了个相亲对象。这个女孩儿虽然没有叶繁星好看，也没有叶繁星年纪轻，但是还算端正。

陈伟很快就带着他的女朋友走到了叶繁星面前，从一个单身狗变成了一个有女朋友的人，他感觉自己的腰板都直了不少。

尤其是在叶繁星面前，他更是觉得扬眉吐气。

她看不上他？

他还不稀罕她这个连大学都没上过的女人呢！

“你在这里做什么？”陈伟的语气里充满了轻视。

叶繁星并没有回话。她跟陈伟好像没这么熟吧？

站在陈伟身边的女人问道：“这是谁啊？”

“以前相亲的时候认识的。”陈伟揽住女朋友的肩膀，对叶繁星说，“这是我女朋友。”

“不错，挺漂亮的。”别说，这女人跟陈伟还挺有夫妻相的。

陈伟被叶繁星一夸，心里很得意，毕竟当初他被叶繁星弄得很没面子。

现在他还看不上她呢！

陈伟望着叶繁星：“一个人来这里吃饭？”

“跟我老公。”叶繁星看了一眼傅景遇和蒋森。两人听到有人叫她，也跟着停了下来。

“你老公？”想起上次叶繁星说她结婚了，陈伟赶紧看了过去，对她的老公是谁感到好奇，结果就看到蒋森和傅景遇在一起。

一开始看到蒋森的时候，他差点儿以为叶繁星的老公是蒋森，还忍不住愣了一下。蒋森虽然不如傅景遇长得那么好看，但是很端正，而且高大。

相比起来，刚刚到一米七的陈伟就显得有点儿矮小了。

然而下一秒，陈伟就看到叶繁星走到了傅景遇身边。

傅景遇问道：“谁？”

叶繁星介绍起陈伟的身份：“我妈之前想让我嫁人，给我安排的结婚对象。”

她也没瞒着傅景遇，这种事情没什么好瞒的。

傅景遇望着陈伟，整个人都不舒服了，叶母竟然想把叶繁星嫁给这种人？

他顿时就有点儿心塞，对叶繁星隐隐有些心疼。

陈伟看着叶繁星跟傅景遇的互动，发现叶繁星说的“老公”是坐在轮椅上的傅景遇不是蒋森的时候，松了一口气。

他比蒋森比不上，但总比傅景遇好吧？

叶繁星居然就是为了这种男人，才拒绝他的？

这简直要笑掉他的大牙。

他看着傅景遇，笑了笑道：“你好，之前就听叶繁星提过，今天终于见到了。”

说着他就对傅景遇伸出了手。

陈伟是在事业单位工作的，对待那些领导的时候都会很尊重。

然而此刻，他对傅景遇伸出手的样子并不是那么尊重，甚至有几分随意和轻视的意味。

傅景遇冷淡地望着这个男人。

他已经习惯了见人说人话、见鬼说鬼话的人，哪怕陈伟什么都没说，傅景遇也能感觉出来对方对他的不屑。

傅景遇淡漠地扫了陈伟一眼，并没有伸出手。

当然，别说握手，若是放在正式场合，这个陈伟连跟他说话的机会也是没有的。

傅景遇的冷漠，让场面有几分尴尬。

陈伟的手在半空中僵了一下，才尴尬地收回去，心中却有点儿生气，尤其他女朋友在这里。这人也太不给面子了。

哼，他上班的时候见过很多领导，也没见过像傅景遇这么傲的。

这叶繁星的眼光还真不怎么样，哪里认识的这种没有礼貌的人？

当然，因为傅景遇跟叶繁星的关系，他也不会把傅景遇的身份往深了想。

陈伟今天穿了一身博柏利，因为刚刚交上这个女朋友，总要在女朋友面前好好表现一下，花了一个月的工资买的衣服，总觉得自己比平时帅了不少。

他再看傅景遇，身上的衣服连个标志都看不到，也不知道是哪里买来的杂牌，对傅景遇就更加轻视了。

陈伟收回手，没再搭理傅景遇，而是看着叶繁星，阴阳怪气地说："你一个小女孩儿，什么都不懂，可别被一些乱七八糟的人骗了。"

"乱七八糟的人？"叶繁星望着陈伟，在她眼里，陈伟就是"乱七八糟的人"，忍不住笑了笑，"你是说你自己吗？"

"你……"陈伟有点儿生气。他的妈妈是南川的，叶繁星家里也是南川的，他跟叶繁星就算没成，也勉强算个同乡吧。

他劝她一句，她还这么不给面子。

陈伟气愤地说："没读过书的女人就是可怕。有这时间跟男人鬼混，我劝你还是多读点儿书吧！"

"哦。"叶繁星意味深长地应了一声，想起这位大哥可是双一流大学毕业的，惹不起。

她也不跟陈伟计较，不是有那么一句话嘛，"不与傻瓜论长短"。

他这么蠢，她还跟他计较，岂不是显得自己也傻了？

叶繁星对傅景遇说："大叔，我们去吃饭吧。"

她才不想在陈伟身上浪费时间。

傅景遇却没动，冷傲地望着陈伟："你跟我们家星星很熟？"

他特地强调了"我们家"这三个字，叶繁星可是他的人。

陈伟还在气头上，生怕叶家跟他攀上关系："不是很熟吧，之前就吃过一次饭。"

"既然如此，你凭什么在她面前说三道四？"傅景遇的眼神很不友善，刚刚他还只是淡漠地坐在那里，此刻全身却充满了肃杀之气。

陈伟本来就是因为不满傅景遇才出口奚落叶繁星，顺带转弯抹角地嘲讽傅景遇。

此刻听了傅景遇的话，他本能地想要反驳，看着傅景遇的眼神时，却忍不住顿了一下。

明明这个人坐在轮椅上，可不知道为什么，陈伟竟然产生一种对方比他还高的错觉。

这种感觉，他只在之前单位接待一位很大的领导的时候有过，只是傅景遇看起来很年轻，应该不会是什么领导吧？

虽然如此，陈伟还是没能说出一句抗议的话来，白白让傅景遇训了一顿。

他女朋友见状，赶紧拽着陈伟离开："我们先回去吧！"

她总觉得，这个傅景遇不像好惹的人……

一直到走出餐厅之后，陈伟才回过神来。

他竟然被别人一句话就吓成了这样？

跟在他身边的女朋友感叹道："那个男人刚刚好帅啊！"

虽然傅景遇坐在轮椅上，但他五官长得不错，要是能够站起来，简直不知道会帅成什么样。

不仅如此，就连跟在他身边替他打下手的蒋森也比陈伟帅了不知道多少。

女朋友的话，对陈伟来说简直像是火上浇油。

偏偏两人才认识几天，他也不敢多说话。

陈伟走后，叶繁星才看了一眼生气的傅景遇，讨好地道：“大叔，我们去吃饭吧？”

傅景遇看了一眼叶繁星试图过来牵自己的手，没搭理她，示意蒋森推着自己去餐厅。

叶繁星：“……”

陈伟是很讨厌，大叔生气也能理解，只是怎么连她也成被殃及的池鱼了？

叶繁星跟着走进包厢，走到冷冰冰的傅景遇身边坐了下来。傅景遇没理她，她委屈地问：“你怎么了？”

“生气。”傅景遇一脸傲娇。

“陈伟是很讨厌，可是我很无辜的啊！”他干吗突然连她的气也生？

傅景遇看了一眼叶繁星委屈的小眼神，终于开口说出自己生气的理由：“为什么你跟他一起吃饭的事情没告诉我？”

叶繁星说：“就上次去见我弟的时候，我不知道我妈也约了他……”

说到这里，叶繁星认真地抱怨起来：“菜还是他点的呢，结果他都没结账，直接就跑了。还是我用大叔给的钱结的账。”

抱怨的时候，叶繁星一直看着傅景遇，见他的眼神没那么冷漠之后，才做了个总结：“我就是觉得这种人没必要说给大叔听，免得伤耳朵。”

傅景遇望着叶繁星，她解释的时候，眼神里面有几分无奈之色，看得出来，跟陈伟吃饭并没有给她留下太好的印象。

她今天面对陈伟的态度，也说明了这一点。

傅景遇说："以后再有这样的事情，记得告诉我。"

他讨厌在她的世界里出入的那些乱七八糟的人，尤其像陈伟那样的，永远不想再看见那种人出现在叶繁星眼前。

更何况那种人竟然跟叶繁星相过亲？

叶繁星知道大叔是关心自己，点了点头："好，我知道。"

傅景遇这才满意地松了一口气，伸手把菜单拿了过来："吃饭吧！"

他就温和地说了几句话，叶繁星却感觉自己好像被学校的校长给训了一顿那么紧张。

难怪陈伟脸皮那么厚的人，被傅景遇一发火就吓得灰溜溜地走了。

叶繁星靠在傅景遇身边，小脸贴着他的胳膊，望着菜单上面的图片口水直流。一到吃饭的地方，她就变成了吃货，总觉得什么都想吃。

"想吃什么？"傅景遇看着叶繁星这副模样，忍不住翘了翘嘴角。

叶繁星说："都行，你决定就好，我不挑的。"

只要是吃的，她都觉得好吃。

傅景遇点好了菜，将菜单放了回去，叶繁星的脸还贴着他。

他以前不喜欢别人靠着自己，可现在被她这样靠着，却一点儿都不觉得厌恶，反而很喜欢被她这样亲近。

因为昨天叶母的事情，叶繁星的心情一直很差，直到今天见到傅景遇的爸妈，现在坐到这里之后，她整个人才放松下来。

傅景遇见她打了个哈欠，忍不住笑了："困了？"

"昨晚没睡好。"她一整夜就没有睡熟过，即使睡着了顶多一个小时就醒了。

叶繁星靠着傅景遇，突然想起结婚的事情："结婚还是之前定的那个时间吗？"

傅景遇说："是啊。"

叶繁星问道："那户口本的事情怎么办？户口本还在我妈那里。"

叶繁星有点儿郁闷，如果她跟傅景遇结婚，肯定要户口本，到时候她还得回去找叶母拿。

叶母昨天回去之后，就到处在找亲戚，让亲戚来劝她。

叶繁星今天一开手机就接到了好几个电话。

大家都知道她要结婚了，但都是劝她不要冲动的。

从亲戚们的反应，叶繁星已经大概想象到叶母是怎么说的了。

这时候她要是回家，叶母估计是不会给她户口本的，还只会阻止她再出现在傅景遇身边。

傅景遇说："我会让蒋森去拿，你放心。"

"这样好吗？"叶繁星说，"我妈的脾气……"

"我心里有数。"

她妈妈再过分，也就是个农村的女人，没上过什么学，懂的东西也不多。

他连穷凶极恶的罪犯都对付过，又怎么会被一个没什么见识的女人给为难住？

原本他是想好好和对方谈的，毕竟那是叶繁星的母亲，他想给叶繁星足够的尊重，让她能够礼数周到地嫁过来，但是现在看来，叶母并不吃这一套。

叶繁星觉得有点儿难受："你会不会觉得我妈妈很过分啊？"

自从母亲说了那些话之后，叶繁星觉得，她都没脸面对大叔了……

傅景遇低下头望着叶繁星，知道她在想什么："其实昨天的事情，我并不生气。"

"是吗？"叶繁星很意外。

她母亲昨天那么过分，大叔竟然不生气？

傅景遇说："你妈妈虽然态度不好，但她也是为了你好。的确，我现在这样，你嫁给我，换成任何一个正常的家长都会担心的，不是吗？"

那些都是一个正常人的反应。

叶繁星没想到大叔竟然是这样想的。

在那种情况下，他竟然还能站在她的立场为她考虑，她忍不住感动起来。

然而没等她说什么，傅景遇却又变了态度：“但是今天，我很生气。”

如果说他对叶繁星来说不是个很好的选择，那么陈伟是什么？

叶母竟然想把叶繁星嫁给那种男人。

他昨天还以为叶母是关心叶繁星，今天这个认知就被颠覆了。

对待什么样的人，就用什么样的方式，他也没必要再跟叶母用斯文人的方式了。

叶母今天还在江州市，自从知道叶繁星要结婚之后，她就没有睡好过。

今天一早就跑到市区来了。

叶繁星的父母都只是普通人，但是再不济的人，也有几个有钱亲戚。

叶繁星有个表姑，是叶父的姑姑的女儿。

叶爷爷以前是农民，但是他这个妹妹嫁得不错，后来生了个女儿，就是叶繁星的表姑，嫁得更不错，算是叶母能够找到的最大的靠山。

她昨天跟亲戚们说了一遍，大家都帮着劝了叶繁星，但没什么效果，到最后叶繁星直接关机了，可见已经是铁了心要嫁给傅景遇。

没办法，叶母今天起床之后，在各个亲戚家里转了一圈，晚上直接就到了叶繁星的这个表姑家里。

一进门，叶母就坐到别人家的沙发上抹起了眼泪。

孙晴是个心软的人，家里条件好，自小母亲也将她教得好，即使是南川这些亲戚找上门来，她也不会嫌弃什么的，都会热情地接待。

看着叶母哭，她道：“嫂子，你别哭了，有什么事情好好说。”

“唉，不就是星星的事情。”叶母叹着气道。

孙晴说：“星星怎么了？她上学的时候成绩不是挺好的吗？”

叶繁星的成绩在一中并不算是最好的，但是以前在南川小学和初中的时候，成绩一直很好，第一名就没跑过，所以亲戚们都知道。

叶母说："是啊！她是挺好的，可是现在……她不听我的话，非要结婚。"

孙晴皱眉道："那怎么行？她年纪还那么小，肯定是要多读点儿书的。"

她跟叶母不同，觉得女孩子读书很重要。

"是啊！她年纪小，所以不懂事，这也不怪她。主要是那个男人家里人太可恨，看我们星星好骗，就把她骗走了！你说如果是个正常人也就算了，偏偏那个男人坐在轮椅上。你说，要是他们把我们星星骗过去，这可怎么办？"叶母把所有的责任都推到了别人身上，也不提自己不让叶繁星上学，想让叶繁星嫁人的事情。

"怎么还能有这样的事情？"孙晴不悦地皱起了眉，"拐骗妇女是犯法的，星星还没到二十岁吧？"

"是啊，所以我就过来找你了，你看能不能帮我想想办法？"先给自己找个靠山，她就想看看，傅家拿什么跟她斗！

他们还想强娶她女儿？

她让他们一家人哭都没地方哭去！

"等潘哥回来我就帮你问问。"想到竟然有人敢打她表侄女的主意，孙晴也觉得生气，"那个男的叫什么你知道吗？"

"姓傅，叫傅景遇。"

她是听蒋森叫傅景遇傅先生，昨天跟傅家人吃饭的时候他们叫景遇她听出来的名。

"傅景遇？"孙晴皱了皱眉。

一听这个名字，她就下意识地想到了那位……

她之前跟潘哥出去吃饭的时候见过一次傅老，那次吃饭就见了傅老一面，连话都没说上，回来后潘哥都激动了很久。

至于傅景遇这个名字，她之所以印象深刻，还是后来听潘哥说的，说傅老的这个儿子出了事，受了伤，只能坐轮椅什么的……

潘哥说起这件事情的时候，很是遗憾，她也就记得这件事情。

现在突然听到叶母说起傅景遇这个名字，又说起坐轮椅，孙晴不免就想多了。

她看着叶母问道：“你确定是傅景遇吗？”

她并不怎么相信叶繁星要嫁给傅景遇这种事情，这怎么可能呢？

应该只是名字相同的人吧？

叶母说：“昨天去吃饭的时候，他们家里人说的，应该不会有错。”

“坐在轮椅上？你亲眼看到的？”孙晴问道。

一提起这个，叶母就气。

一个坐在轮椅上的男人，也就是一张脸好看一点儿，便想让自己的女儿给他当一辈子保姆，他想得倒美！

他还真以为靠脸就能够吃饭啊？

叶母气愤地说：“是啊！要不是我昨天亲眼见到，我就被星星那个傻丫头骗了。像这种骗人闺女的骗子，最不能放过了，所以晴晴，你一定要帮帮我。”

叫傅景遇的男人，又坐在轮椅上……难道真的是那位？

听说傅景遇十月份结婚，但是他的未婚妻因为他受伤的事情跑了。

不过最近大家又在提他结婚的事情，好像新娘换了人，难道新娘就是叶繁星？

天哪！

如果是这样……

孙晴有点儿不敢往下想了。

傅家那位，竟然娶了她的表侄女？

孙晴看着叶母，并不敢立马确定：“你说的应该是傅景遇。”

“对，就是他！”叶母现在对这个名字简直是恨之入骨。

孙晴很想说：如果他真的要娶你女儿，你就偷着乐吧！

但她又不确定真的是那个傅景遇。

她看着叶母，说：“这样吧，嫂子，你先回去，我晚上问问潘哥，问完了再告诉你，好吗？”

这种事情没有确定之前不能乱说，她得跟潘哥打听打听。

叶母无奈地道："好吧！您可千万别把这件事情忘了。"

"好，等有了结果，我再告诉你。"

叶母从潘家出来后，安心地回了家。

想起孙晴跟她老公说了这事后，傅景遇一家人都要倒霉，叶母心里顿时爽快了。

第二天上午，叶母在火锅店里正忙着，叶父给她打了电话过来，她便急急忙忙地赶回了家，看到蒋森坐在自己家的沙发上，与蒋森一起来的还有律师。

叶母想到有孙晴撑腰，现在腰杆直得很，看到蒋森很是不屑："你来做什么？"

蒋森保持着礼貌说道："叶繁星小姐上学要户口本，我过来替她拿。"

"户口本？"叶母不屑极了，"你是想拿她的户口本去登记吧？我告诉你，你想都不要想。我是不会把我女儿嫁给那个残废的。"

尤其是傅景遇自己不来还让蒋森来，叶母怎么看都认为他是心虚。

蒋森一听到"残废"两个字，脸色就冷了下来："张女士，希望你说话注意点儿。"

蒋森的语气很强横。听到叶母这样说傅先生，他有想要打人的冲动。

这个女人知道什么？

她有什么资格这样说傅先生？

叶母看着蒋森冷漠的样子，心虚了一下，但一想到孙晴，立马又变得胆大起来："你别摆出这副样子来吓我，我告诉你，我才不怕你！我已经去找了上头的人，很快就有人来收拾你。"

蒋森无奈地摇了摇头。

原本他今天过来是想给叶父叶母一点儿钱——他们看得出来，叶母是个很看重钱的人，否则不会想把叶繁星嫁给陈伟那么一个人。

然而现在蒋森改主意了。

对这个处处对傅先生言语攻击的女人，他完全不想客气。

他看了旁边的律师一眼："你来跟她说。"

像这种女人，最好是一无所有，一点儿好处都没有才好，直接让叶繁星跟她断绝母女关系，以后她想从傅家拿好处的机会都没有。

把事情交给律师后，蒋森就走了出去。

他在外面等了大概五分钟，律师就被叶母赶出来了，她手里还拿了把扫帚："滚！还想来吓我，以为我是被吓大的？"

律师看了蒋森一眼，无奈地摇头道："跟她说了，她也不懂。"

蒋森看了一眼恶狠狠的叶母，俨然就是一个没见识的女人："说过就行了，我们先回去吧！"

反正他也是公事公办。

蒋森刚走，叶母就给孙晴打了电话："晴晴啊，今天他们家的人又过来了。还有那个叫蒋森的，找了个律师来吓我，说我不把星星的户口本给出去就要告我，简直是无法无天，你可一定要帮帮我……"

刚刚跟潘哥确认完傅景遇的身份的孙晴："……"

她刚刚正准备给叶母打电话。潘哥今天才回来，她问了一下这个问题，结果潘哥说，没见过傅景遇，也不敢确定，但知道傅景遇身边有个助理叫蒋森……

现在听到叶母说到蒋森，孙晴正好可以确定了，再一听叶母直接把人扫地出门了，更是不知道说什么才好了。

孙晴在电话里道："嫂子，这件事情你让我管，我也管不了啊！"

"什、什么情况？"叶母不是很明白。

在她眼里，孙晴家里就是最有地位的了。

孙晴要是管不了，那……那怎么办？

"你知道傅景遇是谁吗？你知道他们家是做什么的吗？"

"不知道。"叶母哪里知道这些？

孙晴说："你们南川那个别墅区你知道吧？"

孙晴知道，说远的叶母也不懂，所以跟她说近的。

叶母点头："知道啊！"

那片别墅修得很漂亮，然而南川当地的人只能看一看，以他们的经济能力，一辈子都买不起那别墅。

"南川的别墅，就是傅景遇的姐夫开发的。"孙晴的话里有一种恨铁不成钢的语气。

换成别人知道是傅家娶自己的女儿，早就去抱大腿了！

结果叶母不但没有抱上大腿，反而把人给得罪了。

叶母听完孙晴的话，直接傻了，有些慌地问道："那我怎么办啊？"

"你赶紧去跟人道歉，把人哄回来啊。"

叶母这边还没挂电话，脚已经飞快地迈了出去。蒋森和律师正准备上车离开，叶母赶忙跑了过去："小哥，等一等。"

蒋森停下来望着叶母，现在正在气头上："还有什么事？"

她不会是觉得刚刚的不够，还想来找麻烦吧？

如果是这样，蒋森真的会对她不客气的。

他也是心疼叶繁星，有个这样的妈。

叶母用一种讨好的语气说道："那个……刚刚不好意思，是我弄错了。你不是要星星的户口本吗？我这就去给你拿。回头你让人送回来就行，或者我直接去江州市拿。"

蒋森皱了皱眉，刚刚把他们赶出来、说什么也不同意婚事的叶母，突然变得这么客气？

这是什么意思？

蒋森忍不住看向一旁的律师，律师也是一脸茫然。

叶母见蒋森站着，说："你等等，我这就去给你拿户口本。"

我的天哪！

听到孙晴说傅景遇的姐夫是那片别墅的主人之后，叶母整个人都惊呆了。

以前她想把叶繁星嫁给陈伟，是因为陈伟家里有两套房。

但那两套房跟她没什么关系的。

现在不一样，如果叶繁星跟傅景遇在一起，说不定她还能分到一幢大别墅呢！

想到这里，叶母开心极了，也不管这样丢不丢脸了。

蒋森也不是傻的，大概猜到了叶母转变的原因，只是不明白她是怎么反应过来的。

按理说她不应该这么机智吧！

他拦住准备去拿户口本的叶母："不用了，户口本我现在不要了。"

"为什么呀？"叶母说，"就算星星上学不要，以后他们结婚也是要的，对吧？"

"你就不怕我们拐你女儿？"

"我之前以为你们是坏人，说话不好听，都是误会。你等着，我就去拿。"叶母讨好地说着，脸上的笑容也很灿烂。

蒋森沉着脸，冷冰冰地道："刚刚我要的时候你不给，现在你想给，我还真不要了。"

叶母脸色很尴尬，然而就算蒋森这么对她，她也没生气："小哥，你别生气啊，是我不懂事，我们星星在你家还要你多多关照呢。"

想起她吃饭的时候对傅家人一通羞辱，叶母现在是肠子都悔青了，千万不要影响到傅家人对她家星星的看法才是。

蒋森冷冷地看着眼前这个翻脸比翻书还快的女人，不知道说什么好。

叶母赶紧拿起电话打给叶父，让他把户口本拿下来。

很快叶父就拿着户口本下来了，蒋森看了对方一眼，硬是没要，直接走了。

他也是有脾气的，这个女人先前那么羞辱傅先生，他可不会这么轻易就放过她。

第四章

全世界最好的他

叶繁星今天在打工，想到蒋森要去给自己拿户口本，心里担心得很。

母亲的脾气那么差，在傅家人面前都能说出那样的话，她应该不会给蒋森好脸色吧？

有个这样的母亲，叶繁星也觉得心累得很，就想赶紧结束工作去问问情况。

然而她还没下班，叶子辰的电话就打了过来："姐。"

"干吗？"叶繁星这两天接的电话太多，有点儿情绪，总觉得叶子辰也是母亲派来的说客。

重点是，如果母亲真的关心她就算了，偏偏阻止她嫁人只是为了让她嫁给陈伟。

叶子辰说："你在哪里呢？我过去找你。"

"怎么，又把妈带过来？"估计叶母见到她又会一阵哭闹，过分一点儿说不定还会把她绑回家。

叶繁星想想都觉得烦了。

"不是，妈让我把户口本给你，你不是要上学了吗，总要户口本的吧？"叶子辰说，"就我一个人，妈没来，放心，这次不会坑你了。"

他今天本来在跟队友打游戏，硬是被母亲揪了出来，让给叶繁星送户口本。

叶子辰也觉得奇怪，母亲阻止叶繁星嫁人都来不及，突然间怎么对叶繁星这么好了？

叶子辰过来的时候，不光带了户口本，还有一些家乡的小吃，装了满满一袋子，递给叶繁星："喏。"

叶繁星看到他把户口本拿过来，打开看了看，还真的是……

她很意外。母亲真的把户口本给她了？还让叶子辰亲自送过来？

叶子辰把一袋小吃递给叶繁星："这个也给你。妈让我给你带的，说你喜欢吃这个。"

小时候叶繁星就喜欢吃这些，偶尔母亲买回来，她是最开心的。

自从知道母亲不让自己上学，叶繁星开始抗议之后，母亲就没给过她好脸色，可现在不但送了户口本，还给她买小吃？

叶繁星说："妈没病吧？"

叶子辰摇头，也不明白："不知道她的。昨天回去的时候她还很生气，一直在跟亲戚们说你的事情，吵得要死，结果今天她突然就变了态度。对了，她还让我跟你说……看看什么时候方便，约我姐夫一家人吃个饭，她请客，为那天的事情道歉。"

"……"叶繁星听完感觉有点儿意外，但还是有点儿生气，忍不住吐槽道，"她现在想赔罪？来得及吗？"

那时候傅家人的态度那么好，母亲不给面子，把大家弄得很难堪，还伤了人家的心。

现在倒好，她知道来道歉了。

叶子辰说："不管来不来得及，妈现在改变态度，对你来说也是好事，对吧？"

这总好过母亲四处跟亲戚们说叶繁星和傅景遇的坏话吧！

叶繁星说："知道了。"

她看了看外面的天色，又看向叶子辰："你呢？这么晚过来，今天不回去了？”

“没事，找家酒店住一下。”叶子辰说，“我本来想到这边来的，就是爸妈一直不同意。”

他是真的不想上学，想过来这边，然而跟家里还没有沟通好。

叶繁星道：“那我给你点儿钱。”

“不用了。”叶子辰说，“你每天打工也挺辛苦的，我有钱，妈给我了。那我先走了。”

来的路上他约了战队的朋友，急着去见人。

晚上，叶繁星拎着叶子辰给她拿来的小吃和户口本回到了家，傅景遇和蒋森都在。

“大叔。”叶繁星把小吃放到一旁的桌上。

傅景遇严肃地皱着眉道：“你今天回来晚了。”

他正准备让蒋森去接她。

叶繁星说：“今天工作结束得有点儿晚。”

她在店里工作，所以下班会比较晚。

“以后不要找这么晚的工作。”他虽然不阻止她去打工，但并不放心她一个小女生半夜三更还在外面。

叶繁星说：“我尽量。”

她走过去，穿着凉鞋的脚很白，脚趾很好看，一双长腿骨感……

叶繁星的腿形很好看，让人遐想，傅景遇盯着她那一双长腿，忍不住皱了皱眉。

叶繁星看到一旁的蒋森，说：“蒋先生，你今天去我家里，是不是给我妈钱了？”

蒋森说：“没有。”

叶繁星把户口本拿出来给他们看了一眼：“这是我妈让我弟给我送过来的，我就怕你们给她钱了。”

蒋森大概也猜到叶母会这么做。

他望着叶繁星道：“我们今天去的时候，她直接把我们赶出来了，后来不知道为什么，好像知道了傅先生家里的情况，就追出来了，想让我把户口本拿回来，我没要。”

“……”蒋森的话，让叶繁星有些尴尬。

他只是说了事实，她母亲的本性却暴露得很明显。

之前母亲那么反对婚事，也不是因为她，只是因为钱的问题。

现在母亲知道傅家有钱了，态度就变得这么明显。

蒋森说：“既然拿回来了就算了吧！”

他原本还想着给叶母一点儿颜色瞧瞧，但毕竟那是叶繁星的母亲，户口本也拿到了，总要给叶繁星留一点儿面子。

蒋森走出去后，叶繁星把包放了下来，去洗手间洗手。

她看着镜子里的自己，心情很是沉重。母亲的所作所为让她觉得既尴尬又扎心，心情也跟着变得低落起来。

洗完手出来，她就看到傅景遇坐着轮椅等在门口。

他黑色的眸子望着叶繁星，见她脸上还挂着水珠，他关心地问道：“哭了？”

“没有。”叶繁星说，“我哪里这么容易哭，刚刚洗了把脸。”

傅景遇温柔地看着她：“过来。”

他每次这样说话，叶繁星都会有一种心脏怦怦跳的感觉。

她小心翼翼地靠近，走到了傅景遇面前，怕他担心自己，把脸上的水珠擦掉了：“你看，我真没哭。”

傅景遇望着叶繁星，说：“你妈是你妈，你是你，你不要有心理压力。”

叶繁星点头：“嗯。”

傅景遇低下头，目光落在她光着的两条腿上：“你白天就穿这样出去？”

叶繁星望着自己身上的短裤，现在是夏天，大家都这么穿：“怎么了？”

“以后不准穿这么短的裤子。”傅景遇像个家长似的，严厉得很。

叶繁星说：“现在热，街上大家都这样穿啊！”

“别人我管不着，你不行。”傅景遇一副没的商量的语气。

叶繁星说："我走出去很热的。"

在空调房里不觉得，但她每天出去的时候，都热得要死。

"你要是实在觉得热，我可以让蒋森接送你。"一个女孩子光着腿在外面走来走去像什么话。

"……"叶繁星望着态度坚决的他，只好答应下来，"好吧。"

傅景遇看了一眼叶繁星委屈的模样，问道："怎么，不高兴？"

"没……没有啊。"叶繁星说，"我以后不穿了。"

听到她这么说，傅景遇才认同地点了点头："去洗澡吧，不早了，今天早点儿休息。"

"嗯。"

叶繁星洗完澡出来，看到傅景遇在她的房间里，问道："大叔，你不睡？"

他不是让她洗澡睡觉吗，他竟然还在这里？

傅景遇看了叶繁星一眼："你睡了我再走。"

"啊？"叶繁星说，"你还是早点儿去睡吧！"

他在她也睡不着啊！

傅景遇望着叶繁星："有意见？"

"……"叶繁星哪敢有什么意见？

"那我睡了？"

"头发。"傅景遇望着她没有擦干的头发，"不擦干了睡觉，你想生病吗？"

他说了好几次，叶繁星总是记不得。

叶繁星说："擦起来太麻烦了。"

她的头发长，每次都要弄很久，烦得很。

傅景遇望着她："拿来，我帮你擦。"

"……"

叶繁星把毛巾拿了过来，递给傅景遇："真的很麻烦的。"

"我不怕麻烦。"

叶繁星坐在他面前，感觉有大叔在，好幸福。

她翻看了一下手机，傅景遇一边帮她擦头发，一边问："你以前都是这样直接睡的吗？"

"现在天气热嘛，头发很快就干了。"她有时回来太累了，是真的会偷懒。

傅景遇望着坐在自己面前的叶繁星，认真地帮她擦着头发。在呵护她这件事情上，他很有耐心，也不怕麻烦。

傅景遇有些无奈："你也太不把自己的身体当回事了，下次要嫌麻烦，直接找我。"

"可以吗？"叶繁星不敢相信，能找大叔帮自己擦头发？

虽然她怕麻烦，可让他帮忙，她也开不了这个口啊！

傅景遇说："我不怕麻烦。"

叶繁星笑了一声。

傅景遇沉声问道："笑什么？"

"就是想起以前在南川刚见你的那两次，我压根没想过，大叔有一天会帮我擦头发。"那时候的傅景遇看起来多冷漠啊！

可是现在，就算他跟她说话的时候表情很严肃，她也觉得无比甜蜜。

傅景遇说："我是怕你病了，懒得照顾你。"

"那如果我病了，大叔还不是要照顾我？"他虽然嘴上嫌麻烦，但真到她生病的时候，他却会比谁都耐心地照顾她。

很快，傅景遇就帮她把头发擦干了，把毛巾放下来："去睡吧。"

叶繁星突然握住了他的手："大叔。"

傅景遇望着叶繁星没有出声，叶繁星望了一眼他的脸色，变得紧张起来："我今晚可以跟你一起睡吗？"

傅景遇说："自己睡吧。"

"可是我想跟你一起睡啊！"叶繁星说，"我们不是都要结婚了吗？睡在一起有什么不好？"

反正傅景遇又不会欺负她。

她在傅家的时候是跟傅景遇一起睡的，但每次一回来他就跟她生疏起来。

傅景遇说：“我不喜欢跟别人睡。”

“我也不喜欢。”叶繁星说，“可是在你身边，我觉得很安心。”

她就想找机会跟傅景遇多聊聊天。

傅景遇望了她一眼，皱眉道：“不知羞。”

“……”

不等叶繁星说话，他又道：“我去睡了。”

原本还说要等她睡着才走的，他直接就逃了。

叶繁星：“……”

傅景遇出去后，叶繁星躺在床上，想起大叔那句话，脸一阵一阵地发热。

她只是让他跟自己睡，单纯睡觉而已，他居然这么说她，有点儿过分啊！

叶繁星拿出手机，望着大叔的微信头像，忍不住发了条消息过去：“大叔，你睡了吗？”

她知道傅景遇平时睡觉前是不爱看手机的，就没指望他会回复。

结果他很快就回了过来：“还不睡？”

叶繁星说：“睡不着。大叔，我唱歌给你听怎么样？”

傅景遇：“……”

他觉得叶繁星最近真的有点儿欠收拾了。

一次一次地撩他，她是真的以为他不行，所以肆无忌惮对吧？

但是想起她平时说话的声音，听到她说唱歌给自己听，傅景遇经不住诱惑地回了个字：“嗯。”

叶繁星清了清嗓子，按了语音，给他录了一段歌。

以前学校有活动的时候，她还参加过节目，唱过歌，对自己的歌声还挺有自信的。

叶繁星的声音是很轻很软的那种，这首歌被她哼出来，有一种很勾人的感觉，傅景遇刚刚听完，就感觉自己的身体变得紧绷绷的。

“大叔，我唱得好听吗？”叶繁星一点儿都没有自觉，还在微信上打字询问道。

傅景遇望着她头像上面的小猫咪，眼里充满了危险的气息，那是一个男人对一个女人的渴望。

见他迟迟没有回复，叶繁星又问了一句："大叔？"

之后，傅景遇都没再回她消息，叶繁星估计他是睡着了，只好跟着睡了。

第二天，叶繁星起来的时候，看到傅景遇在餐厅吃饭，走了过去："大叔，早。"

傅景遇看了她一眼，没有出声。

他现在心情不是很好……

叶繁星说："你昨晚那么快就睡着了啊？我跟你说话，你都没回我。"

听着她的小声抱怨，傅景遇抬起头来看着她："你昨晚玩到几点？"

他又是那副教训人的口吻！

叶繁星知道，他最不喜欢自己一直在床上玩手机，吐了吐舌头："你睡着我就睡了，没有玩很久。"

一夜没睡的傅景遇望着叶繁星，心情很是复杂。

"我唱歌好听吗？"没有得到他的夸赞不死心的叶繁星又问了一句。

"不好听。"傅景遇沉着脸说，"以后别在外面唱了，丢我的人。"

被损得一无是处的叶繁星难过了两秒，看着傅景遇："那你唱给我听？"

"……"傅景遇懒得接话。

两人安静地吃了一会儿早餐，叶繁星道："大叔，你今天是不是要去做检查？"

"是。"

“我陪你去吧。”

“你不打工？”

“我今天休息。”她现在都是打零工，随时可以休息。

傅景遇望着叶繁星：“你确定不是想偷懒？”

“……”叶繁星，“我专门为了陪你请的假好不好？”

傅景遇说：“那更不用了，我不会给你工资的。”

“……”叶繁星也不傻，看得出来傅景遇是故意不让自己去。

据说他每次去做检查，连傅家人都不让跟着，可能是怕身边的人为他难过，也可能是自尊心作祟，不想让身边的人知道他狼狈的模样。

“可是我想去。”

“不用，我自己去就好。”

“不要我去我就不嫁给你了！”

傅景遇的脸黑了：“你敢！”

因为叶繁星的死缠烂打，后面傅景遇去医院做检查的时候还是把她带上了。

老实说，他长这么大，除了三岁以前的顾雨泽，还没有人敢这么黏他。

他是拿叶繁星没办法，才带她一起去的。

只不过一到医院，他就把叶繁星留在休息室里，自己去做检查了。

纪明远穿着白大褂，望着最近情绪明显好了很多的傅景遇，道：“最近晚上睡觉的时候腿很疼吧？”

“嗯。”傅景遇的表情很复杂。

纪明远说：“这是好事，虽然可能会花些时间，但会好起来的。”

之前有一段时间傅景遇的腿是毫无知觉的，所以大家都以为他以后再也站不起来了。

蒋森站在一旁，听到纪明远的话很高兴。

傅景遇看起来倒是很平静。

纪明远咖啡色的眸子看向傅景遇：“怎么，不高兴吗？”

“还好。”自从受伤之后，经历太多事，现在他反而有点儿麻木了。

“如果叔叔阿姨知道了，肯定会很高兴。”

傅家就傅景遇一个儿子，傅景遇的爸妈都很重视这个，纪明远也知道。

傅景遇说：“先别告诉他们。”

“好吧。”纪明远看了一眼傅景遇。

傅景遇这个人心思一向深沉。

他跟傅景遇是高中同学，后来一起工作，跟傅景遇走得也近，但就算如此，他也不太敢在傅景遇面前太过放肆。

苏家对北区那块地盯了快两年的时间，眼看就要到手，前些天被傅景遇直接抢走了，没人知道他用了什么手段。

据说这件事情气得苏父几天没能下床。

此刻傅景遇云淡风轻地坐在这里，好像一个好人一样，然而他的手段有多狠辣，了解他的人才会知道。

做完检查，纪明远送傅景遇出来。叶繁星原本在休息室里等他们，但毕竟是小孩子，等了一小会儿叶繁星就出来找他们了。

她正盯着门上的牌牌找地方，就看到了傅景遇。

大叔还坐在轮椅上，被蒋森推着，纪明远跟他们在一起。

“大叔。”一见到傅景遇，她那双黑眸就亮了起来，像是看到了黑暗中唯一的光。

她走到傅景遇面前：“你们都检查完了吗？”

傅景遇说：“嗯。”

两人打招呼的时候，纪明远站在一旁不动声色地看着他们。

从叶繁星眼里的惊喜，到傅景遇眼中的包容，纪明远看得一清二楚。

平时傅景遇过来，身边连个家人都不带，今天他却带了这个小丫头……

尤其是这个小丫头竟然叫傅景遇大叔？

拜托，傅景遇才二十七岁啊，竟然被人这么叫……

再看傅景遇，他却好像很享受这个称呼。

纪明远也是个眼尖的人，看得出来这个小丫头的待遇不一样，即使已经猜到了她的身份，还是忍不住想套个近乎：“这位是？”

“我太太。”傅景遇开口，语气颇有一种自豪的味道。

纪明远还从来没见过他什么时候这么着急地想把一个女人介绍给别人认识。

傅景遇跟苏琳欢订了婚之后，大家都知道苏琳欢未来会嫁给他，但是走出去他也从来不主动介绍苏琳欢。

倒是苏琳欢恨不得让人知道她和傅景遇的关系，介绍得很主动。

纪明远望着叶繁星，礼貌地道：“你好，傅太太。”

纪明远很是礼貌。他是那种长得很温润如玉的人，再加上他是医生，看起来很从容。

叶繁星瞥了一眼他胸前的牌子，虽然这个纪医生把她叫老了十岁，但她还是礼貌地笑了笑，问道：“您好。大叔的情况怎么样？”

纪明远看了一眼傅景遇，傅景遇的表情很是严肃，看起来是不打算跟叶繁星说的。

纪明远笑了笑：“还好。”

他回答得不清不楚的，叶繁星也没听懂。

她还想再问什么，傅景遇说：“我们走吧。”

“哦。”叶繁星只好跟着傅景遇离开，走之前还有点儿不死心，跟纪明远挥了挥手，“纪医生，再见。”

打好关系，下次她正好可以打听一下傅景遇的情况。

叶繁星属于看起来一般，但笑起来整个世界跟着亮起来的那种人。

就连纪明远也被她这笑容弄得有点儿恍惚，瞬间有点儿明白傅景遇为什么被这个穿得很普通的小丫头给勾成这样了。

他还没来得及想太多，就听见傅景遇咳了一声。

看到叶繁星那副笑嘻嘻的模样，傅景遇就跟喉咙卡了鱼刺一样不舒服。

蒋森也看出来了，没想到他家傅先生还是个醋桶，催促道："叶繁星，快点儿。"

"我来了。"

叶繁星小跑两步跟上了他们。

车子在外面，傅景遇到了车上，叶繁星也跟着在他身边坐了下来。

她望着傅景遇："大叔，我们现在去哪里？"

傅景遇没说话。

叶繁星发现他的表情很严肃，不知道在想什么，问道："你怎么了？"

蒋森坐在前排，有点儿无语，她还问怎么了？

傅先生还不是被你惹生气了？

好好的你跟纪明远打什么招呼？

这下看你还怎么哄。

偏偏叶繁星还没发现傅景遇在生气，到了车上，她整个人就放松下来，往傅景遇肩膀上一靠："好困。"

她在等傅景遇的时候等得打瞌睡，才想到跑出去找他的。

傅景遇原本是有点儿不舒服的。他这个人不但霸道，占有欲也很强，尤其是现在对叶繁星上心之后，见她跟其他男人多说一句话心里都不是很舒服。

当然，这种不舒服只是他的小情绪在作祟，还没上升到嫉妒的地步。

所以当叶繁星整个人靠上来，他身上那种冷冰冰的气场就瞬间消失得无影无踪了。

别人哄他，费尽心思还哄不好，但在叶繁星这里，她哄他就好哄得很。

蒋森看着傅景遇明显变了的脸色，恨不得给叶繁星点个赞。

他感觉以后傅景遇再生气，只要把叶繁星拉出来遛一遛就行了。

吃饭的地方约在酒店里，叶繁星跟在傅景遇身边，问道："我们在这里吃饭啊？”

傅景遇说：“嗯。”

“听说这里的东西最不好吃了，又很贵。”叶繁星觉得有点儿浪费。

蒋森说：“吃饭的地方是别人订的，您老就将就着吃吧！”

他们出来吃饭都是谈工作，哪里还管东西好不好吃呢？

下一秒，他却听见傅景遇说：“下次让他们换个地方。”

“……”蒋森恨不得给个白眼。傅先生，您就算宠老婆，宠成这样也过分了啊！

结果他们刚从电梯里出来，就看到顾雨泽和赵嘉淇从另一边的电梯里走出来。

“星星，傅叔叔。”虽然之前被傅景遇训过一次，但赵嘉淇似乎并没有什么怨言，在傅景遇面前还是很礼貌的样子。

她不傻，如果她跟傅景遇结了仇，还对傅景遇爱搭不理，那么以后她如果想嫁给顾雨泽，简直是难上加难。

顾雨泽将目光落在叶繁星身上，淡淡地看了一眼之后，跟傅景遇打招呼道：“舅舅。”

傅景遇应了一声，因为赵嘉淇在场，并没有过多表态。

蒋森道：“你们怎么在这里？”

“过来吃个饭。”赵嘉淇微笑着跟蒋森打招呼，“蒋叔叔好。”

蒋森对她并不太热情。

他是知道的，傅景遇不喜欢赵嘉淇，而他作为傅景遇的人，当然也要揣摩自家主子的喜好，免得惹得傅景遇不高兴。

叶繁星看着顾雨泽和赵嘉淇，像没看见一样。

顾雨泽开口：“小舅妈好。”

这是他第一次这样跟叶繁星打招呼，叶繁星忍不住白了他一眼。他这是有病？

之前打死他他也不叫的，现在这是怎么了？

顾雨泽没有错过叶繁星眼中的那抹惊诧之色，嘴角不自觉地扬了扬。

赵嘉淇望着叶繁星，无比热情地说：“星星，快开学了，开学的时候我们一起去报名吧？”

叶繁星说：“不用了。”

跟这个女人一起去报名？除非她脑子坏掉了。

即使叶繁星一副冷漠的样子，赵嘉淇也并未死心：“星星，之前的事情我都知道错了，看在以前我们的感情上，你就原谅我，好不好？”

她说得好像她只是不小心犯了错，不是故意要伤害叶繁星的。

叶繁星以前跟赵嘉淇还好的时候，就总是相信对方，觉得赵嘉淇是个好人，可是现在……

她扬了扬嘴角道：“想要我原谅你？好啊！等你把头发剃光表示一下诚意，我就原谅你。”

她这么说当然是故意刁难，赵嘉淇不可能真的去剃发。

赵嘉淇看着叶繁星，尴尬地道：“星星……”

“别这么叫我，我们不熟。”

傅景遇望了一眼顾雨泽和赵嘉淇，对蒋森说：“我们也走吧。”

顾雨泽望着叶繁星的背影，发现自己现在中毒很深，哪怕叶繁星这样冷冷地说话，他都觉得她帅爆了。

他最近越来越后悔之前跟叶繁星提分手的事。

赵嘉淇看着叶繁星踱踱的样子，有点儿生气，忍不住想说叶繁星的坏话：“你看她这样，显然是不想原谅我。”

顾雨泽却并不像平时一样好糊弄，挑了挑眉，语气淡漠地道：“不是你自己说的，她很好哄吗？”

他这句话堵得赵嘉淇不敢多说一句叶繁星的不好了。

叶繁星跟着傅景遇进了包厢，请傅景遇吃饭的人已经到了，是个胖胖的男人，身边还跟着一个高高瘦瘦的助理。看到傅景遇，胖男人忙走过来，卑躬屈膝地跟傅景遇握手：“傅爷好。”

周围知道傅景遇但又不太熟的人都会尊称他一声傅爷，不是因为他年纪大，而是因为他的身份摆在那里。

胖男人早就听说过傅景遇的名字，然而亲眼见到傅景遇的时候，还是有点儿意外。

没人能想到，傅景遇看起来竟然这么年轻。

傅景遇说："叫名字就好。"

"哪里哪里。"胖男人道，"都是应该的。"

能够跟傅景遇吃饭，他感觉无比荣幸。

蒋森推着傅景遇坐到餐桌旁，叶繁星跟着坐了下来。

叶繁星穿得普通，胖男人对她也就没太在意。

今天知道是请傅景遇吃饭，他还专门安排了个年轻漂亮的女孩子作陪。

在来之前，张总就交代了女孩子要好好讨好傅景遇，所以女孩子也很礼貌："傅爷好。"

这个女孩子长得很漂亮，看起来好像是大学生，穿得很时尚。

叶繁星默不作声地坐在一旁，望着张总送给傅景遇的这个美女，都有点儿羡慕大叔了。

他出来吃个饭，也有人送美女。

傅景遇望了那个美人一眼，目光并没有过多停留，仿佛对方根本不存在一样。

女孩儿讨了个没趣，却只是笑了笑。

听说这些大人物都喜欢摆架子，她心里有数，而且对自己的颜值很有自信，也不着急。

坐了一会儿，张总的目光才落在穿得很普通、几乎没什么存在感的叶繁星身上："这位是？"

叶繁星想到张总都给傅景遇送美女了，如果自己这时候说出她跟傅景遇的关系，说不定会让张总感觉很尴尬，于是敷衍道："不用管我，我就是个蹭饭的。"

傅景遇看了叶繁星一眼，没说什么。

张总也就没把叶繁星放在心上，招呼服务员过来点菜。

坐在张总身边的女孩儿站了起来，给大家倒茶。

看得出来，她是受过专门培训的，动作很优雅，看起来很赏心悦目。

她走到傅景遇身边，帮傅景遇添了茶，还专程给傅景遇介绍了一下今天喝的茶。

喝个茶还挺有研究，跟讲课一样，一套一套的，叶繁星听了半天一句没听懂，只希望美女赶紧倒完傅景遇的，给自己倒一杯。

现在天热，她还没进门就已经很渴了。

傅景遇像是知道叶繁星在想什么，端起杯子，并没有急着喝，而是递给了叶繁星。

“谢谢大叔。”叶繁星端过杯子，喝了一口被美女吹上天的茶，感觉跟一般的茶没什么区别。

毕竟她从来不会喝什么茶，对这些也没什么研究。

女孩儿看着傅景遇，有些惊讶，没想到他看起来冷冰冰的，竟然……还挺绅士的，懂得照顾身边的女士，哪怕叶繁星看起来很普通，也不像是什么重要人物。女孩儿对傅景遇的好感顿时多了不少。

她重新给傅景遇倒了一杯茶，然后坐回了位子上。

叶繁星望着这位美女，主动开启了话题：“这位姐姐看起来好像对茶道挺有研究的。”

美女笑道：“我大学上的就是茶学专业。”

“竟然还有这个专业？”叶繁星很惊讶，还是第一次听说。

女孩儿笑了笑。通常喜欢喝茶的人都很讲究，比如傅景遇这种人……

她没想到叶繁星竟然听都没听过这个专业，顿时觉得有点儿可笑。

她望向傅景遇：“听说傅爷对茶很感兴趣？”

张总专门找她，就是为了投其所好，同时也能显得她跟其他女孩子不同。

毕竟傅景遇的眼光高，他不一定能看上一般女孩子。

傅景遇说：“还好。”

张总在一旁哈哈笑道：“傅爷是高雅人士，不像我这种大老粗，什么都不懂。”

女孩儿望着傅景遇：“不知道有没有机会请傅爷喝茶？”

她这个喝茶，就是专门喝茶的意思。他们这些人，喝茶能够喝上整整一下午。

傅景遇望了一眼女孩儿：“再说吧。”

他的话一直很少，除非谈到工作的时候他才会多回应两句。

很快侍应生就上了菜。他们吃的是西餐，这也是叶繁星第一次吃西餐，难免有些笨手笨脚的，与坐在她对面的那个美女比起来，简直就是天差地别。

美女意味深长地笑了笑，虽然不知道这个女孩儿跟傅爷是什么关系，但是很佩服她的勇气，竟然敢跟傅景遇坐在一起吃饭。

叶繁星也觉得丢人得很，偏偏对面坐着的小姐姐一举一动完美得就像是教科书一般的存在，衬得她更是笨拙，让她忍不住在心里感叹：人与人的差距怎么这么大！

傅景遇看了叶繁星一眼，突然靠过去，从身后握住她的手，耐心地道：“这样，这只手用点儿力。”

他与叶繁星隔得很近，两人的样子看起来格外亲昵。

张总和美人看到这一幕，都有点儿惊讶。

傅景遇进来后就一直是不冷不热的态度，虽然该有的礼貌他都有，但身上那种距离感一直没有消失过。

然而对待叶繁星的时候，他仿佛变了一个人。

看着叶繁星笨手笨脚的，他不但没有嫌弃，竟然还亲自教她？

一瞬间，刚刚还觉得叶繁星笨的美人都有点儿后悔了。

早知道是这样，自己干吗要表现得这么好？

说不定她表现得笨一点儿，傅爷也会耐心地教她呢！

叶繁星原本觉得无比尴尬，毕竟大家都会，只有她是第一次用西餐，也没有人专门教过，好像有点儿丢人。

然而现在大叔这样耐心地教自己，她那种丢人的感觉就消失，完全被幸福感取代。

她看向傅景遇的侧脸，脸颊红了红："谢谢大叔。"

她一笑起来，露出整齐的白牙和浅浅的酒窝，看起来比刚刚的女孩儿亮眼了不知道多少倍。

张总望着这一幕，后知后觉地反应过来，刚刚听叶繁星说自己是蹭饭的，就没放在心上，现在再回头一想，如果是一般人，哪里敢来蹭傅爷的饭？

他光是看傅景遇看她的眼神，就感觉这两人的关系不一般。

他还没敢开口问，傅景遇已经教会了叶繁星，顺便帮她切了一块牛排。傅景遇对着张总和那个几乎完美得无懈可击的美女解释道："我太太第一次吃西餐，让两位见笑了。"话语里宠溺味道十足。

他这句话说出来，张总和美女的下巴都差点儿掉到了地上。

什么？

这位看起来普普通通的妹子，竟然是傅爷的太太？

张总瞬间感觉自己今天这个马屁不但没有拍到点上，反而弄巧成拙。

尤其刚刚他还真的以为叶繁星就是个来蹭饭的人。

主要是她穿得太低调了，让人根本看不出来她的来头，哪里想到她竟然就是傅景遇的太太？

那个一直在讨好傅景遇的美女更是觉得尴尬，毕竟她刚刚还在心里看不起叶繁星来着，哪里想到人家竟然是正主。

张总说："哪里哪里……想必傅太太是不喜欢吃西餐吧？我们江州人一向比较重口味，下次换个地方吃。"

他毕竟见惯了世面，很懂得圆场。

傅景遇的太太不会吃西餐，那只能说明她是真的不爱吃。

毕竟人家跟在傅爷身边，想吃西餐还吃不起吗？

叶繁星坐在张总身边，发现自从傅景遇说出自己是他的太太之后，这两个人的态度就变了。

美女帮叶繁星添了茶，说："傅太太要是有兴趣了解茶道的话，下次可以找我。"

叶繁星微笑着道：“那就麻烦姐姐了。”

“哪里哪里，客气了。”美女笑得很是温柔。

叶繁星没再说话。

她虽然嘴上没说，但也不是傻的，当然能够感觉到一开始对方有点儿看不起她。

大叔实在是太坏了！

他把她的身份说出来，简直是故意打他们的脸啊！

自己各方面不如眼前这个美女，大叔不但没有嫌弃她给他丢人，还大方地把她介绍给旁人，这让叶繁星有点儿感动。

这顿饭原本两人是打算讨好傅景遇的，结果知道叶繁星的身份之后，他们立马转变方向，改成了讨好叶繁星。

叶繁星从小长到这么大，还没被人这么奉承过，第一次感觉到傅景遇的妻子这个身份的分量有多重。

虽然知道大叔家里有钱，但叶繁星对傅景遇的了解并不多，经过今天的事情，她似乎有点儿感觉了：可能大叔比她想象中的还要厉害一些吧！

饭吃到最后，张总还大方地送了叶繁星一块和田玉做的吊坠。叶繁星之前了解过玉石，这块石头一看就价值不菲，她哪里敢收。

“不用了。”

要是她收了，傅景遇还白白欠别人一个人情。

傅景遇修长的手指却伸了过来，将那块玉石拿了过来。傅景遇是有眼光的，看得出来这块玉是可遇不可求的，张总肯拿出来也算是诚心在讨好叶繁星了。

傅景遇并不贪心，对这些东西也不感兴趣，但……他看到别人哄叶繁星，心里就高兴。

而且他如果专门给叶繁星买什么贵重的东西，叶繁星也未必会收。

这块玉石专门打造成了适合女生佩戴的样子，看起来也挺适合叶繁星的。

所以张总这个礼物，送得挺合傅景遇的心意。

他道："既然是张总的一片心意，就收着吧。"

他今天第一次开口提到张总的姓氏，叶繁星才知道这个老板姓张。张总瞬间觉得无比荣幸。

傅景遇把玉石吊坠放进了叶繁星手里，就好像真的只是一块石头那么随意，也不怕她弄丢了。

他同时开口，对张总道："明天去公司谈合约的事情。"

张总先是愣了一下，随即反应过来，傅景遇这是同意跟他合作了！

傅景遇最近刚从苏家那里抢了块地过来，这块地对他们这样的企业来说，简直就是块发财的宝地。

能够跟傅景遇合作，哪怕只是喝点儿汤，他们公司未来几年的业绩也不愁了。

为了这个机会，跟他一样的几家公司早已经争得头破血流，却没想到，傅景遇竟然就这么轻易地给他了。

蒋森在一旁听着傅景遇的话，觉得傅先生简直是疯了。

这个张总是他安排的，后面还排了好几个，是打算让傅景遇挨个见过之后再决定选择跟谁合作的。

他怎么也没想到，傅先生竟然就这么轻易地把这个机会给了张总。

难道就因为对方送了叶繁星一块石头？

的确，这块石头看起来还不错，但跟张总想从他们这里得到的利益相比，这简直是冰山一角、九牛一毛。

而且，傅景遇平时可不是这么容易被收买的人！

自从有了叶繁星之后，蒋森发现傅先生就跟误入歧途似的，在宠妻的道路上越跑越远，拉都拉不回来。

叶繁星跟着傅景遇吃完饭出来，傅景遇说："我下午有点儿事，让蒋森先送你回去吧。"

"不用。"叶繁星说，"我自己去坐车就可以了。"

傅景遇看了她一眼："外面天热。"

"真的不用了。"叶繁星望了一眼傅景遇，忍不住笑了起来，"我又不是小朋友，出门坐个车我还不会？”

她看着傅景遇：“大叔，你这样不怕把我养懒了？”

“我不介意。”他说得一本正经。

叶繁星：“……”

我很介意好不好？

不过傅景遇并没有强行让蒋森送她，叶繁星要自己走，他就顺从她的想法。

周六，傅景遇因为工作的事情，出去了一趟还没回来，叶繁星自己回了傅家。

她本来以为顾雨泽跟赵嘉淇去了大理，碰不着，结果一进门，就看到顾雨泽和赵嘉淇都坐在沙发上。

之前得罪了傅玲珑，赵嘉淇今天是来赔罪的，还专门买了东西过来：“阿姨，这个是给您的。”

“不用了。”傅玲珑一脸淡漠，“我不差这些。”

她现在不喜欢赵嘉淇，赵嘉淇送的东西，当然也不想收。

赵嘉淇说：“之前的事情是我不好，我已经知道错了，希望阿姨能够原谅我一次。”

她道歉的态度很好，傅玲珑望着赵嘉淇，并没有回应。

就在这时，叶繁星走了进来。看到叶繁星，傅玲珑那张冷漠的脸立马变得温暖起来：“星星回来了。”

这差别待遇，让赵嘉淇觉得很扎心。

她看了看旁边的顾雨泽，发现顾雨泽的注意力，也在叶繁星出现的瞬间落在了叶繁星身上。

嫉妒让她的大拇指指尖深深地陷入了掌心……

叶繁星在傅玲珑的招呼下走了过去，坐在傅玲珑身边。

每当这时候，她看起来都更像是傅玲珑亲生的，而顾雨泽才是捡来的。

顾雨泽望着叶繁星，问道：“舅舅没跟你一起过来？”

以前他是懒得跟叶繁星说话，但是现在，各种找机会主动跟她说话。

叶繁星望了一眼顾雨泽，觉得他真的是有病。

自己上次那么对他，他不是应该气得要死，对她态度更差吗？

他怎么反而变了个人似的，乖得不行？

难道他骨子里就是个潜藏的受虐狂？

傅玲珑见儿子终于开窍，不再针对叶繁星了，笑起来："你舅舅出差还没回来，估计要明天才过来，怕星星一个人在家里无聊，我就把她叫过来了。"

顾雨泽说："哦。"

叶繁星的目光落在赵嘉淇身上。之前赵嘉淇跟她炫耀说要去大理，现在却没去，简直就是搞笑。

叶繁星并没有错过这个落井下石的机会："不是听说你们要去大理吗，怎么没去？"

要是知道顾雨泽没走，她就不过来了。

傅景遇不在的时候，叶繁星都不想看到顾雨泽。

顾雨泽怕叶繁星误会，直接否认道："没有。"

"没有？"叶繁星意味深长地看着赵嘉淇，赵嘉淇感觉更难堪了。

然而她已经答应了顾雨泽要跟叶繁星和好，不得不逼着自己挤出一个讨好的笑容："我今天也给星星带了礼物呢。"

"礼物？"叶繁星望着赵嘉淇，脸上神色不动。赵嘉淇喜欢装，无非想在傅玲珑面前表现得乖一点，改变傅玲珑对她的印象吧！

赵嘉淇从包里拿出一套化妆品："星星，这个是送给你的，我让我爸从国外带回来的，你用用看喜不喜欢。"

"不用了。"叶繁星说，"这么贵的东西，我受不起。"

赵嘉淇没死心，拿出一张卡，对叶繁星道："你上次去我家借钱，当时家里困难，不过现在已经周转过来了，我妈让我把钱拿过来。"

叶繁星说："我现在用不着了，你拿回去吧。"

"星星，我只是想帮帮你。"赵嘉淇一脸委屈，"我知道，你之前恨我，是因为我没有借钱给你，但是那段时间，我家里的情况真的很不好……”

叶繁星的脸僵了一下，她没想到赵嘉淇竟然现在提起这件事。

她知道赵家并不缺钱，不愿意借钱给她，那也是别人的自由，从来没有记恨过。

现在赵嘉淇却说得好像两个人决裂是因为她没有借到钱似的，实在是不要脸。

叶繁星对着赵嘉淇笑了笑：“你不说借钱还好，说到借钱，我倒是想起了那天的事情。你说我家里穷，这辈子指定不会有什么出息，还是听我妈妈的乖乖回去嫁人。把钱借给我这种人，你就不怕我还不起吗？”

赵嘉淇原本想让别人觉得叶繁星是个借不到钱就生气的小心眼的人，结果叶繁星的这番话，直接又让她的如意算盘落了空。

反倒是赵嘉淇的人品，值得人深思：赵嘉淇家里的条件的确比叶繁星好很多，然而说出这样的话，未免太过分了。就算叶繁星家里条件不好，但谁能保证她以后也不好呢？万万没想到，赵嘉淇连最基本的素养都没有。

傅玲珑从来不是个会瞧不起别人的出身的人，在听到叶繁星的话之后，心瞬间就偏向了叶繁星，对待赵嘉淇的态度变得更加冷漠：“钱你还是拿回去吧，我们家星星不缺这点儿钱。”

以前就算了，现在叶繁星已经是傅家的儿媳妇了，还需要向赵嘉淇借钱吗？

傅玲珑觉得这个赵嘉淇简直就是侮辱人。

赵嘉淇的脸色变得很难堪。

她望着叶繁星，逼着自己忍耐道：“星星，我是诚心想跟你和好的。”

“是吗？”叶繁星不敢相信地看着赵嘉淇，“我们认识这么久，你是什么样的人，我不清楚吗？对你没好处的事情，你也会做？”

赵嘉淇今天之所以跟自己道歉，无非为了讨好傅玲珑而已。

“……”赵嘉淇说，“我们早晚都是要成为一家人的，我只是不想弄得我们像敌人一样。”

“一家人？”叶繁星意味深长地看了一眼顾雨泽，对赵嘉淇说，“等你嫁进来再说吧！”

叶繁星说出这句话，就完全没想给赵嘉淇留面子，仿佛已经认定赵嘉淇嫁不进来一样。

赵嘉淇内心积攒的愤怒，几乎快要到爆发的点……

自从知道叶繁星跟傅景遇在一起，赵嘉淇几乎每次都被叶繁星弄得很难堪。

如果叶繁星家里条件很好也就算了，偏偏赵嘉淇是最看不起叶繁星的，觉得叶繁星从农村来的，什么都比不过自己。

这样被叶繁星各种打脸，赵嘉淇真的很不甘心。

叶繁星打击够了赵嘉淇，目光落在傅玲珑身上：“姐，我先回一趟房间，等会儿去找你。”

要不是赵嘉淇主动来招她，叶繁星是不想这么欺负人的。叶繁星只不过是为了让赵嘉淇明白，自己以前相信她，是把她当朋友，并不表示自己好欺负。

傅玲珑说：“我陪你去。”

她也不想在这里跟赵嘉淇浪费时间。

傅玲珑陪着叶繁星离开了客厅，两人往楼上走去。

客厅里，赵嘉淇见叶繁星和傅玲珑都走了，立马挤出几滴眼泪，想得到顾雨泽的同情。

然而顾雨泽看了她一眼，却并没有出言安慰她，只是说：“你要是觉得难过，就先回去吧！”

是赵嘉淇自己要过来的，也是她说会跟叶繁星和好的，顾雨泽现在都拿叶繁星没办法，更没有精力安慰这个女人。

赵嘉淇发现示弱没用，逼着自己伸手擦了眼泪：“没有，我没事。之前是我对不起星星，她现在说什么都是应该的。”

虽然嘴巴上这样说，赵嘉淇的心中却装满了愤怒。

叶繁星都欺负她成这样了，顾雨泽却还偏帮着叶繁星。

再想想刚刚傅玲珑对叶繁星的偏袒，赵嘉淇紧紧地握住了拳头！

她绝对不容许叶繁星这么心安理得地留在傅家。

叶繁星回到房间，正在跟傅玲珑说话，手机响了起来，是傅景遇打来的电话。

看到傅景遇的电话，叶繁星的目光瞬间变得柔和起来。

傅玲珑见状，说："我出去了，不打扰你们。"

叶繁星应了一声，看到傅玲珑走出去后，才接听傅景遇的电话。

傅景遇问道："到家了吗？"

电话里，大叔的声音听起来很有安全感。

"到了。"叶繁星说，"刚到不久。"

"热不热？"傅景遇关心的声音传来，他知道叶繁星是自己坐车回傅家的。

叶繁星说："不热，不过……赵嘉淇今天过来了。"

"没事，你别把她放在心上。就算她以后真的跟顾雨泽在一起了，也得叫你一声小舅妈。"她之前连顾雨泽都不怕，还会怕一个赵嘉淇？

叶繁星应了一声，问道："那你什么时候回来？"

傅景遇都出去两天了，这两天没见到他，叶繁星还挺不习惯的。

从语气里就听得出来，她，很想见到他！

"明天吧。有什么事情你就跟他们说，这是自己家，别怕。"

下午五点多，下起了阵雨。

原本说明天才回来的傅景遇出现在门口，蒋森推着他从外面进来。看到傅景遇，赵嘉淇忙站了起来："傅叔叔。"

傅景遇瞄了她一眼，没有出声。蒋森推着傅景遇到了电梯门口，从这里可以直接上楼。

吴阿姨见傅景遇提前回来，忙走了过来："景遇回来了？"

“星星呢？”

吴阿姨：“在睡午觉，还没起，要我去叫她吗？”

“不用，让她睡吧。”

他对蒋森道：“我们先去书房。”

还有点儿东西没弄好，傅景遇是提前回来的。

“是。”蒋森的话刚说完，电梯门就打开了。他推着傅景遇进去后，赵嘉淇突然跑了过来：“傅叔叔，我有话要跟你说。”

傅景遇望着赵嘉淇：“我很忙。”

“是关于叶繁星的事情。”赵嘉淇咬了咬唇，将拳头攥得紧紧的。

顾雨泽正在打游戏，听到赵嘉淇的话，看了她一眼……

傅景遇听完赵嘉淇的话，说道：“来书房找我。”

好不容易下一次雨，从外面进来的风很是凉爽，叶繁星躺在大床上，慵懒地睁开了双眼。

她看了看时间，发现自己睡了两个多小时，忙穿上衣服出了门，正好看到吴阿姨。

“星星醒了？”吴阿姨慈祥地笑道，“景遇回来了，刚刚还在问你呢。”

“大叔？”叶繁星有点儿惊讶，“他不是明天才回来吗？”

“好像是提前回来的，现在正在书房。对了，好像雨泽那个小女朋友找他有事，也在那里，你过一会儿再去找他吧。”吴阿姨怕叶繁星打扰到他们谈事情。

“赵嘉淇？”叶繁星觉得不解，“她找大叔做什么？”

大叔是最讨厌赵嘉淇的，不会单独和她说话，除非她又在打什么坏主意。

“不知道呢，一副挺严肃的表情……哦，好像是在说跟你有关的事情。”吴阿姨望着叶繁星，说，“要不，你现在去看看？”

叶繁星点了点头，走向了书房。

她站在书房的门口，将赵嘉淇手上的底牌全部盘算了一遍，得到的结果只有一个：她跟顾雨泽交往过的事情。

她本来想，赵嘉淇喜欢顾雨泽，一直试图否认顾雨泽喜欢自己的事实，应该不会主动说这件事情。

可是……万一她跟大叔说了呢？

叶繁星的心情突然变得沉重起来。

她正准备伸手敲门，门就从里面被打开了，赵嘉淇走了出来。赵嘉淇看到叶繁星，眼神很是得意，却还装出一种温柔的语气道："你起来了啊？"

叶繁星问了一句："你找大叔做什么？"

"当然是找傅叔叔谈你的事情啊！他对你以前在学校里的事情可是很感兴趣呢！"

只要她说出这件事情，不管叶繁星是想跟顾雨泽还是想跟傅景遇在一起，都是不可能的了！

毕竟就算顾雨泽愿意跟叶繁星在一起，顾雨泽的家里人肯定也会反对的。

她就等着看，叶繁星接下来拿什么骄傲。

叶繁星一把握住了赵嘉淇的胳膊："你跟大叔说了什么？"

赵嘉淇望着叶繁星略显紧张的样子："当然是什么都说了！叶繁星，我说过，你这辈子都是不可能翻身的。我要是你，就赶紧收拾包包从这里滚出去，免得让人赶你走，那得多难堪啊？"

赵嘉淇简直是可恶到了极点！

叶繁星说："这样针对我，对你有好处吗？你就没有想过，你把这件事情说出来，你跟顾雨泽会怎么样？"

赵嘉淇不以为意地道："大不了就分手！我跟他分手后，我还是赵嘉淇。我爸妈有钱，我怕什么？但你要是离开傅家，叶繁星，你就只能乖乖地滚回南川去。"

她得不到的，叶繁星也别想得到。

"你就这么看得起我？宁愿毁了自己在傅家人面前的形象，也要毁了我？"

“是你逼我的！”赵嘉淇说，“你都已经被顾雨泽甩了，还不死心地要出现在他面前勾引他。叶繁星，人最可怕的就是不能认清自己。你一个农村来的人，就应该认命，别做些不切实际的梦！”

在她看来，叶繁星连站不起来的傅景遇都不配得到，叶繁星没有这个资格。

叶繁星望着赵嘉淇笑了笑：“就冲你这句话，我也会努力的。”

赵嘉淇不就是仗着自己家里有钱，所以才这么傲慢，觉得自己比不上她吗？

叶繁星忍不住在心里发誓，总有一天她会证明自己，让赵嘉淇绝对再说不出半句废话。

赵嘉淇不以为意地道：“那你就努力吧！”

她一直相信，人的命是生下来就注定的，像叶繁星这种一无所有的人，想要翻身是不可能的！

她白了叶繁星一眼，直接走开了，走到楼梯口，看到顾雨泽站在那里：“你找舅舅做什么？”

她说的还是叶繁星的事情，这让他很感兴趣。

赵嘉淇先是心虚，然后脸上笑了起来。她走到顾雨泽面前道：“你不是想跟星星在一起吗？我当然是在帮你啊！”

“帮我？”顾雨泽内心充满怀疑地问。

赵嘉淇说：“我跟你舅舅说了你们以前交往过的事情。你舅舅知道这件事情后，肯定会跟她分开的，到时候你不就有机会了吗？”

虽然这样说，她心中想的却是：叶繁星要是被赶走，就再也不会出现在顾雨泽面前了。

既让傅景遇赶走叶繁星，又让顾雨泽觉得自己帮了他，这样做真是一举两得。

顾雨泽有些惊讶：“你说了？”

考虑到家里的情况，他一直没敢说这件事，毕竟那是他舅舅，舅舅如今身体又这样……

他却没想到，赵嘉淇说了出来。

不过，顾雨泽的内心反倒有一种轻松的感觉。

如果叶繁星被赶出了傅家，自己去找她，她应该不会再拒绝他了吧？

赵嘉淇低着头，仿佛自己做了很大的牺牲："是啊！我可是为了你才说的。到时候你的家人要是怪我的话，你可记得站在我这边！"

"知道了。"顾雨泽看了她一眼，"我先过去看看。"

说不定舅舅现在正在为难叶繁星，如果自己这时候过去帮了叶繁星的话……

这么想着，顾雨泽向书房走了过去。

叶繁星已经推开门进了书房。

傅景遇正坐在书桌前看东西，叶繁星走了过去："大叔。"

"嗯。"他坐在那里，目光一直盯着手里的文件，手上拿着钢笔在写东西。

叶繁星在他面前的位子上坐了下来，想起他已经知道自己跟顾雨泽的事情，心里很慌。

叶繁星的手指紧紧地扣在膝盖上，她只是望着傅景遇，不知道自己这时候应该跟他说点儿什么。

傅景遇抬起头来道："怎么坐下来不说话？"

他的眼神很是平静，仿佛什么都没有发生过。

可是，赵嘉淇刚刚……

叶繁星说："我看到赵嘉淇从这里出去了，她找你说什么了吗？"

"没说什么。怎么了？"傅景遇平静地看着叶繁星。

叶繁星有点儿意外："她没说？"

望着叶繁星紧张的模样，傅景遇笑道："怎么，你有什么怕我知道的秘密？"

"……"叶繁星望着傅景遇跟平时没什么差别的模样，有点儿弄不清楚了。

难道刚刚赵嘉淇是骗她的？

就在这时，书房的门被敲响。

傅景遇合上面前的资料，道："进来。"

他的话音刚落，顾雨泽推开门走了进来。

叶繁星跟着望向顾雨泽。顾雨泽挺高的，有一米八，以前在学校的时候，篮球也打得很好。

顾雨泽望了一眼坐在傅景遇对面的叶繁星，有些紧张地走了过去："舅舅。"

"找我有事？"

傅景遇其实比顾雨泽大不了几岁，身上却有一种属于长辈的威严，让顾雨泽不敢在他面前造次。

顾雨泽站在傅景遇面前，感觉压力很大，但这是难得的机会，所以他还是鼓起勇气道："对不起，我不应该骗您。不过我是真的喜欢星星，希望舅舅能够成全我们。"

"……"刚刚以为逃过一劫的叶繁星听到顾雨泽的这句话，整个人都差点儿晕过去。

顾雨泽在说什么？

她本来还在庆幸赵嘉淇没说这件事情，结果顾雨泽这是……不打自招？

还有，什么叫成全我们？

自己跟他早就断得一干二净了！

他现在说这样的话，是什么意思？

叶繁星连忙站起来道："顾雨泽，你疯了？"

顾雨泽看了一眼叶繁星，眼神很是严肃："我没疯，也很清楚自己在做什么。"

傅景遇望着顾雨泽，像是没有听懂他的意思："成全？"

顾雨泽认真地说："以前在学校的时候，星星就是我的女朋友。我们吵架了，她为了气我，所以才跟舅舅在一起。"

叶繁星听着顾雨泽的话，内心只能用无语来形容。

他哪里来的自信，觉得自己跟大叔在一起是为了气他？

“顾雨泽，你会不会把自己想得太重要了？”

顾雨泽看着叶繁星：“如果不是为了气我，你为什么不跟别人在一起，偏偏待在我舅舅身边？你做这些不就是为了吸引我的注意力吗？”

叶繁星差点儿笑出声：“我认识大叔的时候根本不知道他是你舅舅。还有，我们早就没关系了！”

属于自己的东西别人抢不走！

被人抢走的东西，就不属于自己。

叶繁星早就看得很清楚，也切断了自己对他的念想。

现在他却跑来这里纠缠不清。

真是搞笑！

叶繁星的冷漠，让顾雨泽的眼里闪过一丝难过的神色。

到了这时候，她还是不愿意承认对他的感情吗？

他望着叶繁星：“我们这么久的感情，你怎么可以说忘就忘？那些说过的话，你都忘记了？”

他们的约定，还有那么多没有实现，现在他想要和她一起把那些没做完的事情全部做完。

“顾雨泽。”叶繁星真是不敢相信，他怎么可以这么无耻！

说分手的时候他没有想过这些，现在他跑来说这些，不会觉得太搞笑了吗？

敢情他就是和赵嘉淇一边的，非要将自己从这里赶出去才开心，对吧？

就在这时，坐在一旁望着他们的傅景遇轻轻地咳了一声，顾雨泽和叶繁星都安静了下来。

叶繁星感觉有点儿烦躁，也有些心虚，甚至不敢抬头去看大叔……

顾雨泽对傅景遇道：“我是真的喜欢叶繁星，想要跟她在一起。所以希望舅舅能够成全，让她和我在一起。”

傅景遇只是需要一个新娘，这个人是谁并不重要。可他……对他来说，全世界就只有一个叶繁星。

傅景遇望着顾雨泽，嘴角扬起一抹轻微的弧度：“你既然叫我一声舅舅，又这么求我，我又怎么舍得拒绝你？”

他的语气很温柔。

叶繁星不敢相信地望着大叔，所以……他答应了？

他答应让她跟顾雨泽在一起？

也是，她跟傅景遇不过就是交易，她当他的新娘，他替她交学费。

现在顾雨泽都这么说了，她又怎么能让傅景遇六亲不认，选择帮她呢？

顾雨泽眼中浮过一丝欣喜之色：“谢谢舅舅，我就知道舅舅最疼我了。”

傅景遇望向一旁没有说话的叶繁星，她低着头，脸上只有悲伤。他对着叶繁星问道：“星星，你愿意跟顾雨泽重新在一起吗？”

叶繁星没想到他会问这个问题，而且问得这么平静。

明明之前他还说，她是他的妻子。

他对她那么好……

可是现在，他就好像一个陌生人一样。

叶繁星看了一眼傅景遇，说：“抱歉，我不愿意。我跟他已经分手了，跟大叔在一起是我心甘情愿的。如果大叔不喜欢我了，我可以离开这里，但是你们没有权利勉强我跟谁在一起。”

哪怕傅景遇开口让她和顾雨泽在一起，她也不会愿意的。

顾雨泽望着叶繁星：“叶繁星，你是不是傻？”

好像自己是在强迫她似的！

他明明是在帮她！

叶繁星不以为意地看着顾雨泽，甚至连一句话都不想跟他说，只是对傅景遇道：“如果大叔没什么事，我就先出去了。”

从头到尾，顾雨泽在她眼里就像是空气。他做的一切，都勾不起她的半点儿情绪。

叶繁星正准备离开，却听见傅景遇说：“等等。”

叶繁星只好停下来。

傅景遇望着顾雨泽说：“星星的答案你已经听到了？她不愿意跟你

在一起。”

顾雨泽的眼神很是无奈。

傅景遇意味深长地说：“让她伤心的是你，跟她分手的人是你，和她的好朋友一起背叛她的人也是你！你现在跑来说，要我成全你们，你不会觉得太好笑了吗？”

顾雨泽微微一愣，看着傅景遇，发现傅景遇的眼神不知道什么时候变得冷漠起来。

他的这个舅舅一向如此，你永远猜不到他下一秒会有什么样的反应。

叶繁星也看向傅景遇，他这是……在替她说话？

而且，他不是刚刚才知道这件事情吗？

为什么好像，他什么都知道了一样？

他甚至知道顾雨泽和赵嘉淇背叛她的事情。

傅景遇接着对顾雨泽说：“这件事情我以后不想再提，你出去吧，我跟你小舅妈还有话要说。”

最后的“小舅妈”三个字，已经表明了他的态度。

他并不会因为叶繁星跟顾雨泽交往过，就跟她分开！

顾雨泽看了叶繁星一眼，很想说什么，却发现什么都说不出来，只好转身往门外走去。

傅景遇又说道：“把门带上。”

赵嘉淇正在走廊上等顾雨泽，看到顾雨泽走出来，忙迎了上去：“怎么样了？”

顾雨泽没有出声，往自己的房间走去。

赵嘉淇跟在他身后：“被你舅舅骂了？”

傅景遇那个人一向阴晴不定，知道顾雨泽跟叶繁星的事情，骂顾雨泽也不是没有可能的。

却不想她的这句话，触碰到了顾雨泽的伤口。他看了赵嘉淇一眼，冷冷地吼道：“滚！”

如果傅景遇真的骂了他，并拒绝了他的提议，也许他心里还会好受一些，觉得那一切都是舅舅的问题。

可偏偏傅景遇没有骂他，而是把选择权交给了叶繁星。

面对这个能够跟他和好的机会，叶繁星竟然选择了拒绝。

赵嘉淇第一次见到顾雨泽发这么大的火，直接被吼蒙了。房门砰的一声在她眼前关上。

书房内，叶繁星一直站在原地，没有动作，只是直勾勾地看着傅景遇。

傅景遇望着她："不过来吗？"

"……"叶繁星没有说话，也没有动，睁着一双大眼睛望着傅景遇。

每当这时候，傅景遇就知道，他的小妻子是有脾气了。

他放轻了语气："过来，让大叔抱抱。"

"你不是不要我了吗？"叶繁星有些气鼓鼓地道。

"谁说我不要你了？"她那副仿佛已经被人遗弃的表情逗笑了他。

"刚刚你说的。"叶繁星望着傅景遇，觉得有点儿难受，"你还问我愿不愿意跟顾雨泽在一起。"

"过来。"傅景遇对她伸出了手。

叶繁星才走过去，手就被他的大手握住。

傅景遇把她拉到自己怀里："我这不是怕你心里有他吗？我要是不管你心中的想法，逼着你嫁给我，岂不是耽误你一辈子？"

他也想看看，叶繁星对顾雨泽还有没有感情。

叶繁星坐在他怀里，哼了哼："骗子！你分明就是不想要我了！"

"没有。"傅景遇说，"你是我的妻子，我怎么可能不要你？"

尤其是自己给她选择的机会，她却还是坚定地选择了他，证明自己没有看错她！

叶繁星听着他温柔的声音，心里才好受一些："你是不是早就知道我跟顾雨泽的事情了？"

“为什么这么说？”傅景遇看着她的眼睛里带着几分笑意。

“顾雨泽说我跟他在一起过的时候，你一点儿都不惊讶。你还知道我跟他和赵嘉淇的恩怨。”叶繁星小心翼翼地抬起头，看了一眼他的眼睛，“你早就知道了，对不对？”

傅景遇也不瞒她：“是啊！知道了。怎么，你以为我会生气？”

“你不生气吗？”叶繁星看着傅景遇。她一直以为他知道这件事情后会很生气的，毕竟不管怎么说，他的立场会很尴尬。

傅景遇低下头，在她的唇上轻轻地啄了一下，摆出严肃的样子道：“很生气呢！想想怎么哄我？如果他们今天不来跟我说，你是不是打算一直瞒着我？”

这个浅浅的吻瞬间拉近了两人的距离，叶繁星感觉自己的心变得软绵绵的。

她放下防备，看着傅景遇：“大叔……”

“嗯。”他应了一声。

叶繁星嘴角上扬，笑了笑，脸像是阳光下绽放的花，对着他恳求道：“我很喜欢你，你不要赶我走，好不好？”

即使他现在站不起来，即使他不行，即使在别人眼中他是一个残疾人……叶繁星都不在意。她只想在他身边做他的妻子，好好地陪着他。

傅景遇望着她的眼睛，轻轻捏了捏她的小脸：“既然你都这么说了，那我赶你走是不是太不近人情了？”

他明明很高兴听到她这么说，却还摆出一副勉为其难的样子。

叶繁星望着他，笑了笑。

傅景遇伸手，将她按到自己的胸口，感觉这个小丫头是彻底属于他的：“这两天想我了吗？”

“很想你。”叶繁星闻着他身上的味道，总觉得内心充满了安全感，“不过你今天怎么提前回来了？”

他说好明天才回来的。

“不太放心你，所以想回来看看。姓赵的丫头在，我怕你吃亏。”傅景遇揉了揉叶繁星的脑袋。事实证明，他的担心没错，他一回来，赵嘉淇就来找他了！

如果他没回来，说不定赵嘉淇会先去找傅玲珑。

提到赵嘉淇，叶繁星又变得认真起来："她今天找你，是不是说了我跟顾雨泽的事情？"

傅景遇的神情变得有几分冷漠："说了。"

虽然他不在意，但赵嘉淇跟他说这件事情，分明是想对付叶繁星，所以傅景遇还是挺生气的。

从书房出来，叶繁星看到赵嘉淇正站在顾雨泽的房间门口，忍不住走了过去。

赵嘉淇刚刚被顾雨泽凶了一顿，还郁闷着，就看到叶繁星走了过来，而且此刻叶繁星的模样看起来很低落，似乎遭受了不小的打击。

看来叶繁星这次是铁定要被赶出去了。

不等叶繁星开口，赵嘉淇就主动拦住了她："叶繁星！"

叶繁星冷漠地扫了赵嘉淇一眼："让开！"

她知道，自己越愤怒，赵嘉淇才会越开心，所以演得很真。

赵嘉淇拦住叶繁星道："怎么，刚刚被傅叔叔甩，就想跑来勾引顾雨泽？"

"那又怎样？"叶繁星望着赵嘉淇，"他以前可是我的男朋友……你费尽心思地把我从傅家赶出去，不就是为了让我跟他在一起吗？"

她知道赵嘉淇最怕的是什么，所以故意装出想跟顾雨泽和好的样子。

果然，赵嘉淇一听眼睛都红了："你想得美！顾雨泽已经把你甩了，才不会跟你在一起。"

"可是他之前还来找我复合呢！你是不是忘了？"叶繁星望着赵嘉淇，"你费尽心思想得到他，他却从来没有喜欢过你。如果我是你，肯定会觉得很丢脸！"

"谁说的？谁说他没有喜欢过我？我长得比你漂亮，会跳舞，会弹钢琴……我哪里不比你好？他凭什么不喜欢我？"赵嘉淇虽然学习成绩不如叶繁星，但她家里条件好，自小学习的机会多，会很多叶繁星不会的才艺。

叶繁星说："那你拦着我做什么？不如我们把顾雨泽叫出来，让他看看他喜欢你还是喜欢我？"

她知道，赵嘉淇是不会让自己见顾雨泽的，故意这么说只是想气赵嘉淇。

果然，赵嘉淇根本不给她敲门的机会，将门拦得死死的："他现在心情不好，根本不想见你！你赶紧滚。"

"你不让我找他，那我只好打电话了。"叶繁星作势掏出手机……

赵嘉淇生怕叶繁星真的把顾雨泽叫出来，忙扑了上来："叶繁星！"

她一把打掉了叶繁星手里的手机，阻止她跟顾雨泽联系。

叶繁星被赵嘉淇扑了一下，顺势倒在地上……

赵嘉淇本来就很生气，见到叶繁星落了下风，彻底失去理智，直接将叶繁星按到地上，抓住了她的头发："顾雨泽跟你已经分手了，你还想来勾引他！不要脸！"

论打架，赵嘉淇在叶繁星这里本来是讨不到任何好处的，然而叶繁星并没有反抗，只是选择躲闪和求饶："赵嘉淇，你放开我……"

叶繁星越是这样，赵嘉淇就越不可能放手。

她被叶繁星压制了这么久，等这一天等很久了，想到傅景遇已经不管叶繁星了，她才不怕。

就在这时，顾雨泽的房间的门从里面被打开了……

他一出来，就看到赵嘉淇像个疯子一样将叶繁星按在地上，一边抓叶繁星的头发，一边说："你就是一个农村来的女人，凭什么跟我抢顾雨泽？凭什么？"

要知道，顾雨泽叫赵嘉淇来这里是帮他和叶繁星复合的。可是，赵嘉淇现在在做什么？

她竟然对叶繁星动手！

不仅如此，她还说自己是她的！

敢情她根本就不是真心想帮自己和叶繁星和好，她跑去舅舅面前说那些话，真正的目的是赶走叶繁星！

当面一套，背后一套，她拿自己当傻子是吗？

顾雨泽再想了想：之前他为什么会跟叶繁星分手？

都是赵嘉淇在他面前说了些乱七八糟的话，才让他对叶繁星产生了误会。

愤怒让顾雨泽红了眼，他走过去一把拽住了赵嘉淇的胳膊。

“赵嘉淇！”他一字一顿，狠狠地叫着她的名字。

“顾雨泽。”赵嘉淇看到顾雨泽那张生气的脸，整个人都愣了一下，“你怎么出来了？”

顾雨泽望了赵嘉淇一眼，又看了看头发被抓扯得很凌乱的叶繁星：“你在做什么？”

赵嘉淇望了一眼自己还扯着叶繁星的头发的手，忙松开了手：“没有，没有……我跟星星闹着玩呢。”

“闹着玩？”见她到现在还想装出一副没事人的样子，顾雨泽眼中迸发出了极致的冷意。

他扯住赵嘉淇的胳膊，一把将她推开道：“给我滚！”

以前他们关系好的时候，赵嘉淇在他面前都是听话懂事、温柔体贴的模样。

这是顾雨泽第一次见到她这副模样。

因为出身的关系，顾雨泽并不喜欢这种像个泼妇一样的女人，因此对赵嘉淇的好感也没了。

赵嘉淇此时十分后悔自己刚刚的一时冲动，但实在是叶繁星最近太可恨，把她气疯了。

她忍不住看向叶繁星，却发现叶繁星虽然样子狼狈，眼里却露出一抹看好戏的意思……

叶繁星是故意的！她故意说喜欢顾雨泽，故意逼自己对她动手，甚至不反抗！

赵嘉淇指着叶繁星说：“顾雨泽，不是这样的，你不要相信她……她是故意害我的！”

叶繁星还坐在地上，并没有急着爬起来。她看了顾雨泽一眼，清澈的眼里写满了倔强，配上她凌乱的头发，比起指控她的赵嘉淇看起来更让人心疼。

她用无比冷淡的语气对着顾雨泽说："是啊，我是故意的，故意拉着她的手扯我的头发，故意让她打我……"

除非傻子才会这样做。

顾雨泽也不可能相信这种鬼话。

从来都只有赵嘉淇陷害别人，给别人下圈套，没想到有一天，叶繁星竟然会用这样的手段来对付她。

被叶繁星这么一设计，她气得几乎不能冷静思考，恨不得冲上去撕烂叶繁星的嘴。

只是还没等她靠近，她就被顾雨泽拦住了。

顾雨泽一把推开赵嘉淇，声音冰冷地道："我、让、你、滚！"

他很用力，赵嘉淇直接跌倒在地上。

赵嘉淇震惊地看着顾雨泽："你怎么可以这样对我？我这么喜欢你，你怎么可以为了一个叶繁星就这样对我？"

顾雨泽觉得可笑："你算什么东西？"

若不是因为她是叶繁星的朋友，当初在学校里他都不会多看她一眼。

他的这句话，像刀子一样扎在赵嘉淇的心上。

因为她是叶繁星的好朋友，又会装，所以顾雨泽还从来没有这样对过她。

她喜欢顾雨泽，所以顾雨泽的冷漠的话，对她来说就是最残忍的打击。

尤其还是在叶繁星面前，她从来没像现在这么丢脸过。她望着顾雨泽，嘴唇狠狠地颤抖了几下，有些气不过，道："顾雨泽，就算你这么护着她，你跟她也不会有结果的。"

傅家的人根本不会同意他跟叶繁星在一起！

毕竟叶繁星可是差点儿成为他的小舅妈的人。

顾雨泽现在本来就为这件事情生气，听到赵嘉淇的话，更是想掐死她："想让人赶你出去？"

赵嘉淇不甘心地瞪了叶繁星一眼，悻悻地跑下了楼。

顾雨泽望了叶繁星一眼，对她伸出了手，想将她扶起来："没事吧？"

他的手才伸过去，就被叶繁星冷冷地挥开了。

她站了起来，完全不像刚刚看他时那副可怜到需要帮助的模样。

她很平静，也很冷漠，从容地将头上的发圈摘下来，用手指将头发梳理了一下，重新绑了起来。举动干净利落，仿佛刚刚她被赵嘉淇欺负的场面只是顾雨泽的错觉。

顾雨泽望着她的模样，想起上次被她坑得罚跑二十圈的事情，发现她是故技重施："你骗我？"

叶繁星望了顾雨泽一眼，扬了扬嘴角："那又怎么样？你不就喜欢被人这样骗吗？"

以前赵嘉淇就是这样骗他的，骗得他团团转，骗得他怀疑自己……

今天，她不过是以其人之道还治其人之身，有什么错？

叶繁星知道，这个家里的任何人赶赵嘉淇走，赵嘉淇只要跟顾雨泽关系好，就还会跑过来，毕竟大家不能阻止顾雨泽交女朋友。

除非让顾雨泽自己认清赵嘉淇的真面目，彻底跟赵嘉淇决裂。

叶繁星并不喜欢主动招惹别人，但是赵嘉淇先起了让她从傅家滚出去的念头，所以她也不想再看见赵嘉淇出现在这个家里。

顾雨泽听完叶繁星这句略带嘲讽的话，很想反驳，却发现她说得很有道理。

是啊！

如果不是因为他当初相信了赵嘉淇的话，又怎么会走到今天？

叶繁星看了一眼若有所思的顾雨泽，没再跟他多说什么，直接走开了。

叶繁星刚刚走开，就遇到来叫她吃饭的吴阿姨："星星，吃饭了。"

“好，我去叫大叔。”

叶繁星敲了敲书房的门，然后走了进去，对傅景遇说：“大叔，吃饭了。”

傅景遇抬起头看了叶繁星一眼：“赵嘉淇走了？”

“走了。”想到赵嘉淇的下场，叶繁星莫名地觉得很爽。

傅景遇望着叶繁星，虽然她把头发弄好了，但刚刚赵嘉淇跟她抓扯的时候，在她脸上留下的一道抓痕还在，甚至还有血迹……

看着她这副模样，傅景遇忍不住皱眉问道：“脸怎么了？”

“没什么。”叶繁星伸手摸了摸，满不在乎地说。

赵嘉淇那点儿力气，还不至于对她造成威胁。

她用这一点儿小小的苦肉计，害得赵嘉淇和顾雨泽决裂，值，很值！

傅景遇的一张俊脸突然冷了下来：“过来！”

傅景遇突然转变的语气吓了叶繁星一跳。

叶繁星也是会看事的，发现情况不对，哪里还敢过去？

“大叔，吃饭了。”她站在原地，重复了一遍，想着等吃完饭，说不定大叔就消气了呢。

可惜傅景遇不是这么好哄的，眼神严肃地看着叶繁星：“吃饭的事回头再说，你先过来。”

“我……”

“不听话了？”傅景遇皱了皱眉。

叶繁星没办法，只好认命地跑了过去。

傅景遇盯着她的小脸上那道血痕，虽然伤口不深，然而还是看得他心里刺刺的。

他抬起手，叶繁星吓了一跳，本能地躲了一下。傅景遇看着她，知道自己刚刚的语气重了，可他是真的气。他的语气缓了下来：“作为一个女孩子，你就不能多在意自己一点儿？”

都受伤了，还伤在脸上，她却满不在乎的样子。

这心得有多大？

叶繁星望着傅景遇严肃却充满关心的眼神："真的是小问题，又不痛。"

傅景遇忍不住伸手戳了戳她的额头："别再让自己受伤了。再有下一次，我不会放过你。"

在他心里，女孩子总是娇滴滴的模样。

可是作为女孩子的叶繁星，好像没有这个自觉，弄得他好想把她好好教训一顿。

叶繁星点头："知道了。大叔好凶。"

傅景遇黑色的眸子看着她："凶还不是为了你好？"

换成别人他才懒得说这些话。

"毛巾。"傅景遇吩咐一直在旁边守着的蒋森，蒋森很快去拿了毛巾过来。

叶繁星被傅景遇搂在怀里，他拿着毛巾，帮她擦着小脸。

伤口虽然不严重，但是被碰的时候还是有点儿疼。

他听到她嗞了一声，停了下来，很认真地帮她吹了吹伤口。

看着傅景遇这样呵护叶繁星，不说别人，连蒋森都有点儿羡慕了。

叶繁星屏着呼吸，望着温柔的傅景遇。他帮她吹伤口的时候，她感觉自己的心也在不停地颤抖着。

这种感觉，仿佛是被人放在了心尖尖上，好暖……

第 五 章

吃醋的傅景遇

一周后，刚刚结束完上午的军训，准备回宿舍睡个午觉的叶繁星还没进门，就听见里面传来室友胡小知说话的声音：“什么？叶繁星竟然是这种人？天哪！看不出来。”

赵嘉淇义愤填膺地说：“做坏事的人脸上都不会写着坏人两个字。以前我还拿她当好朋友呢，也没想到她是这种人，所以你和林薇记得离她远一点儿。”

胡小知点头：“知道了，谢谢你说这些。”

叶繁星站在门口，手不自觉地握成了拳头。没错，赵嘉淇现在是她的室友。

当初叶繁星和顾雨泽一同报的江州大学，赵嘉淇并没有考上，但是为了能够待在顾雨泽身边，赵嘉淇让她爸托关系进了这所学校。

只是，赵嘉淇不但成了叶繁星的同学，还成了她的室友。

上次在顾家，叶繁星害得赵嘉淇被赶了出来，赵嘉淇现在怀恨在心。

面对这样的诋毁，叶繁星并不意外，推开门走了进去。

赵嘉淇看到叶繁星，将脸别开，装作没有看到叶繁星的样子。

胡小知看到叶繁星，刚刚跟赵嘉淇一起说了叶繁星的坏话，还有点儿心虚，但还是鼓起勇气跟叶繁星打了招呼："叶繁星，你回来了。林薇呢，没跟你一起回来？"

平时赵嘉淇跟胡小知走得近，叶繁星则跟林薇走得近一些。

叶繁星说："她有点儿事。"

最近军训，大家都很累，跟脱了一层皮似的，叶繁星爬上了床，准备睡一会儿。

赵嘉淇见叶繁星准备睡觉，故意大声跟胡小知说话："现在军训简直烦死了！我都快被晒黑了。"

赵嘉淇平时很注重保养，每天很贵的护肤品一直往脸上抹，一次能抹上半个小时，所以皮肤一直白白嫩嫩的。

然而天气实在是太热，就算涂了防晒霜也于事无补，赵嘉淇被晒黑了。

胡小知说："我更惨，我本来就黑，被晒成了这样。不像林薇，林薇倒是一点儿都没黑呢！真羡慕林薇啊，长得好看，成绩也好……"

林薇是她们的另一个室友，长得比赵嘉淇还好看，成绩也好，听说还是高考状元。

这两天大家都被晒黑了，林薇倒是一点儿没受影响。

听到胡小知夸林薇，赵嘉淇有点儿不舒服了。

她看了胡小知一眼，说："太漂亮了也未必是好事，长得漂亮的人最容易被盯上了。我跟你说，我昨天晚上回来的时候，看到林薇单独去找刘教官，不知道在说什么。"

胡小知说："不会吧？刘教官那么凶。"

"这可不一定！"赵嘉淇像煞有介事地道，"你没看见今天林薇都没参加军训？我们都被晒成这样，只有她那么舒服……"

赵嘉淇这么说，明显就是暗示林薇跟刘教官有什么见不得人的关系。

以前叶繁星跟赵嘉淇好的时候，赵嘉淇就喜欢拣着学校里好看的女生说三道四，那时候叶繁星扮演着胡小知的角色，什么都相信。

胡小知说："没办法，谁让人家长得漂亮呢！"

她显然是被赵嘉淇带跑了，也觉得林薇跟教官有什么关系，林薇是借着自己长得漂亮才逃过了军训。

叶繁星本来想睡觉，被这两人一唱一和吵得睡不着，干脆给自己塞了耳机。

晚上，叶繁星因为这两天训练得太累，走得很慢，所以是最后一个回宿舍的。她回来的时候，看到林薇在跟胡小知吵架："是你说我跟刘教官有一腿的，对不对？"

胡小知说："不是……"

她白天是跟赵嘉淇说过这个事，但没想到这件事情这么快就被林薇知道了。

林薇望着胡小知："装？你继续装？以为我不在宿舍，就什么都不知道吗？我告诉你胡小知，再有下一次，我不会放过你。"

胡小知咬了咬唇，林薇的气场太强，以至于她没敢反驳。

毕竟她确实理亏，说了林薇的坏话。

羞愤无比的胡小知直接从宿舍里跑出来，撞到了叶繁星。看到是叶繁星，胡小知的眼里浮出了怨恨之色："是你对不对？一定是你跟林薇说的！"

她今天跟赵嘉淇说这件事情的时候，叶繁星就在场。

叶繁星平时又跟林薇走得近，尤其是今天下午，她还看到林薇跟叶繁星说话，所以直接就把事情推到了叶繁星身上。

叶繁星看了胡小知一眼，想说什么，还没来得及说，胡小知就跑了。

叶繁星进了宿舍，看到赵嘉淇坐在自己的位子上，正在拿着平板电脑看电视，仿佛整个宿舍的战火与她无关似的。

林薇看了叶繁星一眼，沉着脸走了出去。

宿舍里瞬间只剩下叶繁星和赵嘉淇两个人。

自从进了这间宿舍之后，叶繁星几乎不跟赵嘉淇说话。

虽然她之前跟赵嘉淇有恩怨，但只要赵嘉淇不来招她，她也不会主动招惹赵嘉淇。

赵嘉淇正看着电视，还因为上面的剧情发笑……手中的平板电脑突然被抽走。她一抬头，看到叶繁星正站在她旁边，拿着她的平板电脑。

她笑意满满地望着叶繁星："怎么了？"

把别人耍得团团转，她现在正开心呢！

叶繁星望了一下平板电脑里放的电视，是部喜剧，对赵嘉淇道："把别人弄成这样，你倒是还有心情看电视？"

"你们吵架关我什么事？"赵嘉淇扬了扬嘴角，心中得意得很。在傅家她是拿叶繁星没办法，可在外面，叶繁星只会被她玩得团团转。

更何况现在叶繁星跟傅景遇已经分开了，赵嘉淇更是无所顾忌。

叶繁星望着赵嘉淇："不关你的事？跟胡小知说林薇坏话的人不是你？"

"你说什么啊？我听不懂。"赵嘉淇被叶繁星录过一次音，学聪明了，所以不会再傻傻地在叶繁星面前说些对自己不利的话。

叶繁星望着她装傻的模样，把平板电脑重重地放回她的桌子上："我怎么就没想到你是这种唯恐天下不乱的人？见别人倒霉，你很高兴，对吗？"

叶繁星很清楚事情是怎么回事。

赵嘉淇跟胡小知说了林薇的坏话，然后又去跟林薇告状，说是胡小知在背后说林薇的坏话。

这样一来，胡小知就以为告状的是她叶繁星。

赵嘉淇向来最喜欢用这种伎俩，最后还把自己摘得干干净净的。

只是大家都是一个宿舍的，赵嘉淇难道就没有半点儿感情吗？

赵嘉淇被叶繁星严肃的眼神吓得怔了一下，随后想起叶繁星现在已经被傅景遇赶出来了，没什么好怕的，笑了起来："不爽？打我啊！"

只要叶繁星敢对她动手，她就能让叶繁星从这所学校里滚出去。

叶繁星知道她是故意挑衅："我怕脏了我的手。"

她才没那么傻，逞一时之快，让自己倒霉。

赵嘉淇嘲讽道："之前在傅家你不是挺厉害的吗？没了傅叔叔撑

腰，你现在㞞了？”

在赵嘉淇看来，叶繁星这就是心虚的表现。

两人虽然住在一间宿舍里，但叶繁星连话都不敢跟她说，今天中午她跟胡小知说了叶繁星的坏话，叶繁星也是一声不吭，明显是没了傅景遇撑腰，叶繁星害怕了，所以现在夹着尾巴做人！

那天从傅家回去之后，赵嘉淇气得大哭了一场。

她从来没受过那样的委屈。

现在看到叶繁星这副模样，她心里才舒服了很多。

只是她想不到，叶繁星不理她，只是单纯不想跟她这个蠢货浪费口舌。

叶繁星听了赵嘉淇的话，才发现赵嘉淇误以为自己已经被大叔从傅家赶出来了。

也是，毕竟赵嘉淇都在大叔面前说了自己跟顾雨泽的事情。

只是赵嘉淇应该不会想到，大叔根本不在意这件事情吧？

叶繁星懒得和赵嘉淇逞口舌之快，直接离开了寝室。

看到叶繁星“落荒而逃”，赵嘉淇扬了扬嘴角，打开手机开始修自己的照片。

最近各大高校都开学了，网上流传起很多新生的照片，林薇就是其中之一。

林薇穿着军装清新靓丽的样子，在网上得到了不少夸赞。

赵嘉淇是个虚荣心很强的人，自认并不比林薇差，所以把自己的照片修过之后，也传了上去。

叶繁星离开宿舍之后，找了个没人的地方给大叔打电话。

电话里，傅景遇问道：“军训累不累？”

叶繁星虽然很累，但也没在人前抱怨过，在大叔面前却没什么顾忌：“累！而且好热，要不我明天请假，偷个懒？你说好不好？”

“不好。”傅景遇是个很严厉的人，而且他以前是军人，知道军训很苦，小女生会觉得很难受，但还是希望她得到锻炼。

叶繁星一点儿都不意外他会这么说："我就知道你是这种大叔。"

这人严肃又刻板，明明也没大她多少，叶繁星却觉得自己跟傅景遇之间有代沟。

傅景遇坐在窗前，望着外面灯火辉煌的城市，声音低沉地说："好好锻炼。"

"那我晒黑了怎么办？"

"黑就黑了。"

"那你会嫌弃我吗？"叶繁星小声问道，声音如同小猫一般柔软。

傅景遇瞬间有一种被撩到的感觉。

他压抑住自己躁动不安的心，对叶繁星说："我什么时候不嫌弃你了？"

"……"

叶繁星听着他的话，简直不知道该说什么。

他说句好听的话哄一下我会怎么样？

我最近训练这么辛苦，每天吃得还不好……

她想着之前在傅景遇身边，每天想吃什么就吃什么，好吃的都是她的，简直幸福得要命，再看看现在，简直是天差地别。

她忍不住在电话里哼了一声："好饿啊……"

"晚上没吃饭？"傅景遇皱眉问道。

叶繁星说："吃了，结果教官拉着我们去晚训，回来我又饿了。"

傅景遇忍不住笑了一声。

"大叔你还笑。"叶繁星揉了揉自己扁平的肚子，"我好饿啊！"

傅景遇宠溺地道："不早了，早点儿去洗洗睡吧。等你回来带你去吃好吃的。"

现在都快十点了！

叶繁星点头："好，那我准备去睡了。大叔，你也早点儿睡。"

他们已经有一个星期没见了！

她好想见到他啊！

然而这么害羞的话，叶繁星还是没脸说出来。

她挂了傅景遇的电话，就看到手机上通知赵嘉淇更新了微博，赵嘉淇发了几张自己刚刚修好的照片，脸修得尖了一些，眼睛变得更大了……

赵嘉淇就是传说中想红想疯了的女人！

以前看丁菲菲直播，赵嘉淇也去弄。

现在看到林薇的照片在网上火了，赵嘉淇就也想试试。

赵嘉淇不仅自己发了照片，还花钱找了大V转发她的微博。

可见她是多么想要火起来。

晚上零点，林薇和胡小知都睡了。叶繁星还没睡，躲在被子里看了一下手机，看到关于赵嘉淇的被大V转发的那条微博下面有几条评论：

胖就胖吧，我想吃肉："这谁啊？"

大狮子的小白兔："这女的的照片修得好假啊！"

李逍遥的爸爸："一看就是整容脸！这种照片还有脸发出来。"

…………

有那么一种人，即使五官长得不错，但就是没有观众缘，比如赵嘉淇。

叶繁星看到这些评论，忍不住觉得好笑。

赵嘉淇也没睡，躲在被子里看着评论，气得牙痒痒。

凭什么？

凭什么林薇只是被人偷拍了两张照片，传到网上就火了，自己却怎么都不火？

想到这里，她都快气疯了。

赵嘉淇这个人从来就很喜欢跟别人比，一旦比不过，能生半天的气。

第二天早上，叶繁星起床的时候，看到赵嘉淇一对黑眼圈特别明显，像是没有睡好的样子，忍不住笑了笑："怎么，没有睡好？"

"关你什么事？"赵嘉淇现在一肚子火，看着叶繁星笑就很不舒服。

叶繁星说："不过是被网上的人骂了两句，你也不用往心里去啊！"

"你……"赵嘉淇瞪着叶繁星，不敢相信地问道，"你怎么知道？"

"昨晚不小心翻了你的微博，恰好看到了。"叶繁星无辜地说，"那些人嘴巴也太毒了，怎么可以这么说你呢！"

"叶繁星。"赵嘉淇瞪着叶繁星，知道叶繁星是在笑话她，"你嚣张什么？我再怎么也比你好！你丑得连脸都不敢露呢！"

叶繁星挑了挑眉。她是不敢露，但也不喜欢在网上抛头露脸。

林薇洗了个脸，看到两人吵得带劲儿，忍不住问了一句："你们在说什么？"

赵嘉淇当然不会承认她想火，把照片传上网去结果被骂得狗血淋头的事情，黑着脸道："没什么。"

林薇说："快点儿吧，别迟到了。"

赵嘉淇看着林薇，有些酸酸地道："你又不训练，这么着急做什么？"

林薇说："我昨天身体不适，向刘教官请了假。今天好多了。"

林薇也不是那种会故意偷懒的人。

赵嘉淇看了林薇一眼，转过头去，却忍不住在心里骂了一句。

她觉得林薇真的很装，明明就想偷懒，还找借口。

叶繁星很快洗漱完，和林薇一起出去了。

叶繁星看着已经不生气的林薇，道："你不生气了？"

昨晚她跟胡小知生气，一晚上没说话。

林薇看了叶繁星一眼，笑了笑："大家都是一个宿舍的，有什么好生气的？胡小知以后应该不会再乱说话了。"

叶繁星望着林薇，觉得林薇是个很完美的人，各方面优秀不说，还很宽容，也不怎么记仇。

叶繁星笑了笑："能够跟你当室友，感觉好幸福啊。"

林薇笑了笑。两人走了过去，正好看到刘教官。刘教官望着林薇，忍不住问了一句："身体好了？"

"好了，谢谢教官关心。"林薇礼貌地笑了笑。

刘教官不过二十四五岁的模样，穿着迷彩服帅得不得了。叶繁星望着刘教官，不知道为什么就想起了大叔。

林薇见叶繁星一直盯着刘教官，笑了笑："怎么，看呆了？"

"……"叶繁星白了林薇一眼。

"你刚刚明明一直盯着刘教官看！有什么不好意思的？很多女生喜欢他呢。"穿军装的男人是最帅的，林薇感叹道，"要是我以后能够嫁个军人就好了。"

顾雨泽跟室友站在一起，正好看到叶繁星跟林薇有说有笑的样子。

他望着叶繁星。叶繁星跟他念的是同一个系，现在两人是同学，只不过来到学校之后，他们从来没有打过招呼。

他几乎可以想象到自己跟叶繁星说话她会有什么样的反应，就不自讨没趣了。

站在顾雨泽身边的左煜突然凑过来，对顾雨泽道："你看，林薇身边那个女生好好看啊！"

"……"顾雨泽顺着左煜的目光，望向了林薇的方向。

林薇现在是个小网红了，所以同学们都知道她。

顾雨泽天天听大家提，当然也知道。

只是，此刻站在林薇身边的只有叶繁星……

叶繁星绝对不是那种让人看一眼就觉得惊艳的人。

他喜欢叶繁星是因为相处的时间长了，喜欢上这个人，才觉得她好看的。

没想到左煜明明不认识叶繁星，却说出这种话。

这让顾雨泽有一种自己的东西被人偷窥的错觉，故意跟左煜唱反调道："不觉得。"

"很好看啊！"左煜对着顾雨泽吐槽道，"不过以你们庸俗的眼光，估计也就喜欢林薇那种类型吧！"

他不一样，觉得林薇也就一般，叶繁星好看多了。

叶繁星站在那里，像一潭平静的湖水，让人觉得赏心悦目。她的眼睛又像是朝阳一般，熠熠生辉。

顾雨泽："……"

面对这个审美跟正常人不一样的怪胎，顾雨泽简直不知道说什么好。

他望了叶繁星一眼，以为只有自己会觉得她好看，没想到竟然有别人也这么觉得，心里刺刺的，很不舒服。

"这位同学，能不能加个微信？"解散后，叶繁星和林薇准备去吃饭时，左煜突然跑到她们面前，拦住了叶繁星。

林薇火了之后，想找林薇加微信的人不少。

叶繁星却是第一次这样被人拦着。

她有些意外地望着左煜。左煜长得挺干净的，虽然不算特别帅，但是看得过去那种。

叶繁星说："你找错人了吧？"

她看他的样子，应该是来找林薇的。

左煜说："没有，我就是找你的。加个微信，怎么样？"

叶繁星有些为难地看着他："我没有微信。"

她很清楚自己现在已经是结了婚的人了。

就算大叔不在，她也不可能随便把自己的微信给一个不认识的男生。

左煜是个很皮的人，就算被叶繁星拒绝也没放弃，看了看叶繁星身边的林薇："现在是吃饭时间，我们一起去吃饭吧？"

"不……"叶繁星正想说不用了，林薇却突然拽住她，应下了左煜的邀请："好啊！"

叶繁星看了林薇一眼，感觉有点儿意外。

林薇平时可不是这么不淡定的人，有男生来搭讪也是礼貌地拒绝的。

她这是……看上左煜了？

不会吧！

原来林薇喜欢这个类型的男生？

食堂里，叶繁星和林薇刚刚打完饭回来，就看到同样打完饭的左煜拉着顾雨泽过来了。

看到顾雨泽，叶繁星才反应过来，这个左煜竟然跟顾雨泽是朋友！

左煜在叶繁星面前的位置坐了下来，顾雨泽则坐到了林薇对面。

四个人凑了一桌。

林薇坐在顾雨泽面前，望着他道："顾雨泽同学，你哪所学校毕业的？"

"……"顾雨泽淡漠地看了林薇一眼，见过太多喜欢向他献殷勤的女生，所以只要看一眼就知道这个林薇喜欢他。

他这个人一向高冷，虽然林薇现在很火，但他实在不怎么习惯跟不熟的女生说话。

今天如果不是看到叶繁星在这里，他根本不会过来。

另一边，左煜看着叶繁星，也没有错过这个套近乎的机会："听你说话，应该是本地人吧？"

"……"叶繁星挑了挑眉，意味深长地说，"我的普通话有这么不好吗？"

"不是。"左煜笑着说，"我们本地的女孩子一说话，我一下子就能听出来。"

"你也是？"叶繁星看着左煜。跟顾雨泽坐在一桌，让叶繁星很不自在，她只能跟这个左煜说话打发时间。

左煜说："对啊，我是二中的。你呢，哪所学校？"

"一中。"

"咦，你跟顾雨泽同一所学校耶。"左煜忙看了顾雨泽一眼，"你们是校友啊！"

顾雨泽看了叶繁星一眼，冷漠地回了一句："不熟。"

他现在心里正不爽，没想到叶繁星是这么随便的人。

别人问她要微信，她就给？

别人约她吃饭，她就来？

她果然跟赵嘉淇说的一样——随便，这样就不怕对不起舅舅？

左煜笑道："你顾大少爷眼睛都长在天上了，当然跟人家不熟。"

叶繁星安静地吃着饭，除非是别人主动跟她说话，她才会回一两句。

林薇倒是一直在找机会跟顾雨泽搭话。

她之所以答应跟左煜一起吃饭，当然不是因为像叶繁星想的那样喜欢左煜，而是因为她每天都看到左煜跟顾雨泽在一起，知道他们很熟。

赵嘉淇和胡小知过来的时候，正好看到叶繁星跟顾雨泽坐在同一张桌子上，眼眸顿时黯了下来。

她就知道叶繁星是个坏人，这么快就跟顾雨泽勾搭在一起了！

吃完饭，为了方便联系，左煜还跟林薇换了微信。

早上起得早，叶繁星赶着回宿舍午睡，和林薇一起回去了。

结果她刚进门，就被赵嘉淇拦住了。

赵嘉淇望着叶繁星："我有话要跟你说。"

叶繁星看了看一旁的林薇和胡小知，怕吵到她们，便跟着赵嘉淇一起去了外面。

赵嘉淇望着叶繁星，一抬手就对叶繁星挥了过去，差点儿打叶繁星一个耳光。

好在叶繁星手快，及时握住了赵嘉淇的胳膊。

叶繁星看着赵嘉淇，眼神很凉，纯黑的眸子里面像是藏着冰："你又发什么神经？"

赵嘉淇成天在背后挑拨离间的仇自己还没跟她算，她竟然还动起手来！

赵嘉淇说："你凭什么跟顾雨泽一起吃饭？凭什么？"

"我喜欢，你管得着吗？"虽然今天的事情是个意外，但叶繁星觉得自己没必要跟赵嘉淇解释。

"叶繁星。"赵嘉淇气愤地道，"你知不知道什么叫门当户对？像你这种人，跟他是不可能有结果的！”

“说得好像你跟他有结果一样。”叶繁星看着赵嘉淇，真不知道赵嘉淇哪里来的优越感，“你是不是忘了怎么被顾雨泽赶出来的？”

“……”这件事情一直是赵嘉淇的伤口，偏偏叶繁星还提起，赵嘉淇气得浑身发抖，“就算他不理我，我也比你好！你可是差点儿成为他的小舅妈的人！你要是要点儿脸，就离他远一点儿。”

“岂止是差点儿，我现在也还是他的小舅妈好吗？”叶繁星在心里吐槽道，嘴上却学着赵嘉淇无赖的样子道：“你都不要脸，我要什么？而且你把这些话拿去跟顾雨泽说啊！你在这里对我凶有什么用？”

事实上今天她跟顾雨泽在同一张桌上吃饭，两个人是一句话没说。

叶繁星都不知道赵嘉淇是发什么神经。

尤其当初赵嘉淇可是从她这里抢走顾雨泽的人，现在竟然还有脸在这里说这些话！

赵嘉淇见叶繁星油盐不进，觉得难受，偏偏还说不过她，只好跑了回去。

她回到宿舍，直接趴到桌上哭了起来。

胡小知平时跟她关系不错，看到她哭，忍不住关心道：“嘉淇，你没事吧？”

赵嘉淇没说话，只是一直哭。

叶繁星从外面进来，胡小知一下拦住了她：“叶繁星，大家都是一个宿舍的，你这样好吗？”

“我怎么了？”叶繁星望了一眼哭得无比委屈的赵嘉淇，觉得无语。难道赵嘉淇已经低级到只会用这种哭的手段了吗？

胡小知说：“你把嘉淇惹哭了，还不快点儿跟她道歉！”

“我为什么要跟她道歉？”叶繁星压根没做错什么。

而且，是赵嘉淇挑衅她的。

说不过就哭……这是三岁小孩吧？

胡小知对着叶繁星劝道：“大家都是一个宿舍的，抬头不见低头见，你向她道个歉怎么了？”

在她眼里，道歉就是一句话的事情，只要叶繁星道歉，赵嘉淇不哭了，事情不就解决了吗？

叶繁星觉得胡小知简直就是站着说话不腰疼，看了赵嘉淇一眼，说："谁爱道歉谁道吧，我是不会道的！"

赵嘉淇听了叶繁星的话，哭得更凶了。

赵嘉淇知道，因为昨天的事情，胡小知对叶繁星的印象差到了极点，所以肯定会站在自己这边，便哭得肆无忌惮。

她知道叶繁星不怕事，可她就要看看，一个宿舍的人都讨厌叶繁星的时候，叶繁星还能不能这么淡定。

之后的几天，叶繁星只要回到宿舍，胡小知和赵嘉淇就故意不跟叶繁星说话，还在一旁指桑骂槐的。

这两人就是一定要逼叶繁星道歉。

赵嘉淇从小养成了公主病，总觉得这个世界上的人都要以她为中心，不逼叶繁星道歉，她心里不舒服。

叶繁星才懒得管她们。

她每天回来都有自己的事情要做，哪里有心思跟她们钩心斗角。

叶繁星打开微博，发现今天又多了两千多个粉丝。

这个微博账号，不是叶繁星以前用的账号，而是之前被赵嘉淇设计，跟顾雨泽分手之后她开的小号。

那时候母亲每天逼她放弃上学，又遇到顾雨泽和赵嘉淇背叛她，她实在难过了，没人倾诉，就在微博上写点儿东西发泄一下，结果竟然有两个网友留言安慰她。

这个地方对叶繁星来说，就像是一个私人领地，她可以在这里做最真实的自己。

后来没事的时候，她也会上去写一些有趣的小故事，现在竟然累积了几百个粉丝。

当然，人很少很少，给她留言的也就那几个。

直到刚开学那两天，她登录微博的时候看到有人偷拍了林薇的照片发上去，觉得林薇那两张照片还不错，随手转了转，然后碰巧又被某位大V转发，之后没想到林薇就火了。

林薇一火，那些人不知道怎么就发现了叶繁星的这个微博，留言竟然变得多起来，粉丝也在不停增加，一开始每天新增几十个，后来是几百个，到这两天每天都会新增几千个粉丝。

原本冷清的小号，竟然火了起来。

那些人不但来看她的故事，有时候也会在私信里跟她互动，分享一些自己的故事。

网友们都挺有才华，留的评论也很有意思，叶繁星坐在电脑前看着，觉得很有趣，完全把赵嘉淇和胡小知的刻意冷落抛到了脑后。

叶繁星看完今天的评论，又翻了翻私信，突然看到一个熟悉的头像，愣了一下，打开对话框，看到对方给她的留言是中午留的，语气很甜："姐姐，你在吗，能不能帮我一个忙？"

叶繁星看了一眼宿舍里的赵嘉淇，发现赵嘉淇现在正认真地盯着手机……

她怎么也没想到，赵嘉淇竟然会给她发信息！

出于好奇，叶繁星回了一句："帮什么忙？"

赵嘉淇的手机响了两声。

很快，叶繁星就收到了回复。

淇淇小宝贝："我就想问问，你跟林薇很熟吗？"

一世长安："不熟。"

淇淇小宝贝："那你是怎么发现她的照片的？"

赵嘉淇一直没火，研究了几天，发现林薇当时就是被这个叫"一世长安"的微博转发照片之后火的，所以联系上了这个人。

一世长安："网上看到的。"

淇淇小宝贝："那你能不能转一下我的照片？"

叶繁星没有回答。

转她的？凭什么？

赵嘉淇这么想火，叶繁星才不想帮她。

叶繁星知道自己当时只是运气好，被另外的大V转了微博，林薇才火起来的，自己也跟着沾了光，而不是像赵嘉淇想的那样，自己一开始就人气不错。

叶繁星在心里盘算着，没想到“淇淇小宝贝”又说话了：“我可以给你钱，两千怎么样？”

噗……叶繁星一个没忍住，直接笑了出来。

两千！

赵嘉淇给她两千，就为了让自己给她转一条微博？

虽然知道赵嘉淇零花钱很多，但叶繁星也没想到，赵嘉淇出手竟然这么大方，两千块钱跟假的一样。

赵嘉淇这是有多想火啊？

听到叶繁星的笑声，赵嘉淇抬起头瞪了叶繁星一眼，没想到自己和胡小知这么对她，她竟然还笑得出来。

鄙视完叶繁星，赵嘉淇重新望向手机。

她本来想，两千块钱已经很多了，她昨天找一个大V转发微博，也不过才两千，这个人的粉丝还没那个大V多。

结果……对方却一直没有回复。

她有点儿着急，又给叶繁星发了条信息：“你是嫌钱少吗？我可以加的，再加五百行不行？”

两千五……

叶繁星从来没想过，转一条微博还能有这么多钱。

她辛苦做兼职要做很久的。

当然，这两千五百块钱对赵嘉淇来说，根本不算什么。

叶繁星直接拒绝了她：“我的微博现在都是写小故事的，不作商用，抱歉，帮不了你。”

把赵嘉淇挂在她的微博上，她整个人都会不舒服的好吗！

淇淇小宝贝：“姐姐，你写的故事我都看了，你写得好好啊！你就帮帮我嘛！”

赵嘉淇甚至卖起萌来。

叶繁星感觉自己起了一身鸡皮疙瘩。

而且赵嘉淇竟然说自己写的故事很好看，她难道不知道故事里面的女二就是以她为原型的吗?

简直笑死人!

叶繁星看了看时间，关了电脑去洗澡。

江州大学今年的军训足足有二十天，很累，所以她一般会早点儿睡。

结果叶繁星洗了澡回来爬上床，用手机打开微博，看到“淇淇小宝贝”给她发了好多信息。

淇淇小宝贝：“姐姐，好不好吗？”

淇淇小宝贝：“要不，三千？”

赵嘉淇也是拼了，最讨厌别人拒绝她，就不相信这个人有这么高冷。

然而叶繁星压根不想理她，直接关了手机，睡觉。

傅家，晚上十一点，傅景遇还在工作。

蒋森走了进来：“傅先生，该休息了。”

“星星什么时候回来？”一转眼半个月过去了，还没见到叶繁星，叶繁星在时还按时作息的傅景遇，现在每天睡得越来越晚。

他总觉得她在的时候，这里是个家；她不在，这里又成了空空的房子。

蒋森说：“他们这次军训是二十天，下周五应该就回来了。”

他总觉得叶繁星去上学之后，傅先生又回到了在南川别墅那时候，每天孤孤单单的，话也变少了。

甚至家里打来电话让傅先生回傅家，傅先生周末也不肯回去。

蒋森这才发现，叶繁星对傅景遇的影响有多大。

傅景遇对蒋森说：“我再忙一会儿，你出去吧。”

“您的身体……”蒋森看着傅景遇，眼神充满了担忧。

傅景遇抬起头，严肃地看了蒋森一眼。

蒋森不敢不听话，走了出去，并轻轻合上了门。

今天是周日，距离下周五还有五天。蒋森每天掰着手指头数时间，突然觉得这段时间难熬极了。

叶繁星在的时候，不管傅先生有多少不开心，让叶繁星哄一哄就好了。

不像现在，他连想说句关心的话，都怕惹得傅先生讨厌。

而对叶繁星来说，军训的这二十天也是一种煎熬。

除了要面对喜欢惹事的赵嘉淇之外，她每天做梦都梦到火锅、烧烤、酸辣粉、小龙虾……口水直流，却只能忍耐。

周五一早，起床的时候想到要回家了，叶繁星激动得很。

林薇望着叶繁星："星星，你今天要回家吗？"

"是啊。"叶繁星嘴角都是上扬着的。

虽然只休息两天，但不用见到赵嘉淇和胡小知，叶繁星真的很开心。

赵嘉淇在一旁望着叶繁星开心的样子，不明白叶繁星有什么高兴的。

叶繁星现在不是被从傅家赶出来了吗？

赵嘉淇白了叶繁星一眼，走出了门。

赵嘉淇这段时间心情很不好，那个微博上的女人的人气一天比一天高，可就是不理她，让赵嘉淇有一种受挫的感觉。

好在这段时间，林薇的热度也下去了，赵嘉淇又想到今天可以回家了，心情才好一点儿。

下午，叶繁星背着书包从宿舍出来，准备去坐轻轨回家时，结果看到蒋森已经来接她了。

蒋森的车停在宿舍楼门前，她走过去打开车门，坐到了车上。

"蒋先生，您怎么来接我了？我没有行李，可以自己回家的。"

叶繁星一向挺独立的，上次让蒋森送是因为她要拿行李很不方便，但是现在她要带回家的东西不多，蒋森还跑来接她，让她受宠若惊。

蒋森的态度无比和善，他看到叶繁星跟看到救命恩人一样："是先生让我来接你的。"

别说傅景遇了，就连他今天早上起来，想到叶繁星要回来的时候，都有点儿激动。

"大叔这段时间怎么样？身体还好吗？"叶繁星关心地问道。

她想到要见到大叔，比想到吃的还要激动。

蒋森却沉默了，没有回答她的话。

叶繁星看出端倪："他的身体不好？"

蒋森说："他每天晚上都熬夜工作，早上起得也早，没怎么休息。"

"那您少给他安排一点儿工作嘛。"想到大叔那么辛苦，叶繁星有点儿心疼。

蒋森透过观后镜看了叶繁星一眼，说："那也要傅先生肯听我的才行。"

也就是在叶繁星面前，傅景遇才那么好说话。

一个多小时后，车子停在家门口，叶繁星背着书包从车上下来，在蒋森的陪同下进了客厅。

吴阿姨看到她回来，热情地道："星星回来了！好久没见了。"

每次她回来这里，就感觉像回到自己家一样，所有人对自己都很热情，让叶繁星心里暖洋洋的。

叶繁星说："阿姨好。"

吴阿姨是专门从傅家过来给他们做饭的，知道今天叶繁星要回来，晚饭准备得很丰盛。

吴阿姨笑了笑，喜欢叶繁星一点儿架子都没有，不像赵嘉淇……

赵嘉淇之前去过傅家几次，虽然见到傅家人很有礼貌，然而对这些用人都是直接无视的。

要知道平时连傅景遇和顾雨泽对待家里年长一些的用人，都是格外尊重的。

跟吴阿姨打完招呼后，叶繁星和蒋森去了楼上，不过傅景遇有客人，客人还没走。

叶繁星只好跟着蒋森在门口等了一下。

没过多久，跟傅景遇说话的人就出来了，蒋森看到对方，礼貌地鞠了一躬，然后将对方送出了门。

叶繁星则自己进门去找傅景遇。

傅景遇坐在桌前，正在摆弄茶具。他五官精致，表情平静，看起来像是一幅典雅的古典画。

叶繁星说："大叔，我回来了。"

傅景遇抬起头来看着叶繁星，扬了扬眉，原本纯黑的眸子里面，像是注入了光，亮了起来。

他看着叶繁星，并没有表现出内心的惊喜，只是平静地道："坐吧。"

叶繁星把书包放下，走了过去，在他面前的椅子上坐下来，望着傅景遇没有急着说话，却发现傅景遇一直盯着自己的脸，看得她有些羞涩。她忍不住摸了一下自己的脸蛋："我是不是晒黑了？"

女孩子都爱美，叶繁星也一样。不过好在她这个人不容易被晒黑，与军训前差距并不大。

傅景遇望着她，没有急着说话。

不知道为什么，她一出现在眼前，他就感觉整个家里都跟着热闹起来。

见傅景遇不开口，叶繁星皱了皱眉："都二十天没见了，大叔就没想我？"

"为什么要想你？"

面对傅景遇直男式的回答，叶繁星吐了一口老血。

她就不指望他说什么好听的话了！

她摆出无辜的样子："那好吧，我去找吴阿姨要吃的了，反正大叔也不想见到我……"

她说着就站了起来，要往外走。

傅景遇望着她，明知道她是套路，但最近确实很想见到她，终于还是绷不住开了口："回来。"

听到傅景遇开口，原本往外走的叶繁星才又喜滋滋地跑回来。这一次她没坐在他对面，而是直接走到他身后，从身后抱住了他，下巴在他肩上蹭了两下："就知道大叔想我了，是不是？"

傅景遇："……"

他觉得现在的女孩子真是一点儿都不矜持，然而偏偏又喜欢她这副模样喜欢得不得了。

叶繁星也不管他回不回答，自顾自地说着自己的想法："都快一个月没见了，好想大叔啊，经常做梦都梦见你。想到今天要回来，我昨晚一晚上没睡着呢！"

傅景遇笑了笑："我看你是想到吃的才没睡着吧。"

被拆穿的叶繁星才不承认："明明就是想你。"

傅景遇伸手："到前面来。"

叶繁星转到前面来，被傅景遇一把拉进了怀里。她看着傅景遇，真正离他这么近的时候，又觉得有点儿紧张。

想起今天自己在外面被晒了一天，出了一身汗，叶繁星说："我还没洗澡呢，脏得很。要不我先去洗个澡？"

傅景遇望着她有些害羞而躲闪的眼睛，知道她是想要找借口逃，觉得好笑。刚刚主动撩他的人去哪里了？

他在她的耳边轻轻吐气："刚刚谁说想我的？"

因为他说话的时候离得太近，叶繁星感觉自己的耳根都红了起来。

她不敢看傅景遇的眼睛，只敢盯着他黑色衬衫上的那粒纽扣："当然是说来哄你高兴的，你还当真了啊？"

"我不介意你继续哄我。"傅景遇沙哑的声音和他似能够把人看穿的眼神，让叶繁星很想躲。

然而她就在他的怀里，又能往哪里躲？

她索性看向他，色厉内荏地道："大叔，你怎么好意思占我便宜？”

傅景遇望着她，并没有急着回答，修长的手指突然托住叶繁星的下巴，低下头吻住了她的唇。

这不能怪他！

他明明已经努力克制了，然而从叶繁星口中说出来的每一句话，都像是在勾引他，让他不得不堵住这张小嘴……

大叔的唇很软，很凉……

虽然有过几次经验，但叶繁星还是紧张得闭上了眼睛，一双手更是无处安放。

他轻轻带了带她的手，让她搂住自己。两人的距离瞬间变得无比近。

叶繁星纤细的胳膊搂住傅景遇的脖子。这个小小的动作却让她的内心发生了很大的改变。

以前她总觉得大叔对她好，所以喜欢他、依赖他……然而现在，她搂住这个与她唇齿相依的男人，内心有了一种奇怪的变化。

傅景遇亲完了叶繁星，还不忘记补一句：“这才叫占你便宜。”

叶繁星搂着他的手还没有松开，脸颊发烫，却并不想这么认输，小声抗议道：“凭什么便宜都让大叔占了？我也想占便宜啊！要不，你也让我亲一下？”

傅景遇：“……”

傅景遇的内心是崩溃的，他每次想要惩罚一下这个丫头，都被她反调戏！

他还想说点儿什么，门却被敲响了，蒋森的声音传来：“傅先生。”

“进来。”傅景遇开口。叶繁星忙从傅景遇怀里离开，站到了一旁去。

蒋森走进来，叶繁星生怕被蒋森看出什么，很快就逃了。

叶繁星出去后，蒋森看向傅景遇，发现傅景遇的眼神比平时鲜亮了很多。

果然叶繁星一回来，一切都不一样了。

傅景遇问道："晚饭准备好了吗？"

"吴阿姨正在准备。"

"让她多准备点儿好吃的。"他知道叶繁星这个小吃货肯定馋很久了。

听见傅景遇说话的语气都比往天温和，蒋森笑了笑，说："知道了。"

以前叶繁星天天在，他不懂得叶繁星的珍贵，现在叶繁星消失了二十天再回来，蒋森才知道有叶繁星在世界有多美好。

叶繁星回到房间，把自己泡在浴缸里好好地放松了一下。

她这段时间真的是太辛苦了，军训的鞋子不好穿，让人感觉脚底都快被磨穿了一样。

这样泡在水里，叶繁星感觉简直要多舒服有多舒服。

一躺下来，她就忍不住想起刚刚跟傅景遇互动的画面，还有那个吻……

喀喀！

她觉得自己越来越不正经了，肯定是受了大叔的影响！

叶繁星洗完澡，想着是自己的房间，不会有别人，裹着浴巾就出来了，结果看到傅景遇竟然在她的房间里。

他穿着黑色衬衫，坐在轮椅上。

叶繁星这时候看到傅景遇，尴尬得连说话都结巴起来："大、大叔……你怎么来了？"

而且，来了他也不吱一声。

傅景遇脸上很平静，仿佛自己什么都没看到："你把书包忘在我那儿了，给你拿过来。"

"谢谢。我、我先去穿衣服！"

想起自己身上只围着浴巾，叶繁星赶紧抱起放在床上的衣服，躲进了浴室。

虽然她闪得很快，但刚刚的模样还是印在了傅景遇的脑海里。

他皱着眉移到墙边，按了墙壁上的空调按钮，将房间的温度调低了两摄氏度——太热了！

叶繁星很快就换好了衣服，还专门吹了头发才出来，看到傅景遇静坐在那里等她："大叔。"

傅景遇看了她一眼，没有过多表示："走吧。"然后他转着轮椅出门了。

叶繁星本来觉得尴尬得很，看到傅景遇没什么反应，心里才松了一口气。

也是……大叔现在生病了，就算想有反应也是不可能的吧？

叶繁星快走几步跟上傅景遇，帮他推着轮椅。

楼下，吴阿姨准备了一大桌菜，甚至还有叶繁星最喜欢的小龙虾，看得叶繁星直流口水。

"这么多菜，吃得完吗？"冷静下来后，叶繁星对四个人的战斗力充满了怀疑。

傅景遇刚刚喝了口水，轻轻把杯子放下。这小小的动作也优雅至极。

他看着叶繁星："这不是有你吗？"

叶繁星不服气地瞪了他一眼："我又不是猪。"

吴阿姨笑道："快吃吧，昨天傅先生就叮嘱我多给你准备点儿吃的。"

"……"傅景遇沉着脸。他可没让阿姨说这些。

叶繁星望向傅景遇，开心地道："谢谢大叔。"

明明他对她好得不行，但每次都摆出漠不关心的样子。大叔真是太"闷骚"了，哈哈哈……

傅景遇望了一眼叶繁星乐呵呵的样子，没有怼她，拿起筷子给她夹了菜："多吃点。"

"你这样养我，就不怕我长胖了？"虽然她感觉自己最近都饿瘦了。

傅景遇说：“胖点儿好看。”

“虽然知道大叔说的是假话，但我还是挺开心的。”叶繁星夹了只鸡腿过来。

傅景遇坐在一旁，静静地望着她吃东西的模样，总觉得自己都变得很有食欲。

吴阿姨说：“对了，景遇，你爸妈让你周末回去一趟，说好久没看到你和星星了。”

叶繁星不解地问道：“我在军训就算了，怎么大叔也没回去吗？”

傅景遇看了一眼叶繁星好奇的眼睛，说：“最近忙。”

“听说大叔每天都忙着工作，没有好好休息，是不是？”刚刚还温柔的叶繁星，突然像变了个人似的，严肃起来。

傅景遇看向一旁的蒋森。蒋森刚刚给自己夹了菜，就感觉被傅景遇瞪了一下，听到傅先生问：“是你说的？”

蒋森：“抱……抱歉。”

叶繁星看着傅景遇，说：“大叔，我平时不吹头发你都会教训我，怎么到了你自己这里，你反而不听话了？”

蒋森望着叶繁星，她年纪不大，但说教起来一套一套的。

傅先生什么时候让人这么训过？

蒋森看着叶繁星，给她使眼色，希望她赶紧闭嘴，免得惹傅先生不高兴。

然而叶繁星根本没有留意他。

蒋森再看向傅景遇，却发现被叶繁星训了一顿的傅景遇不但没生气，反而还握住了叶繁星的手，宠溺地说：“知道了，快吃饭吧。”

傅先生这语气，好像还挺享受叶繁星这么教训他？

蒋森突然感觉，自己这么多年可能白活了。

第二天是周六，傅景遇带着叶繁星回了傅家。

二楼，顾雨泽的房间里，左煜坐在沙发上，正在和顾雨泽打手机游戏。

眼看就要“超神”，结果被对方五个人围住击杀，他气得瞪向顾雨泽：“你们竟然卖我！”

顾雨泽淡定地挑了挑眉：“菜鸡！”

“你……”左煜瞪了一眼这个卖起人来理直气壮的男人，不理他了，“我去喝口水。”

他走出房间，准备去楼下喝水时，正好看到叶繁星背着书包从楼梯口走上来。

叶繁星和傅景遇刚到，她现在要回房间放东西。

“叶繁星。”即使她换了衣服，左煜还是一眼将她认了出来。

叶繁星听到有人叫自己，停下脚步，然后看到了左煜。他换了衣服，看起来比上次见的时候帅一些。

本来她想问他为什么在这里，但想起他是顾雨泽的朋友，好像出现在这里也不意外，便没问，只是挑了挑眉道：“有事？”

“你怎么在这里？”左煜已经走了过来，惊讶地打量着叶繁星，“这里不是顾雨泽家吗？”

她竟然跟顾雨泽有关系？没想到啊！

“有点儿事，过来一下。”叶繁星淡漠地看了他一眼，没有跟他多解释，直接走开了。

为了等左煜回来，顾雨泽正在打字跟刚刚一起玩的队友聊天。

连水都没顾得上喝的左煜从外面回来，一脸严肃地在顾雨泽对面坐下：“你猜我刚刚看到了谁？”

“谁啊？”顾雨泽按着手机屏幕，没看他。

左煜开口：“叶繁星。她怎么会出现在你家啊？”

上次见面的时候，顾雨泽还说跟叶繁星不熟，结果一转眼，他竟然在顾雨泽家里看到叶繁星。

顾雨泽抬起头，表情严肃：“你怎么还记着她？我说了，让你少打她的主意。”

“你这么紧张做什么？”左煜笑了笑，“你们以前同一所学校的，她不会是你的前女友吧？”

“……”顾雨泽僵了僵。

左煜原本只是随便一说，见顾雨泽这样，有点儿意外：“我猜中了？”

“她要是我的前女友，能出现在我家里？”现在叶繁星是他的小舅妈，他如果再承认叶繁星是他的前女友，那得多丢人？

所以，顾雨泽直接选择了否认。

他对左煜道：“我们只是亲戚而已。你别打她的主意。”

这人要是得罪了舅舅，不会有什么好下场。

左煜对叶繁星的身份很好奇：“亲戚，什么亲戚？表妹？”

“对，表妹！”顾雨泽懒得解释。“小舅妈”三个字，他说不出来。

他直接站起来，去了洗手间。

叶繁星放下书包，重新回到了楼下。傅妈妈正在跟傅景遇说话——傅景遇这么久没有回来，傅妈妈可不得好好说说他。

叶繁星没有打扰他们，在傅景遇旁边的长沙发上安静地坐了下来。

她刚一坐下，左煜就从楼上下来了。

看到叶繁星，他脸上扬起一抹坏坏的笑容——他从来不是个正经的人。

见他这样，叶繁星心中顿时有一种不好的预感。

这货要干吗呀？

傅妈妈看到左煜，忙道：“小煜，快来坐。”

虽然顾雨泽跟左煜是室友，在学校里才熟起来的，但两家的家长认识，所以傅妈妈对左煜很是热情。

左煜走了过来：“我下来喝点儿水。”

傅妈妈说：“坐吧，阿姨很快就拿过来。”

左煜虽然皮，但该有的礼貌倒也没少，先跟傅景遇打招呼：“傅叔叔好。”

傅景遇点头之后，左煜才在沙发上坐了下来。

只是，这么宽的位置，他哪里不坐，偏偏坐在了叶繁星正坐着的沙发上。

叶繁星："……"

她恨不得找个地方躲起来——这位兄弟，你就算自己作死，也别拉上我啊！

傅景遇看了左煜一眼。

傅妈妈跟他介绍道："这是雨泽的同学，你左叔叔家的孙子。"

左家也是有头有脸的人家，傅景遇当然听过左煜的爷爷，也见过。

傅景遇又看了左煜一眼，这家伙长得有几分像他爸。

"左煜啊！"傅景遇意味深长地重复了一下他的名字。

左煜对着傅景遇笑了笑，完全不知道傅景遇这句话是什么意思，还以为傅景遇是在跟他打招呼呢。

阿姨端着水过来，放到左煜面前，左煜说了声："谢谢。"

他端起水喝了一口，目光落在叶繁星身上。

他望着叶繁星，露出迷弟般的表情："我真没想到，你竟然是顾雨泽的表妹啊！"

上次吃过饭之后，他一直想再约叶繁星来着，但怕吓到她，又怕太急了惹她不高兴。

现在听说她是顾雨泽的表妹，左煜觉得自己仿佛看到了希望。

他跟顾雨泽关系这么好，爷爷又跟傅家人认识，要是他跟傅家人说他喜欢叶繁星，他们铁定愿意撮合他和叶繁星。

"表妹？"叶繁星不知道这货在说什么，压根听不懂。

他是从哪里判断自己是顾雨泽的表妹的？

傅景遇望了叶繁星一眼，见她跟左煜说话，还很熟的样子，问道："你们认识？"

叶繁星正想解释自己跟左煜不熟，左煜已经抢先一步回答道："是，之前在学校的时候见过。"

他说话的时候，眼睛一直没有从叶繁星身上离开，对叶繁星的喜欢，一点儿都没有要掩饰的意思。

傅景遇只看了一眼，就知道这小子在打叶繁星的主意。

真是反了他！

傅妈妈听了，笑了笑道：“好像是啊，你们三个都是一个学校的。”

“不只一个学校，还是同系同学。好有缘分啊，是不是？”他望着叶繁星，挑了挑眉。

叶繁星不敢跟他对视，只是用目光偷偷看了傅景遇一眼，发现大叔一张脸早已经黑了下来。

傅景遇虽然没开口说话，但叶繁星还是感觉到了他的不满。

这个左煜简直就是个祸害啊！

为了不让大叔误会，叶繁星也没再给左煜留面子，直接怼了回去：“谁跟你有缘分？”

“……”左煜看着叶繁星这副模样，笑了笑，感觉冷冰冰的叶繁星也好看极了。

顾雨泽从洗手间出来，没见到左煜，估计他是下来喝水了，也从楼上下来了，正好看见左煜跟叶繁星坐在同一张沙发上。

这不是重点，重点是，傅景遇就坐在旁边！

顾雨泽再看向左煜嬉皮笑脸、一双眼睛恨不得贴到叶繁星脸上去的样子，忍不住替他捏了一把汗。

就算顾雨泽自己——傅景遇的亲外甥，被傅景遇宠到大的人，也不敢这么嚣张好不好？

左煜还想说什么，顾雨泽已经走过来，找了个借口将他拉走了。

叶繁星看了一眼傅景遇和傅妈妈，解释道：“就是学校的同学，之前只见过一次，我跟他不熟。”

解释完，她发现傅景遇的神情变都没变，他只是端起水淡漠地喝了一口，没看她。

叶繁星瞬间有想哭的冲动。

这个左煜……真是害死她了啊！

傅妈妈看着傅景遇说："前两天，苏华他老婆给我打了个电话。"

苏华是苏琳欢的父亲，他老婆当然就是之前上门来说傅景遇不能生，又是残废，不会把女儿嫁给傅景遇的那个女人。

虽然过去了这么些天，但想起当时苏太太的态度，傅妈妈还是心塞得很。

差点儿要成为亲家的人，在她儿子出事后，不但没有安慰一下，反而火上浇油。

她已经打定主意跟这家人老死不相往来，但没想到苏华这么快就给她打来电话了。

尤其是对方昨天打电话过来的时候，态度乖得跟孙子一样。

傅景遇平静地把杯子放下，问道："说了什么？"

"说让我跟你说一声，想请你吃顿饭。"苏华也往傅景遇那里打过几次电话，但一直没联系上。

傅景遇可不是个宽宏大量的人，原谅别人是菩萨做的事情，而他只会做自己想做的事情。

他之所以报复苏家，故意抢了苏家的地皮和生意，不只是因为苏琳欢的毁婚，还因为苏家人的态度。

上次苏家夫妇在客厅里跟他爸妈的谈话，他听得一清二楚。

此刻听到苏华想请自己吃饭，傅景遇淡漠地道："我忙，没空。"

"我也是这么说的，直接拒绝了他！"两家交好了这么多年，压根没想过会走到今天这个地步。

但实在是苏家人过分在先。

傅妈妈提起那家人，语气都是恨之入骨的……

现在见到苏华想上门来求人，她只觉得大快人心。

叶繁星坐在一旁，听着大叔跟傅妈妈谈论正事，没插话。

好不容易他们聊完了这个话题，傅妈妈被电话叫走了，叶繁星才看向傅景遇："大叔……"

"蒋森。"她刚说了两个字，就听见傅景遇叫蒋森。

蒋森走了过来："傅先生。"

“送我去楼上。”傅景遇没看叶繁星，似乎压根不想跟她说话。

蒋森应道：“是。”

他就要过来推傅景遇，一个人影已经飞快地赶在了他的前头。

“我来。”叶繁星站在傅景遇身后，狗腿子般地帮傅景遇推着轮椅。

蒋森：“……”

他看着叶繁星想要讨好傅景遇的模样，也没拆台，把傅景遇让给叶繁星，走在前头去按电梯，让傅景遇连拒绝的机会都没有。

蒋森现在知道了叶繁星的重要性，所以生怕两个人闹矛盾。到时候叶繁星要是跑了，谁来帮他哄傅先生？

叶繁星推着傅景遇进了电梯，对着傅景遇问道：“大叔，你真的生气了啊？我跟左煜真的什么关系都没有的！你要相信我啊！”

傅景遇的眼神黯了黯。

什么关系都没有？

她却把别人的名字记得这么清楚？

叶繁星说了一路，最后到了书房，傅景遇也没回她。

她求助地看向蒋森，希望蒋森能够帮她说说话。

蒋森看不过去了，开口道：“傅先生……”

傅景遇看出他的意图，直接出口打断他的话，道：“我要工作了。”

蒋森只好停下这个话题，把傅景遇的工作电脑拿了过来，放在他面前。

傅景遇工作的时候，一般不让人打扰。

叶繁星和蒋森从书房出来，站在门口看了一眼傅景遇的样子，有些担心地道：“大叔好像真的生气了。”

蒋森跟着望了傅景遇一眼，也没办法：“你哄哄就好了。”

如果叶繁星都哄不好，他好像也帮不上忙。

“怎么哄？”平时她说两句，傅景遇就不生气了，今天她说了那么多话，他可一句话都没理。

蒋森说："这我就不知道了。"

他要是知道，之前也不会每天拿傅景遇没办法，希望叶繁星赶紧回来解救他了。

傅景遇处理了一会儿工作——这些工作都是明天要做的，他是提前在弄。他抬起头，就看到蒋森站在一旁，而叶繁星已经不见人影了。

"她呢？"傅景遇问道。

蒋森知道他问的是叶繁星："太太见你生气不理她，就走了，估计她这会儿在睡觉吧。"

"……"她没有来哄他，而是在睡觉？

傅景遇感觉自己更不舒服了，一张脸阴沉得可怕。

蒋森看着傅景遇这般在意叶繁星的模样，适时地劝道："太太在学校里上学，难免会被其他人看见。她那么优秀，有人喜欢也是正常的。傅先生就别跟她生气了。"

重点是，傅景遇生气，吃亏的也是他自己，毕竟是他自己在意叶繁星在意得不得了。

不像叶繁星心那么大，见傅景遇不理她，她就跑下楼玩去了，到现在也没出现，都不来哄哄傅先生。

没办法，谁让她年纪小呢？

小女孩儿哪里能考虑到这么多问题？

傅玲珑的声音从外面传来："景遇。"

她手里拿着文件夹，上面罗列着傅景遇和叶繁星结婚要准备的东西，走进来问道："你看看你跟星星什么时候有空，要不要去拍个婚纱照？"

傅景遇皱眉，看了一眼自己的双腿，他现在的样子拍什么婚纱照？

"以后再补拍吧！"等他好起来以后再拍。

"可是如果不拍的话，婚礼那天怎么办？"傅玲珑并不知道傅景遇的身体情况，也不知道他什么时候会好，只想让他们在结婚前把婚纱照拍了。

"取消。"正常情况下，婚礼现场都会贴上新娘和新郎的婚纱照照片，但是他情况特殊，也就不要了。

傅玲珑遗憾地叹气道："唉，我本来都安排好了呢！"

不过见傅景遇这样，她也能够理解他不愿意拍婚纱照的心情。

傅景遇没出声。

傅玲珑坐了下来，发现弟弟臭着一张脸："你这是怎么了？心情不好？"

"没有。"

傅玲珑的目光没有从傅景遇身上离开，她发现自己一问，他的脸更臭了。

她看向蒋森："你惹他生气了？"

蒋森很无辜："哪里是我，是叶繁星。"

"星星？"傅玲珑不解地望着傅景遇，"星星还能把你惹生气？你怎么这么小气啊，还跟小姑娘生气。"

"……"傅景遇望着眼前的傅玲珑，这是他亲姐？

虽然他知道他老婆的确很可爱，很让人喜欢，但他姐这样偏心，有点过分了吧！

第六章

她的避风港

傅玲珑叹了一口气，说：“我刚刚还看到星星在厨房里忙，说是要做你最喜欢吃的菜。别人难得放一天假，把心思都花在你身上了，你竟然还生气！”

傅景遇有些意外地看着傅玲珑：“她在厨房？”

“是啊！”傅玲珑望着傅景遇，“你不知道啊？她都忙了好一会儿了，我看她一个人怕她忙不过来，想帮帮她，她也没让。”

傅玲珑的这番话，让傅景遇心中那丝不舒服瞬间消失得无影无踪，有一种想瞬间跑去叶繁星面前的冲动。

结果傅玲珑的话刚说完，叶繁星就敲门了。叶繁星站在门口，没想到傅玲珑也在，小心翼翼地问道：“我可以进来吗？”

她刚刚忙完，从厨房里出来，系着围裙，头发扎在一起，头上还扎了块小方巾，看起来很乖的样子。

傅玲珑问道：“菜做好了？”

叶繁星点头：“嗯，可以吃饭了。”

她看了看傅景遇，知道他还在生气，所以想做点儿事情来哄哄他，就是不知道大叔领不领情。

“走吧，我们吃饭去。”傅玲珑故意揽着叶繁星的肩膀，带着她往外走。

傅景遇看着这一幕，皱了皱眉。他知道，傅玲珑是故意跟他作对，但只能眼睁睁地看着叶繁星被傅玲珑带着出了门。

傅景遇坐在轮椅上，望着她们离开的方向，想起傅玲珑说的话：叶繁星一直在厨房里做他喜欢吃的菜。

他看向蒋森："你不是说她在睡觉？"

蒋森汗颜："我一直没看到她，以为她去睡觉了。"没想到叶繁星竟然是去做菜讨好傅景遇了。

叶繁星跟着傅玲珑到了走廊上，停下脚步说："姐，你先去吧，我去叫大叔。"

傅玲珑说："他刚刚听到了，自己会下来的。"

"我还有点儿话要跟他说。"虽然傅玲珑这样说，但叶繁星还是很不放心。

毕竟大叔还在生气，她为了哄他才忙了这么半天，就是为了找一个借口让他跟自己说话。

傅玲珑看了看叶繁星执着的样子，忍不住笑了笑，道："好吧。"

她本来也就是想跟傅景遇开个玩笑。看得出来，刚刚傅景遇知道叶繁星在做菜的时候，就已经心软了。

傅玲珑走后，叶繁星重新进了书房。

傅景遇刚刚训完蒋森，准备和蒋森一起下去，就看到离开的叶繁星又走了回来。

"大叔，吃饭了。"叶繁星望着他，讨好地道，"我做了你最喜欢吃的菜。你就原谅我一次，好不好？我保证，下次再也不跟那个谁谁谁说话了！"

之前在电梯里她还提左煜的名字，现在是直接连左煜的名字都不提了，可见她是多么诚心。

蒋森站在一旁，发现叶繁星还挺机智的，做到这种程度，不说傅先生，就算是他也得心软。

傅景遇并没有说话，只是看着叶繁星脸上温暖的笑容。

他并不生气，可看着叶繁星这么郑重地跟自己道歉，他一时间竟然有点儿不知道怎么接话。

好在蒋森会看事，并没有忘记给傅景遇递台阶，帮着叶繁星劝道：“傅先生，到点了，我们先去吃饭吧。”

叶繁星又是个特别懂得顺杆爬的人，赶紧过来帮傅景遇推轮椅：“吃饭去喽！”

顾雨泽和左煜刚从房间出来，就看到叶繁星推着傅景遇进了电梯。

顾雨泽望着两人的方向，走向了楼梯。左煜跟在他身后，道：“叶繁星跟你舅舅关系这么好啊？”

虽然他跟傅景遇打了招呼，但还是能够在傅景遇身上感觉到淡漠的疏离感，而且以前就听说过，傅景遇是个挺冷漠的人。

然而刚刚傅景遇跟叶繁星在一起，却很开心的样子。

顾雨泽听到左煜这个可笑的问题，忍不住笑了笑：“两人都要结婚了，能不好吗？”

“什么？”左煜没听明白。

顾雨泽怕他等会儿到了下面又犯傻，忍不住跟他说了真话：“叶繁星是我舅舅的未婚妻，他们马上就要结婚了。”

两人的婚期定的是十月，而现在已经九月下旬了。

要不了多久，所有人都会知道叶繁星嫁给舅舅的消息。

“……”左煜不敢相信地瞪大了眼睛，“不会吧？”

突然听到这么劲爆的消息，他简直怀疑顾雨泽在和他开玩笑。

“信不信随你。”顾雨泽往楼下走去，左煜很快跟了上来，问道：“叶繁星是疯了吧？她年纪跟你差不多，嫁给你舅舅？”

虽然说年龄不是问题，傅景遇比叶繁星也大不了太多，可是现在他半身不遂，坐在轮椅上，有可能下半辈子都需要人伺候。叶繁星这是疯了才会做出这样的决定吧？

左煜的话，像是针一样扎进顾雨泽心里。谁说不是呢？

现在的叶繁星中了毒似的，不管傅景遇怎么样，她就是要嫁。

就连自己想跟她和好，她也不给他面子。

顾雨泽现在已经放弃劝她了。

他就等着看，叶繁星嫁给傅景遇之后，下半辈子怎么度过。

她跟傅景遇在一起，早晚有她哭的时候。

顾雨泽和左煜从楼上下来的时候，餐厅里的人已经齐了，傅景遇的爸妈还有傅玲珑，以及叶繁星、傅景遇都在。

叶繁星坐在椅子上，对傅景遇介绍道："大叔，你看这个……"

傅景遇看过去：在他们面前的菜盘子里，装着用白萝卜雕出来的两个小人儿，雕得栩栩如生，男的一脸冷漠地将头转向一旁，女孩儿凑过去一脸讨好……

两个小人儿的五官刻得虽然不算特别精致，然而重点抓得很到位、很传神，让人一眼就能看出来，她雕的是她和傅景遇。

叶繁星指着女孩儿说："这个给你，这个就是我的啦！"

她把生气的"傅景遇"夹到了自己面前的盘子里，看着傅景遇道："你看，我都把自己送给你了，大叔，你最疼我了，还舍得继续生我的气吗？"

傅玲珑坐在旁边，将两人的话听得清清楚楚，忍不住笑了："星星，你还会弄这个？好厉害啊。"

能够把萝卜雕成这样，傅玲珑都不知道该夸叶繁星刀功好，还是夸她美术功底好。

叶繁星笑了笑："就是弄着玩的。"

小时候家里没什么玩的，她妈妈种了块萝卜地，叶繁星经常以糟蹋萝卜为乐，雕萝卜的技术不是一般的好……

只不过，这项技能没有什么用，毕竟她不打算去当厨师。

然而在傅家人眼里，这已经很厉害了。

傅妈妈很宠傅景遇，所以一见叶繁星哄傅景遇，看叶繁星就格外顺眼，笑着夸奖道："星星的厨艺不错啊！之前听吴阿姨说我还不信，今天见了才知道。"

这些菜光是看起来，就让人很有食欲。

傅玲珑附和道："是啊！我感觉得发个朋友圈。"

她赶紧拿出手机拍了两张照片。

叶繁星拿起公筷，给傅爸爸和傅妈妈都夹了菜，笑着说："来了这么久，第一次做饭给爸妈吃。爸，妈，尝一尝，不好吃也别嫌弃啊。"

傅爸爸见叶繁星这样，道："星星太客气了。"

傅妈妈望着叶繁星，也忍不住笑了笑。

虽然叶繁星家里什么都没有，她母亲甚至有点儿不讲道理，但叶繁星很乖，又会哄傅景遇开心，一家人对她都很满意。

傅景遇坐在一旁，望着叶繁星乖巧又礼貌的样子，本来在楼上听说她为自己做菜，他就已经消气了，现在再看着她这样，心更是软得一塌糊涂。

叶繁星坐回来，给傅景遇夹了菜："大叔，你尝尝这个，你最喜欢的。好不好吃？"

傅景遇尝了一口，点头："好吃。"心都被她甜化了，能不好吃吗？

见他终于开口跟自己说话，叶繁星笑了笑。大叔肯理她就好，她是真的害怕大叔因为左煜的事情生气。

傅景遇望着叶繁星，突然看到她手上贴着创可贴，皱了皱眉头："手怎么了？"

叶繁星说："没事。"

一开始不太习惯傅家厨房里的刀具，不小心划了一道小伤口，但她已经处理过了。

知道傅景遇从来不喜欢她受伤，她下意识地就想把手放到桌下藏起来，然而一只大手却在桌子下面握住了她的手。

一瞬间，叶繁星有被电到的感觉。

她看了傅景遇一眼，傅景遇用另一只手拿起筷子给自己夹了吃的，认真吃着东西，仿佛他什么都没做，更没有偷偷去握叶繁星的手。

饭后大家都散了，叶繁星和傅景遇也回了自己的房间。

傅景遇坐在轮椅上，叶繁星蹲在他面前，双手托着小脸，大眼睛看着他。

傅景遇见她这样，问道："这么看着我做什么？"

她这样直勾勾地看着他，仿佛是一种无形的勾引……

叶繁星扬了扬嘴角："我就是想看看，为什么平时那么稳重的大叔，这么容易吃醋！你是醋桶吗？"

虽然她知道这件事情的确是因为左煜而起，可是傅景遇吃起醋来太可怕了。

傅景遇说："怪我？"

都是她太可爱了，才让别人总想打她的主意。

叶繁星往前挪了挪，求生欲十足地凑到傅景遇面前，握住他的手认真地道："怪我，所以我向你道歉了啊！不生气了，嗯？"

傅景遇望着她那双仿佛会说话的眼睛，将她拉起来，让她坐在自己的腿上，搂住她，贴着她的耳朵道："你很会哄我！"

叶繁星捉住腰间那双手，低头笑道："因为我很怕大叔不理我。"

她很久没跟家里人联系了，当初是赌气出来的，如果大叔不理她，她可能也不会回去南川，那么她就真的只剩下自己一个人了。

傅景遇望着叶繁星。她偶尔露出来的这抹悲伤神色，总会让他觉得心疼。

他用温暖的声音道："好了，没跟你生气，逗你玩呢！看你当真的。"

"可是你都不理我。"叶繁星瞪了他一眼，用头在他胸口撞了撞。

傅景遇趁机按住她的小脑袋，笑道："好，我的错。"

因为刚刚吃过饭，叶繁星和傅景遇就在房间里休息。

她蹲坐在沙发上，拿着傅景遇的平板电脑看着电视剧，时不时被电视上的剧情逗笑，十个小脚指头很乖地暴露在傅景遇眼底。

傅景遇坐在一旁，看了眼看电视看得很投入的叶繁星，又低下头继续看自己的书。

如果是其他人，在他旁边这样看电视，还笑出声，他肯定觉得吵死了。可是叶繁星这样，他一点儿都不觉得吵，反而觉得很有趣，有一种被她陪伴着的充实感。

这样温馨的画面，最后是被叶子辰的电话结束的。

叶繁星看了下响起来的手机，按了接听。

叶子辰在手机里问道："姐，你军训结束了吧？"

"嗯。"

"我想过去找你。"

"做什么？"叶繁星挑了挑眉。因为她已经上学了，叶子辰最后也被叶母押着去了他考的那所并不太好的大专学校上学。

那所学校比叶繁星的学校轻松很多，军训一周就结束了。

叶子辰说："妈今天来看我了，让我给你送点儿东西。"

"又是吃的？"叶繁星还记得上次叶母让叶子辰给她带的小吃。

叶子辰点头："是啊！你不知道妈现在有多疼你！逢人就夸你，还说不放心，让我过去看看你。"

"……"叶繁星觉得很无奈，不过她妈妈会做出这种事情，她一点儿都不意外。

只是之前在傅家面前她妈妈那么过分，也不知道现在怎么好意思在外面到处宣扬。

叶子辰继续问道："好不好？姐，上次你请我吃饭，这次我请你。"

"你请我？"叶繁星说，"你有钱，妈给的？"

叶子辰花钱比较大手大脚，但因为是儿子，母亲一向很宠他，每次他的零花钱都比叶繁星多一些。

不过，叶繁星自己能赚钱，又比叶子辰大，便没在意这些。

叶子辰笑了笑："我也会赚钱的嘛！"

"你还能赚钱？"叶繁星觉得有点儿神奇。

叶子辰说："我最近接了代打，他们给我钱了，还有……我重新加了战队。回头再告诉你。来不来？"

叶繁星说："好。"

她也很久没有见过叶子辰了。

虽然母亲让她很不高兴，但子辰是她弟弟，姐弟俩一起长大的，叶子辰就小她一岁，高中以前他们都是上的同一所学校，总是有些感情的。

挂了电话，叶繁星就跟傅景遇说了这件事情：“大叔，下午我要出去一趟。”

傅景遇说：“去哪儿？”

“我弟弟请我吃饭，我去去就回来，可以吗？”虽然她是自由的，想去哪里都可以，但还是习惯出去以前跟傅景遇说一声，也好让傅景遇放心。

傅景遇也不拦着她：“去吧，早点儿回来。”

叶繁星看了看时间，站起来道：“那你回头帮我跟爸妈和姐姐说一声。”

九月下旬，这座火炉城市已经不那么热了。叶繁星到餐厅的时候，看到叶子辰坐在那里，他找了个靠窗的位置在等她。

叶繁星走了过去。

叶子辰把叶妈妈让他转交的东西交给她，道：“妈让我跟你说，你有空的时候回家里看看。”

叶繁星态度淡漠地道：“再说吧。”

她知道，如果自己当时没有反抗，如果大叔没有答应帮她，一切都不会是今天的样子。

可能她的一辈子就彻底毁在了叶母手里。

叶繁星这个人爱很强烈，恨也很强烈，面对喜欢的人，她什么都好，可面对自己恨的人，她能够记恨很久。

姐弟俩吃了顿饭，吃饭的时候，叶子辰跟叶繁星说了些他最近的进展。

他之前来这边参加过一次战队，结果战队在第一轮海选就被淘汰了，然后几个队友就放弃了。

他重新加了一支刚刚成立的职业战队。

这支战队跟之前几个小朋友闹着玩的不一样，背后有金主，还请了前职业选手来当教练……

叶子辰说："姐，等我拿了冠军，就把奖金都给你买吃的！"

叶繁星望着他，忍不住笑了笑："好。"

傅家，顾雨泽和左煜打了一天游戏，从房间里出来，准备出门。

顾雨泽最近组建了一支《王者荣耀》的战队，请了前职业选手来当教练，还在网上联络了几个他觉得技术很好的选手，左煜也是其中之一。

之前他一直在学校军训，今天才有时间，约了几个人见面，现在正准备出去。

他们下楼的时候，正好看到傅景遇坐在客厅里。顾雨泽看着他，主动打招呼道："舅舅。"

虽然今天吃饭的时候，吃了一嘴傅景遇和叶繁星的"狗粮"，但平时顾雨泽对傅景遇还是挺尊重的。

他喜欢叶繁星和他尊重傅景遇是两回事。

傅景遇看了顾雨泽一眼，然后目光落在左煜身上："要出去？"

左煜现在已经知道了叶繁星跟傅景遇的关系，想起自己今天在沙发上作死的行为，被傅景遇一看，更是连说话都变得结巴起来："傅、傅叔叔。"

傅景遇眼神淡漠，脸上却挂着笑容："听说你在学校里跟我的太太关系很好？"

他这一笑，更是笑得左煜肝儿颤。之前他怎么没发现，傅景遇这么可怕的？

他连忙道："我、我跟她不熟，不熟！"

他有一种感觉：如果自己说跟叶繁星关系好，会死得很惨。

傅景遇挑了挑眉，道："那星星在学校里就劳烦你关照了。"

"不敢不敢！"左煜心虚地说着，庆幸今天在客厅里，顾雨泽及时出现把他拽走了，没有让他接着撩叶繁星，否则他怀疑自己最后怎么死的都不知道。

从客厅出来，两人上了车，左煜对顾雨泽道：“你舅舅好可怕啊！”

他只是跟傅景遇说两句话，都快被吓死了。

顾雨泽听了左煜的话，扬了扬嘴角：“……”

对此，他深有体会。

叶繁星跟叶子辰吃完饭就回来了，傅家的人已经吃过晚饭了，她上楼回到房间，房间里没开灯。

她把灯打开，看到傅景遇坐在沙发上睡着了。

屋里还开着空调，有点儿凉，他却没盖被子。

叶繁星忙过去拿了毛毯给他盖上……

叶繁星刚刚给傅景遇盖好毛毯，手还没来得及撤回，就被傅景遇握住了。

叶繁星看着傅景遇：“大叔，你醒了？”

“回来了？”傅景遇看着她，眼神很是温柔。

见到她回来，他很开心。

叶繁星说：“对，吃完饭就回来了。你怎么不去床上睡？在这里睡生病了怎么办？”

傅景遇望着她，淡淡地答道：“等你。”

虽然只有两个字，可叶繁星觉得心里暖暖的。

自己每次出门，都有人在家里等着，这是件多么幸福的事情。

他就像是她的避风港，是她可以栖息的港湾……

叶繁星说：“你认真一点儿，别开玩笑，我跟你说认真的。”

傅景遇双手撑着沙发就要坐起来，叶繁星说：“你再躺一会儿吧，我先去洗个澡。”

她已经给他拿了毛毯来，他可以再睡一下。

傅景遇听完她的话，重新躺了回去。

叶繁星从包里拿出手机充上电。刚刚出去的时候，电都用光，手机自动关机了。

然后她拿着换洗衣服进了浴室。

叶繁星洗了澡出来，换了睡衣，拿起手机却发现怎么也开不了机了。

“大叔……”傅景遇听到她的声音带着几分焦虑。

“怎么了？”

“我的手机好像坏了，开不了机。”

“拿来，我看看。”傅景遇说道。

叶繁星拔了充电头，把手机拿过来。男人对这些东西都比较了解，不像女人，对这些电子产品大多一窍不通。

傅景遇接过手机。叶繁星的这部手机都用了两年了，是她自己打工挣钱买的，一直没换。

傅景遇拆掉手机套，给她检查了一下，也开不了机。

“可能是电池坏掉了。”傅景遇说。

“那怎么办？能修好吗？”要知道她是那种压根离不开手机的人。

“修是能修，不过要花点儿时间。”傅景遇望着叶繁星，“你先用我的，回头修好了还给你。”

他把自己的手机给了叶繁星。

叶繁星说：“我用你的，你怎么办？”

“我反正很少用手机。”傅景遇不喜欢看手机，总觉得对眼睛不好。

而且他实在不觉得手机有什么好玩的。

“那我用一会儿。”叶繁星拿了手机，挨着他坐下来，两人一起坐在沙发上。

傅景遇望着她：“又要弄你的微博？”

“嗯。”

傅景遇伸手将她搂在怀里，看着她用他的手机登录微博，顺便留意了一下她的微博名字，暗暗记在心里。嗯，回头他得给她点个关注。

他看了一会儿，目光就不自觉地转到了叶繁星的侧脸上。

灯光下，她的脸上看不到任何瑕疵，能够看到脸上细细的绒毛，再加上她大眼睛一眨一眨的样子……

原本只是单纯想要搂着她的傅景遇，呼吸不自觉地变得粗重起来。

傅景遇的脑海里瞬间浮现顾雨泽还是婴儿时候的画面。

如果……自己和叶繁星的孩子出生了，会是什么模样？

这个念头一旦在脑海里出现，就有一点儿刹不住的感觉，他甚至瞬间连孩子以后上哪所大学这种事情都考虑出来了。

叶繁星用手机更新了今天的微博，然后看向傅景遇："大叔？"

傅景遇不知道在想什么，没有回她。

她伸手在他面前挥了挥，又说了一句："你在想什么啊？"

傅景遇这才回过神来看着叶繁星："弄完了？"

叶繁星说："嗯。"

她动了动，发现自己坐得屁股都有点儿疼了，站起来伸展了一下身体，对傅景遇说："不早了，睡觉吧。"

她最近一旦将心思放在微博上面，就什么都顾不上了。

毕竟这是她实现目标的第一步。

傅景遇说："好。"

叶繁星把他的轮椅推过来。傅景遇现在已经能够自己借着双臂的力量移到轮椅上面了。

叶繁星再将他推到床边，扶着他上床。

傅景遇靠着枕头，看着叶繁星给他盖被子。他现在这副模样需要人照顾，她却一点儿都不嫌弃他。

可能是被苏琳欢那个女人的绝情衬托，以至于叶繁星的一点儿好，在傅景遇眼里都被放大了。

叶繁星帮傅景遇盖好被子之后，又去拉了窗帘，才爬上床来。

她坐在床上，望了傅景遇一眼，表情变得复杂起来。

傅景遇望着她一脸沉重的模样，问道："又怎么了？"

叶繁星撇了撇嘴："我明天要回宿舍了。"

她又要去面对赵嘉淇那个喜欢挑拨离间的女人，以及被赵嘉淇蛊惑、不太爱理她的胡小知了。

冷冰冰的宿舍和这里对比起来，简直就是一个地下一个天上。

傅景遇说："怎么，不想去？"

现在不用军训，她什么时候都可以回来，傅景遇倒没那么不放心。

"倒也不是。"叶繁星没那么娇气，看着傅景遇道，"大叔，我能不能要一张你的照片啊？"

在宿舍里不方便跟他开视频，可她很想看到他。

傅景遇微微一愣："照片？"

"不可以吗？"叶繁星一脸期待。

这让人实在不忍拒绝她。

傅景遇说："明天给你。"

"要军装那种。"叶繁星特别想看看傅景遇穿军装是什么模样的。

傅景遇看了她一眼，说："嗯。"

第二天上午，叶繁星跟着傅玲珑整理了一下结婚的时候要邀请的宾客名单。毕竟是叶繁星和傅景遇结婚，如果结婚的时候叶家一个人都没有，叶繁星心里肯定不好受。

所以傅玲珑让叶繁星配合她登记了一下名单。

反正现在叶母那边在知道傅景遇的条件之后，没再像之前那样反对了。

傅玲珑说："彩礼的事情，回头你问问你妈妈，看看她是怎么想的。"

听到彩礼，叶繁星忙摆手道："不用了，姐，我什么都不要。"

傅玲珑见叶繁星拒绝得这么果断，忍不住笑了笑，说："那怎么好呢？你难得嫁到我们家来，不能亏待你啊！"

"真的不用。"叶繁星说，"就算你给了，也是我妈妈得到，真的不用给。"

她已经在傅景遇那里得到自己想要的东西，至于母亲……虽然母亲养了自己很多年，很辛苦，但以后自己有能力了，该负的责任她会负。

她不想自己还没跟大叔在一起，就让母亲从傅家这里得到好处。

因为她的母亲绝对不是那种会知足的人，一旦尝到一点儿甜头，说不定以后会得寸进尺。

傅玲珑看着叶繁星，点了点头："好吧。"

看叶繁星的样子很坚决，傅玲珑也不好强迫她，只能等回头再跟傅景遇商量一下。

叶繁星愿意嫁给傅景遇，又不要钱，傅玲珑真的挺感动的。

毕竟弟弟如今站不起来，又不能生……姑娘愿意嫁过来，他们能给的好像就只有物质上的补偿了。

可叶繁星连这些也不要，她总觉得好像亏了叶繁星。

叶繁星跟傅玲珑弄完名单，就回楼上收拾东西，准备去学校了。

傅景遇这时候正在书房里跟蒋森谈事情，叶繁星敲门走了进来："大叔。"

傅景遇看到叶繁星，应了一声："过来坐这里。"

蒋森望着叶繁星，询问道："太太都准备好了？"

当然是由他负责送叶繁星去学校。他正准备把这里的事忙完就去。

傅景遇看了蒋森一眼："你先出去。"

叶繁星要回学校，他想跟叶繁星单独说说话。

"好。"作为一个称职的助理，道理蒋森都懂，很快就走了出去，把空间给了傅景遇和叶繁星。

门被关上后，叶繁星在傅景遇旁边坐了下来。

傅景遇把桌上的资料收拾了下，开口问道："找我有事？"

"……"叶繁星望着他，大叔专门把蒋森叫出去，难道不应该是他找她有事吗？

她开口道："我等一下就要走了。"

"在学校里好好听话。"傅景遇说完，郑重地看了她一眼，"有什么事记得给我打电话。"

然而他的眼神想要表达的意思，却好像是：不要勾搭小哥哥！

叶繁星笑了笑，说：“好，等我遇到喜欢的小哥哥，会告诉你的！”

“……”傅景遇修长的手指轻轻刮了一下她的鼻尖，“你试试看，把腿给你打断。”

叶繁星咬了咬唇，看着傅景遇道：“照片呢？你答应我的。”

她好像很怕他会反悔一样。

“我没忘。”傅景遇说，“已经跟蒋森说过了，他会给你。”

“我就知道大叔最好了。”叶繁星抱着他的胳膊，甜甜地道，“那我走啦？不打扰你跟蒋先生谈事情。”

见叶繁星就要站起来，傅景遇一把拽住了她的手，把她拉回来抱在怀里：“陪我多待一会儿。”

他总觉得叶繁星一离开他身边，自己整个人就会变得孤单寂寞起来。

他讨厌这种感觉，也讨厌自己每天只能坐在轮椅上耗费光阴的日子。

叶繁星坐在他的腿上望着他，抬起头亲了亲他的脸，温柔地哄道：“有时间我就会回来的，大叔记得好好吃饭，好好睡觉，回来我会检查的，知道吗？”

傅景遇勉强地应了一声：“嗯。”

明明之前都是他管着她，怎么现在情况好像有点儿反过来了？

刚开学会比较忙，叶繁星这一忙就忙到了周三，才想起她说过要回去看大叔的。

她刚从学校出来，坐上轻轨，就接到了姑姑的电话。

想起上次接到姑姑的电话还是叶母让姑姑劝她不要嫁给傅景遇的时候，叶繁星接了电话：“姑姑。”

“星星。”姑姑说，“好久不见了，姑姑不放心你，给你打个电话。你现在怎么样啊？”

“挺好的。”能够上学，对她来说就很好了，而且还有大叔宠着她、照顾她，叶繁星感觉自己简直是活在天堂里。

姑姑道："你好姑姑就放心了。"

叶繁星问道："姑姑打电话来，有什么事吗？"

因为叶母之前太过分，以至于叶繁星现在听到姑姑的声音，比听到叶母的声音还亲切。

姑姑道："你妈妈在我这里，你要不要跟她说说话？"

"……"姑姑这么一说，叶繁星就明白了，姑姑给她打电话完全就是母亲的意思。

但叶繁星还是没有急着挂电话，道："我妈妈又去为难你了？"

知道姑姑平时对自己好，自己听姑姑的话，母亲就找上姑姑了。

"星星，你妈妈也是为了你好，只不过她读书少，想法没那么全面。她这段时间也很担心你，每天吃不下饭也睡不好，你跟她说说话吧！"

平时叶繁星压根不接叶母的电话，叶母也没有办法，才会来找人替她求情。

叶繁星说："行，你让她说话。"

很快，电话里就传来叶母温柔得要命的声音："星星，是我，我是妈妈啊！"

叶繁星的态度很是冷淡："你还记得你是我妈？"

自从上次她那样对待傅景遇之后，叶繁星从来没有跟叶母通过电话。

叶母说："上次是我不好，是我错了。"

"有什么话你就说吧！不用说这些有的没的。"对自己母亲的个性，叶繁星还是挺了解的。

母亲花这么大的心思打通自己的电话，绝对不只是跟自己道歉这么简单。

叶母假装犹豫了一下之后，道："这不是你马上就要结婚了吗？我就想问问……彩礼的事情，他们家是怎么打算的？"

自己好歹是嫁了女儿，不可能什么都拿不到吧？

叶繁星听完叶母的话，笑了起来："所以你关心的还是这个啊！"

她哪里是关心她的女儿过得怎么样！

她关心的分明是傅家的钱，生怕傅家不给她任何好处。

听着叶繁星的语气，叶母解释道："我这不是怕他们家亏待你嘛。你要是嫁过去连彩礼都没有，那像什么话？说出去你还会被别人笑话。"

"这你就不用操心了。"叶繁星说，"我已经跟他们说好了，彩礼不用给，我什么都不要。"

"你说什么？"叶母一下变得激动起来。

叶繁星竟然说不要彩礼？

她怎么会有这么蠢的女儿？

傅家那么好的条件，彩礼至少得给个十万八万的吧！

叶繁星没有听叶母多说，直接挂了电话。

她知道，如果不挂电话，接下来免不了又要听叶母的一顿唠叨。

叶母也正打算好好说说叶繁星，结果没等自己再开口，电话就被挂掉了。

她气得要命，指着手机对叶繁星的姑姑说："你看看，怎么会有这种女儿？真是一点儿都不听话。"

她本来还想，叶繁星嫁到傅家去，自己怎么也能拿到点儿彩礼，要是能够得到一幢大别墅，以后叶子辰结婚也能找个条件不错的女孩儿。

再不济，她拿个十万八万的彩礼，叶子辰这几年的学费也算有着落了！可是叶繁星竟然这么不懂事，一点儿都不为弟弟着想，真的要气死她了！

姑姑劝道："没有就算了吧，星星也是为你想。如果人家给了彩礼，你不是还得为星星准备陪嫁？现在家里两个孩子在上学，你哪里有这个钱？"

"算了？"叶母激动地说，"怎么可以算了？不是你女儿，你当然不着急。"

她想过了，傅家给了彩礼，她从里面随便拿出一两万给叶繁星买点儿东西就够了，剩下的钱都是她赚的。

所以，这个彩礼她是一定要的。

说完，她也顾不上在这里跟叶繁星的姑姑废话，直接出门，准备去一趟市区。

傅景遇今天在公司，叶繁星打电话过去的时候，他们正在开会，是蒋森接的。

蒋森说了地址，叶繁星直接过去了。

刚刚散会，偌大的会议室里只有傅景遇一个人。

他盯着桌上的电脑在思考问题，叶繁星的声音突然响起："大叔，我回来了。"

傅景遇抬起头，看向出现在门口的叶繁星。

这是……幻觉？

叶繁星见他盯着自己看呆了，忍不住问道："我有这么好看吗？"

傅景遇咳了一声，目光转向电脑屏幕，仿佛一点儿都不期待看到她，镇定地问道："怎么突然回来了？"

"我猜你肯定想我了，所以过来看看。"叶繁星走到桌边，坐到了一旁的椅子上，大眼睛注视着他，"有没有想我？"

蒋森看到这一幕，默默地退出去，关上了会议室的门。

他是一只很有自觉性的单身狗。

傅景遇望着叶繁星，一副严肃的模样："正经一点儿，这是工作的地方。"

叶繁星："……"

她什么时候不正经了？

她很正经的好吗！

叶繁星坐在一旁，望着傅景遇，也不打扰他，只是默默地看着他。

傅景遇盯着电脑看了一会儿，终于忍不住看向叶繁星，和她的视线碰了个正着。

叶繁星什么也不做，只是坐在位子上默默地注视着他，眼里充满了对他的崇拜。

虽然现在大叔站不起来，虽然他只能坐在轮椅上，可是她知道，过去的他是个英雄。

他是军人，因为保家卫国才受的伤。

所以就算他坐在轮椅上又怎么样？这不丢人。

她看了大叔穿军装的照片，好帅好帅……她眼里就差对着他冒小星星了！

这样的眼神，弄得傅景遇心里一暖，他温柔地问道："晚上想吃什么？我让蒋森去安排。"

"想吃火锅。"叶繁星看着傅景遇，"好久没吃了。"

作为一个地道的江州人，每周不吃一顿火锅，她感觉生活都不圆满了。

傅景遇笑了笑："好吧！姐最近新开了一家火锅店，我们去试试。"

叶繁星说："行。要不把姐也叫上吧？两个人吃一点儿都不热闹。"

吃火锅就是要人多热闹一点儿。

说完，叶繁星看着傅景遇，突然又想起大叔不喜欢热闹："你要是怕吵就算了。"

"没事，我回头给姐打电话。"她喜欢热闹，那就热闹一点儿。

从傅景遇的公司出来，两人就去了火锅店。

江州市大大小小的火锅店很多，傅玲珑这家店的特色是：蔬菜都是活体的，客人点菜以后才会摘下来那种。

叶繁星和傅景遇到的时候，傅玲珑还没来，不过已经让人为他们准备了个位置很好的包厢，这里还能看到江景。

叶繁星看着菜单询问："大叔，你想吃什么？"

"我都可以。"

傅景遇静静地盯着她，发现一提到吃的，叶繁星就眼睛发亮。

"蒋先生呢？"叶繁星看着蒋森。通常他们吃饭，都会把蒋森叫上。

蒋森说："太太决定就好。"

傅景遇都不敢提意见，他更不敢啦！而且他也不挑食。

叶繁星说："那我点了。"

她低着头，开始勾选菜品，蒋森的电话却在这时候响了起来。他看了一眼，站起来走出门才接通电话。

打电话来的不是别人，正是叶母。

叶母见拿叶繁星没办法，只好直接联系傅家的人——之前她留了蒋森的电话。

叶繁星刚刚点完菜，把菜单给服务员，蒋森就回来了，在傅景遇耳边说了两句悄悄话，然后就走了出去，一副神神秘秘的样子。

叶繁星看着傅景遇，问道："发生什么事了吗？"

蒋森就这么走了，连饭都不吃了？

傅景遇说："没什么，先吃饭吧。"

之前叶繁星去上学的时候，傅玲珑就问过傅景遇彩礼的问题。他知道叶繁星不愿意要他的任何东西，但不表示他就不给。

原本他就准备让蒋森和叶母联系一下，既然叶母来了，那就正好谈谈这个问题。

吃完火锅，叶繁星和傅景遇回了傅家。

两人刚进门，就看到叶父、叶母坐在傅家的客厅里。两人都穿得很普通，和这个家里的装修格格不入。

看到他们，叶繁星有点儿意外："爸，妈，你们怎么来了？"

半路走掉的蒋森站在一旁，就是他去把叶父、叶母接过来的。

傅玲珑坐在沙发上，对叶繁星说："星星，坐吧。你爸妈正好过来，我就请他们上门来做客了，顺便谈谈彩礼的事情。"

"我之前不是说了，不要的吗？"看这情况，是母亲自己找上门来的？

刚刚蒋森在火锅店接的那个电话，就是母亲打的吧？

叶繁星没想到母亲对大叔说了那么过分的话之后，竟然还有脸找上门来要彩礼，真是太过分了。

听了叶繁星的话，叶母狠狠地瞪了叶繁星一眼，但表面上还是强行克制住自己的情绪，只是语气稍微严厉了一些：“你一个小孩子懂什么？结婚这种事情，哪有你想的那么简单？”

傅玲珑笑道：“星星，没事的，这些都是应该的，你不要有压力。”

叶母听完傅玲珑的话，脸上才重新挂起笑容：“星星太不懂事了，给你们添麻烦了。”

傅玲珑说：“她很懂事。”

也就是叶繁星懂事，他们一家人才想对叶繁星好一些。

否则以叶母的个性，傅玲珑才懒得在这里赔笑。

叶母尴尬地笑了笑。

傅玲珑说：“彩礼的事情，阿姨有什么想法？”

叶繁星听着他们的话，发现自己干涉不了傅玲珑的决定，也就不说话了，安静地坐在一旁听他们说话；内心却无比焦虑，总害怕母亲做出什么丢人的事情来。

叶母对傅玲珑笑了笑，说道：“我就星星一个女儿，当初生她的时候还差点儿没生下来。好不容易把她养这么大了，她就像我的宝贝一样，我和她爸都很疼她。”

叶繁星看着母亲，不知道她说这话的时候脸疼不疼。

母亲想把她嫁给陈伟那种人，是疼她吗？为了逼迫她不上学，对她冷言冷语，也是疼她吗？

上次在傅家人面前，母亲对她一凶二恶的，那也是疼她吗？

不过大家都没有拆穿叶母的话。

傅玲珑还赔着笑道：“那是。”

叶母说：“你们景遇现在又这样，星星嫁给他以后肯定是要受些苦的，所以他们要结婚的话，得给他们准备一套新房子，还有彩礼钱要十万。”

叶繁星皱了皱眉：“妈！”

母亲不但要钱，还顺便损了一下大叔，有这样的人吗？

明明大叔帮自己给了学费，给了自己上学的机会，对她又这么好，现在母亲还问他要钱。母亲倒是无所谓，可是叶繁星真的觉得这样很不好。

傅玲珑也皱了皱眉，看着叶母："你确定是十万吗？"

叶母见傅玲珑一副为难的样子，改了改口："实在不行，八万八，不能再少了。"

他们那边的人结婚，彩礼都是六万八、八万八的……

叫十万，她其实有点儿心虚。

傅玲珑有些为难："八万八实在……"太少了！

要是让别人听到傅家的彩礼只给了八万八，说出去得多丢人？

叶母一见傅玲珑摆出这副样子，不等她说话，就连忙说道："就八万八，没的商量，要是你们不同意，女儿我不嫁了！"

傅玲珑听了叶母的话，忍不住看了傅景遇一眼。

之前见过一次，大家对叶母的人品都有一点儿了解，猜过她可能会狮子大开口。傅玲珑想到要见叶母的时候，甚至还有点儿紧张。

她没想到对方竟然只要八万八！

这……不是侮辱人吗？

再看叶母一副坚决的态度，傅玲珑也很无奈。

她是个有礼貌、有修养的人，说真的，没怎么跟人吵过架，回想起叶母的彪悍，她还是挺怕的。

为了不跟叶母吵架，傅玲珑勉为其难地说："好吧，就八万八。"

见傅玲珑点头，叶母的脸色才变得好看起来。

八万八呢！

上次隔壁家嫁女儿的时候，彩礼才六万八。

她足足多收了两万块！

叶母心里得意着，表面却没流露出来，对着傅玲珑说："还有，除了八万八，还要一套南川的别墅。"

她想着，别墅那么多，都是傅景遇的姐夫修的，要一套不是件难事。

傅玲珑皱眉："南川的别墅不行。"

"为什么？"一听傅玲珑说不行，叶母就不乐意了，"没有房子，以后他们有了孩子，孩子住哪里啊？"

她心中想的却是：南川的房子挂上叶繁星的名字，叶繁星肯定不会回去住，到时候她就可以搬进去住了。

叶繁星看着叶母："妈……"

她对自己的母亲太了解了，怎么会看不出来母亲在想什么？

母亲这哪里是为自己着想？只不过是找借口要她想要的东西。

叶母看向叶繁星："你别说话。"

她觉得叶繁星就是来捣乱的。

傅玲珑解释道："南川的别墅虽然都是我们家开发的，但早已经卖出去了。"

顾雨泽的父亲在房地产这一块做得很好，在国内都有知名度，当初别墅还没完全建完，就已经卖得差不多了。

他们自家就留了一套，就是傅景遇上次去住的那一套。

叶母非要别墅，傅玲珑还真的没办法。

叶母觉得傅玲珑就是推托："那么多别墅，怎么可能都卖完了？我们女儿一辈子就结一次婚，要是房子都没有一套，像什么话？"

傅玲珑说："我们为景遇和星星专门准备了一套新房，在江府花园，那里位置和环境什么的都比南川要好……您看可以吗？"

南川的别墅因为不在市区，价格也就那样，江府花园却是江州最好的小区，是真正的豪宅。

而且，那里有钱的人还不一定买得到，得要关系才可以。

叶母原本是要发火的，听到傅玲珑这句话，脸上的表情瞬间有点儿尴尬："可以，可以。"

是她没弄清楚！

她虽然傻，但也知道江州的房子比南川的值钱多了。

叶母看着傅玲珑，问道："那，写名字的时候……"

这个傅玲珑早就想到了："你放心，会写星星的名字。"

叶母说："能不能把我儿子的名字也写上去？"

"……"

傅玲珑听了这句话，差点儿怀疑叶母是在开玩笑。

正常人能说出这种话？

给叶繁星和傅景遇的婚房，凭什么要把她儿子的名字写上去？

傅玲珑觉得自己脾气算好的，然而这一刻都快气笑了。

不等傅玲珑说话，叶繁星已经站了起来："够了。"

她的声音很冷，眼睛一直盯着叶母，叶母被她突然这么看着，吓了一跳。

叶繁星对傅玲珑说："我知道姐姐是为了我好，想让我风风光光地嫁进来，但是我跟大叔在一起，真的不是为了这些。"

她要的不过是一个上大学的机会，除此之外，她什么都不要。

"叶繁星！"叶母试图阻止叶繁星说下去。

叶繁星冷冷地看向叶母，刚刚已经忍了很久，实在看不下去了。

叶母说的话、做的事，简直丢光了她所有的脸。

她深吸了一口气，对叶母道："虽然我是你的女儿，也是你生的，但在你眼里，只有子辰这个儿子。至于女儿……迟早都是泼出去的水。别说什么好听的话！你真的是关心我吗？如果关心我，你会不让我上学，还想把我嫁给陈伟那种人？"

别人家的孩子都是被父母逼着去上学，可她呢，她不过是想要一个上学的机会，却比登天还要难。

叶母心虚地说："星星，不是的，妈妈只是……"

"只是什么？"叶繁星冷笑了一声，毫不留情地道，"之前不知道大叔家里有钱的时候，你是什么态度？你现在怎么好意思来这里要钱？姐姐现在坐在这里跟你说这些，是因为她人好，怕我受委屈。可我倒是想问一句，你凭什么拿这个钱？"

叶繁星胸口因为愤怒不停地起伏着。

这口气她已经忍了很久很久。每次想到母亲小时候辛辛苦苦把她养大，她都会心软，可是现在再忍下去，她迟早得被这个妈气死。

叶母被叶繁星怼得说不出话，过了半天才想起一句反驳的话：“我是你妈，我就应该拿这个钱。要不是我，你能长这么大吗？”

“哦。”叶繁星轻飘飘地应了一声，“那从现在起，我再也不是你的女儿，你也再不是我妈了，我们断绝关系！”

“你说什么？”叶母愣了一下，以为叶繁星说的是气话。

叶繁星用力地握了握拳头，为了表明自己的决心，对傅玲珑说：“姐，彩礼的钱我一分都不会要的。如果你觉得不给心里头过不去，一定要给我妈妈，那我不嫁了！”

她宁愿不嫁，也绝不让母亲拿到傅家的一分钱。

傅景遇坐在一旁，听到她的话瞳孔缩了缩。

傅玲珑愣了愣，也没想到叶繁星会这么决绝。

叶母则气得眼睛都差点儿瞪出来，怎么也没想到叶繁星竟然会说出这种话。

为了不让自己拿到彩礼，她竟然不嫁了！

她是不是脑子有病啊？

叶母不敢相信地道：“叶繁星，你是不是疯了？”

“疯的是你。”叶繁星看着叶母，“我从家里出来的那天起，就当自己没有爸妈了！你……不配成为我妈妈！”

叶母着急地站了起来：“哪家女儿不认妈妈的？亏我让你读了那么多书，你竟然说出这种不孝的话！”

好气啊！叶母差点儿就控制不住自己的情绪，冲上去给叶繁星两巴掌了。

叶繁星说：“你生我养我这么多年，等我赚了钱，我会还你！但是，他们家里不欠你任何东西，你没资格拿一分钱。”

“你……”

叶母还想说什么，叶繁星懒得跟她废话，直接拿起手机给叶子辰打电话：“你赶紧过来把妈接回去！”

这个世界上，也就只有叶子辰还拿她妈妈有点儿办法。

叶母见自己跟叶繁星讲不清楚，看向傅玲珑，生怕傅玲珑当真，到手的钱就没了，赔着笑说：“星星就是不懂事，只是随便说说的。房子的事情，不用写我儿子的名字了，写星星的就行。但是彩礼……刚刚说好的，不能反悔的吧？”

傅玲珑的注意力全在叶繁星身上，她还从来没见过叶繁星这么生气的样子，一点儿都不怀疑叶繁星不是认真的，对叶母说：“抱歉，如果我给了你，星星就不嫁了。所以这个钱我不能给。”

“不会的。”叶母讨好地道，“我是她妈妈，我让她嫁她就得嫁！”

既然她已经答应了这桩婚事，叶繁星不嫁不行！

叶母总觉得自己是叶繁星的母亲，就能够替她决定一切。

叶繁星挂了电话，看着叶母的样子，讽刺地笑了笑。

傅玲珑的语气变得冷了下来：“这件事情，我尊重星星的意见。她是你的女儿，不是你的奴隶。”

看着叶母这样完全不把叶繁星当回事的态度，傅玲珑也觉得生气。

如果她有一个女儿，肯定会宠着女儿，将女儿宠成公主。

叶母真是一点儿都不懂得珍惜。

叶母有些着急了：“可是刚刚已经说好了，怎么可以反悔呢？”

傅玲珑已经没有再谈的意思，对蒋森说：“蒋森，送叔叔阿姨回去吧。”